TAKUNEN collection

湯澤毅然コレクション

ある町の物語 I

第2巻

▼神社の森の質屋物語
▼妖怪たちの棲むところ1・2

西田書店

湯澤毅然コレクション【第2巻】ある町の物語◆I◆＊目次

神社の森の質屋物語

妖怪たちの棲むところ 1 ひとことさん

妖怪たちの棲むところ ２ おなかまさん

神社の森の質屋物語

◆序◆

モノには魂が宿ると云われており、モノを長く大切に接していくことの意味を昔のヒトは教えてくれた。そこには、付喪神《つくもがみ》が舞い降りてくると。

しかし、最近のヒトたちはモノを大切にしない。新商品が出ると、すぐに飛びつき、まだ使えるモノと順次入れ替えていく。そこに付喪神は舞い降りる隙はない。


昔のヒトは、その日の日銭に困ると、大切なモノを小脇に抱えて質屋に行き、一時的に金を借りた。そして、何が何でもお金の工面をつけると、お金を返して質受けをする。それはモノを大切にしていた証でもある。

もともと、質屋とは、預けた品物の価値に応じてお金を貸す質預かりである。金融業のなかで、最も古い歴史があるとされ、その起源は鎌倉時代初期にまで700年近く遡ることが出来る。

質屋の始まりは、造り酒屋や不動産の副業として始められたといわれるが、江戸寛永年間に、現在の質屋営業法の基礎となる『質屋取締令』が施行され、元禄年間には両替商（大名、旗本・御家人を対象とした質屋）となる札差等の制度も確立した。その後も、日本経済の発展とともに、明治、大正、昭和と質屋は重宝されていく。しかし、昭和中頃になると、銀行等の台頭により質屋の利用は減少していった。そして現在、質屋は、その質草をブランド商品や貴金属といった高額商品の買取形態に変わりつつある。

質草には、どんな高価なモノであっても、どんなに安価なモノであっても、そこに所有者の思いがこもっているものである。それは忘れられない思い出であったり、逆に、忘れ去りたい思い出であることもある。

質屋には小遣い欲しさに、最初から「流す」つもりで質草を持ち込むお客もいるが、ちゃんと流質期日までに、質草を取り戻す意思を持ってお金を借りに来るお客もいる。そういったお客たちは、質草とともに、自分の思い出を取り戻しにやってくるのだろう。

＊

ある神社の傍らに質素な質屋があった。いつ商売を始めたか知るヒトも居ないほど、地味で目立たない質屋だ。あるヒトは、そこに気付いて立ち止まるが、あるヒトは存在すら知らずに行き過ぎる。

しかし、この質屋、ちょっと形態が変わっていた。通常、流質期間は3か月程度が相場だが、この質屋では1年間。質入れする際に、主人から「現状面談」を受け、その1年後に、その間の「経過説明」をしてもらうという。そして、この質屋の一番の特徴は、報告された経過内容によって、流質期日を変更したり、返済額を割引したりすることがあるという点だ。利用者に事前の説明はされていない。すべては質屋の主人のヒトを見る目と、裁量にかかっていた。

やっているのかどうかも定かでない、その質屋を訪れるお客は少ない。数か月に1度か半年に1度か、その程度である。しかし、そこを訪れるお客は、扉の前で一心に何かを思い詰めているような表情をしている。

そして、今日もひとり、その質屋の前で、入ろうか、よそうかと二の足を踏んでいるお客がいた。

質屋用語集

◆質契約（しちけいやく）……品物を担保に融資を受けるための契約。

◆元金（もときん）……お客様にお貸ししたお金。（がんきん）ともいい、品物を担保にお貸ししたお金。

◆質札（しちふだ）……お客様のお名前、元金、質料、個数、契約日、お預かり期間等を記した契約証。

◆質料（しちりょう）……質物保管料。お預かりした質草の保管・管理料や手数料など。

◆質草（しちぐさ）……質屋でお金を借りる際、担保として預ける品物のこと。質物（しちぶつ）ともいう。

◆質入れ（しちいれ）……品物を質屋に預けること。質預かり、預入れともいう。

◆質受け（しちうけ）……元金と質料を支払って質屋に預けている品物（質草）を受け戻すこと。出質ともいう。

◆流質期限（りゅうしつきげん）……質草でお貸ししたお金の返済期限。

◆質流れ（しちながれ）……質草の所有権が質屋に移ること。契約期間は概ね3か月。

質屋フローチャート

①質草の査定及び借入金額の相談
↓
②身元確認
↓
③質入れ（質草↕元金・質札）
↓
④流質期限に伴う　質受けor 質流れ

ルンペンの石ころ

ある神社の森の傍らに質素な質屋があった。質屋を取り囲む森の木々は、春には新緑の光を目に眩しくうつし、夏には暑い日差しに涼し気な日陰をつくってくれる。秋には紅葉とともに落ち葉を舞わせ、冬にはヒトの毛細血管のような樹脈となりながら生命の息吹を漂わせてどっしりと身構えている。

そこは、いつ商売を始めたか知るヒトも居ないほど、地味で目立たない質屋だった。あるヒトは、そこに気付いて立ち止まるが、あるヒトは存在すら知らずに行き過ぎる。

その質屋を訪れるお客は少ない。数か月に1度か半年に1度か、その程度である。しかし、そこを訪れるお客は、みな、一様に何かを思い詰めているような表情をしている。

今日もひとり、その質屋の前で、入ろうか、よそうかと二の足を踏んでいるお客がいた。

＊

オトコの名前は誰も知らない。いつから、この町にいるのか、どこから来たのか、そんなことを考えてくれるようなヒトもいなかった。

しかし、この町で、そのオトコのことを知らない人はいない。ヒトはオトコのことを「橋の下のヒト」もしくは「ルンペンさん」と呼んでいた。


オトコの寝床は、町中に流れる中川に架かっている「出会い橋」のたもと。青いビニールシートで囲いをつくり、そこで暮らしている。

オトコの唯一の財産といえば、建設現場で譲り受けた鉄板の底にさびで穴の開いた手押しの「ネコ」車だけ。

オトコの1日は、明け方、24時間営業のコンビニに行って、店長から期日切れの食材を暗黙の了解のもとに譲り受けること。そして、その足で、まだ開いていない近所のスーパー、閉店後の居酒屋、飲食店、町中の公園をひと回りし、空き缶や雑誌や鉄屑を「ネコ」車に拾い集めて、安い日銭を稼ぐことから始まる。

ルンペンというと不潔な第一印象を想像してしまうが、オトコは、定例の朝の仕事と食事が終わると、毎日、川で水浴びや洗濯を欠かさない。ときには、暖かい日差しや焚火の火にあたって、ボーっと空を見上げていたりする姿も見られたので、町のヒトたちは、オトコのことを「ルンペンさん」と愛情を込めて呼んでいたのかもしれない。

しかし、そんなオトコの生活も、最近は厳しいものがあった。コロナという流行感冒のお陰で、町の居酒屋や飲食店は店を閉め、なかなか、おこぼれから日銭を稼ぐことが出来ない。加えて、最近のフードロスとかいう問題の煽《あお》りを受けて、コンビニでも弁当の仕入れを減らしており、残飯の分け前も同業者と競い合わないと手に入れにくくなってきている。このままでは、まさに自己破産ならぬ餓死を避けられないような時代になってきていた。

ある日、オトコが、いつも通る神社の前をトボトボと歩いていると、森の傍らに質素な質屋があることに気が付いた。こじんまりとした一間ほどの間取りで、色落ちした赤い看板には、〇に『質』と描かれている。

それまで、何度も通ったことのある道だったが、一度も気付かなったことを不思議に思い、オトコは、そこで立ち止まって建物を見上げた。それは、いつ商売を始めたか知るヒトもいないほど地味で目立たない質屋だった。

オトコは、その質屋の前で、入ろうか、よそうかと二の足を踏んでいた。もう、2日ほど何も食べていない。この町に、食べ物を恵んでくれる仲の良いヒトはいない。ましてやお金を貸してくれるヒトなどいようはずがない。質屋に質草を持って行けばお金を貸してくれるとは知っている。しかし、オトコの唯一の財産は「ネコ」車だけだ。しかし、それを質草に入れると、明日からの稼ぎは、ほぼゼロになる。

そのとき、オトコのお腹が《ググーッ！》と鳴った。

思わずオトコは懐に手を突っ込み、何かをつかむと意気込んで質屋に入って行った。

*

オトコが質屋に入ると、店内の通路の右壁には古書が山積みになっていて、左壁のショーケースには、質流れ商品らしきモノが陳列されていた。正面には番台が備え付けられていて店主が座っている。赤いベレー帽にロイドメガネ、着晒らしのベストを羽織り、パイプを咥《くわ》えながら何か書物を読んでいる。狭い店内である。オトコが店に入って来たことは店主も気づいているはずだが、こちらを見向きもしないのは、それが質屋のお客に対する礼儀なのだろうか。

オトコは手持ち無沙汰で、見るでもなく店内のモノを端から見ていくが、もともと、質流れした商品に興味はない。

あまりにも店主が話しかけてこないので、オトコは居た堪れなくなって出口に向かおうとした。そのとき、ようやく、店主が口を開いた。

「何かご用で?」

「えっ、いや・・・ど、どんなもんかと思いまして。」

「何か、質入れに来たんじゃないのですか?」

「えっ、いやっ、そのっ・・・。」

「まあ、こっちへどうぞ。茶でも入れましょう。」

そう云うと、店主は古書の積み上げられた一画を空け、座布団をひっくり返してすすめた。主人との間に置かれたストーブの上で、鉄瓶が湯気を立てている。

「・・・」

「・・・」

「冷めないうちにどうぞ。外は寒いでしょう?」

「はい。」

返事をしたとき、再び、オトコのお腹が《ググーッ!》と鳴った。

「お煎餅・・・食べますか?」

「はいっ、お願いしますっ。」

オトコは、菓子盆に載せられたお煎餅を、立て続けに3枚、ほおばった。

《バリ、バリ、バリ、バリ、バリ》

オトコの指先が止まり、お茶でお煎餅を流し込んだ頃になって、ようやく店主が口を開いた。

「で、何を質草に?」

ストーブで温まったせいだけでもないだろう、オトコの顔が赤くなりモジモジしだした。

「お恥ずかしい話、ワタシは橋の下で暮らす小汚いルンペンです。随分と落ちぶれました。まあ、これも自分のせいですから、世の中の皆さまに何の恨み辛《つら》みもございません。でも、2日も、3日も、何も食べられずに川の水だけ飲んで過ごしていると、だんだんと世の中が嫌になってくるものです。せめて、今日、明日の分だけで結構です。少々、お金を貸していただけるとありがたいのですが。」

「ご苦労なさってるんですね。でも、私どもは質屋です。質草があって初めてお金をお貸しできる商売でございます。今日、何か質草をお持ちですか？」

「実は、無理を承知で、清水の舞台から飛び降りる気持ちで伺わせていただきました。」

そう云うと、オトコは懐に手を突っ込み、何かを握りしめて店主の前に差し出した。ゆっくりオトコが握りこぶしを広げると、そこには直径5センチほどの石ころがあった。

「これは？」

「石ころです。」

「何かの原石とか？」

「いえ、ただの河原の石ころです。」

「・・・なるほど。たしかに、どこにでもありそうな石ころですね。」

「すみません・・・やっぱり帰ります。」

「いやいや、お待ちなさい。見たところ、アナタは単なるバカにも見えませんし、冷やかしに来たとも思えません。この石ころ・・・何か思い入れがあるんじゃないですか？　まずは、それを聞かせてくださいな。ことによったら、質入れをお受けするかもしれませんよ。」

「えっ、この石ころをっ？」

＊

「実はですね。いまも昔もそうなんでしょうけど、どの町にも、悪ガキというか、良い意味で正義感の強い思春期の子供っていうのはいるもんで。ワタシみたいなモンが、こんな身なりで町中を彷徨《さまよ》っているでしょ？　そうすると、アノ子たちは妙に腹が立ってくるみたいで、何かと嫌がらせをしてくるんですよ。」

「なるほど、思春期っていうのは、そんな時期なんでしょうね。」

「ええ。さっき云いましたように、ワタシにも、こんなテイタラクに落ちたのが自分のせいだという自覚がありますから、いままでは抵抗するでもなく、アノ子たちの嫌がらせに付き合っているような状況だったんです。まあ、嫌がらせと云っても、寝床にしているブルーシートを破かれたり、落書きされたりする程度だったんですが・・・。」

「それが変わってきた？」

「まあ、アノ子たちの間でも、やれ、コロナが流行って自由が利かないだの、景気が悪くてご両親が苦労してるだの、いろいろと不安や心配事が重なってストレスを感じているんでしょうけど、最近、暴力を振るわれることが多くなってきたんです。」

「アナタが抵抗しないのをいいことにストレス発散を？」

「はい。それもあると思います。でも、アノ子たちは自分たちが悪いことをしているとは思っていないようにワタシには思えるんです。こんな生産性のない、その日暮らしをして社会のアシを引っ張ってるワタシに対しての戒めというか。」

「で、どの程度の暴力を？」

「最初は、アタマを小突かれる程度でした。集団心理と云うのでしょうか、私が抵抗しないでヘラヘラしていると、他の仲間も小突いてきます。そのうち、ワタシの抵抗する意思のない態度に憤慨してきて、仲間の一人がワタシのお腹を蹴ってきます。さすがに、こうなるとワタシも必死に身を守ろうとします。すると、それで火に油を注いだように、周りの仲間たちにも正義感の暴力が伝わっていくんです。」

「警察に相談してみては？」

「いえ、こんなことで警察のご厄介になる訳にはいきません。それに、こっちにも負い目があるんで、ワタシの身を守るために、あの子たちが警察に目を付けられたら可哀そうでしょ。」

「でも、そのままじゃ、ますますエスカレートするのでは？」

「エスカレートしましたよ。ふっふっふ・・・ワタシの方がね。つい、この前、どうにも我慢が出来なくて、アノ子たちに羽交い絞めにされているとき、ワタシは河原の石ころをつかんだんです。」

「まさか、それで、殴りつけた？　この石ころで？」

「いえいえ、それじゃ、傷害罪か殺人罪になっちゃうでしょ？　『握り』ですよ。手のひらに重しを握って振りかざすと、倍の力がかかって相手をノックアウトできるって算段です。」

「で、子供たちをやっつけたと？」

「はっはっは。ぜんぜんダメでした。多勢に無勢ですね。しょせん、ひとりじゃ大人数には勝てませんよ。それでボッコボコにされました。」

「それじゃ、いままで通りってことですか。」

「いや、それまで、一切、抵抗をしなかったワタシが少なからず抵抗したんで、アノ子たちのワタシを見る目が少し変わってきたみたいなんです。あれから、あまり関わってきませんから。」

「なるほど・・・それで、これが、そのときの石ころですか。」

「はい。何のヘンテツもない河原の石ころです。でも、いままで世の中を正視できず、世の中から逃げていたワタシが、初めて、世の中に立ち向かう勇気をくれた石ころです。ヒトから見れば、どこにでもある石ころですが、ワタシにとっては勇気の宝物なんですよ。ま、立ち向かったって云っても子供たち相手にですけどね。へっへっへ。」

「分かりました。で、アナタは、この石ころを質草にいくら借りたいのですか？」

「えっ、こんな石ころですよ？」

「はい。単なる石ころですね。でも、アナタにとっては大切な思いのこもった、勇気の宝物なんでしょ？」

「・・・は、はい・・・で、では、お言葉に甘えて、３０００円ほど。」

「そうですねぇ、私がみたところ・・・この石ころは、５０００円の価値はありそうですね。」

「ご、５０００円っ？　こんな石ころに、そんな価値がっ？」

「ただし、契約は守っていただきます。当店の場合、流質期限は1年間。1年後には、必ず、もう一度、お越しいただき、1年間の経過説明をしていただきます。そこで問題がなければ、お貸しした元金に手数料を加えた質料をご返金願います。」

「は、はい。なんかキツネにつままれた気分ですが、お願いします。」

「では、元金５０００円と質札をお持ちください。少ない金額ではございますが、これを糧に1年後、お会いできることをお祈りいたしております。」

　そう云って、店主は深々と頭を下げた。

＊

「ジジイっ、リングが汚れてるぞっ！　リングは神聖な場所だって云ってるだろがっ。スパーリングが終わったら、すぐにキレイにするんだよっ。何回云ったら分かるんだっ！」

「はいっ、会長。すぐやりますっ。」

「だから、汚ったねーよっ。雑巾で拭くんじゃねーっ！」

「はいっ、すぐ洗いますっ。」

《ガラン、ゴロン、ゴロン》

慌ててモップと雑巾を抱えたオトコがリングに上がろうとしたとき、床のバケツをひっくり返した。

「ったく、トロイやつだっ。」

「へっへっへぇー、スンマセン。」


ここは「出会い橋」から中川の流れを遡ったところに架かる「夢追い橋」のたもと。プレハブ造りの建物の看板には『伊丹健闘ジム』と書かれている。

『伊丹健闘ジム』のオーナーは、現役時代、バンタム級の3回戦まで戦ったが、町中でチンピラの喧嘩騒動に巻き込まれ、左目を負傷して引退に追い込まれたという。その後、30歳半ばで、ここ「夢追い橋」に『伊丹健闘ジム』を開き、以来、将来の世界制覇を目指す若者の指導を続けている。

例外もあるが、基本、健闘ジムに足を運ぶ若者は、社会から締め出しをくらい、やり場のない思いを吐き出したくて、町中で喧嘩に明け暮れているような連中だ。しかし、そんな連中のほとんどは、実際の生死をかけた殴り合いに出くわすと、ビビって舞い上がってしまう小心者が多い。しかし、そんななかでも、死を恐れない孤高の力を秘めた若者が現れることもある。世のボクシングジムのオーナーたちは、そんな何万分の一の原石を探し求めているものだ。

しかし、『伊丹健闘ジム』のオーナーは少し違った。彼に云わせると、世界チャンピオンを生み出すことも必要だが、若者たちの有り余ったパワーを間違った方向に導かないことも彼の役目だという。

「つい、ヒョンなことから、喧嘩でヒトを殺してしまうことがあるんよ。決して殺そうとしていなくても、死んじまったら殺人よ。若い衆は、力の発散の仕方を知らんから、そいつを教えてやらねばのう。」

そんな『伊丹健闘ジム』のオーナーに、オトコは拾われた。


ある朝、いつものようにオトコは、「ネコ」車を押して町中を彷徨っていた。

「おう、ジイさん、朝から精が出るねぇ。」

橋の上でタバコを吸いながら、川面を見ていたパンチパーマの若者が声をかけてきた。

「は、はいー。」

「って、モノ拾いじゃ、精が出るもなんもねぇか。ジイちゃん、そんなことしてて楽しいかい?」

「こ、これしか出来ないもんでぇ。」

「っけ。」

そう云って、パンチパーマの若者は、しばらく、オトコの押す「ネコ」車を見ていた。

「その『ネコ』、底に穴開いてんじゃん。それじゃ積めねーだろ。」

「はい。でも、前の方に積めば少しは大丈夫です。」

「でも、重心が前のめりになって、押し辛いだろ?」

「慣れですよ、慣れ。」

パンチパーマの若者が少し考える風を見せた。

「ジイさん、まともなモン、食ってんのか？」

「は、あ？」

「あのよー、向こうの橋のたもとに『伊丹健闘ジム』ってのがあってさ、オレ、そこのオーナーなのよ。近々、建物を拡張しようと思ってるんだけど、ジイさん、その『ネコ』で、掘り出した土塊《つちくれ》を運び出してくれねーか？　給料はやれねーけど、メシくらいは食わしてやるぜ。」

それから、オトコは、毎日「ネコ」車を押して伊丹健闘ジムに通った。

オトコの「ネコ」車は持ち手寄りの底が錆で穴が開いている。少しずつ前方に土塊を積んで、ヨロヨロと川辺に土を運ぶ作業の繰り返しは、効率が良いとは云えないが、ジムに出入りするヒトたちがトレーニングの傍らに土を掘り起こすペースで進めることが出来る。

しだいに少しずつだが、伊丹健闘ジムの周囲は広くなっていき、プレハブが増築された。

1カ月ほどが過ぎ、ジムの増築が完了しようとしていたとき、パンチパーマのオーナーが、オトコに近寄ってきた。

「ジイさん、お疲れ。ほれ、缶コーヒー。」

「ありがとうございます。」

「ようやく、終わりだな。」

「いろいろと、ありがとうございました。」

「で、ジイさん、これから、どーするん？　また、モノ拾いに戻るんかい？」

「そうですね。そうなるかと。」

「あのさー、ジムって汗とカビの匂いで臭っさいじゃん？　特にヤツラ、若いから汗水、鼻水、垂らしっぱなしで、汚ったないじゃん？　前々から思ってたんだけど、ジムに通ってるヤツラのトレーニング時間を掃除とかで無駄にしたくないのよ。ここのジムも広くなったじゃん？　どーだい、ジイさん、しばらく、ここで、働いてみないかい？」

「えっ、本当ですか？」

「まあ、メシは食えるし、定期的に来てもらうんだから小遣いくらいは出してもいいぜ。」

「ありがとうございます！　宜しくお願い致します！」

◇

あれから1年が経った。

オトコは、ある神社の森の傍らにある質屋の前に佇んでいた。

1年前、オトコは、その質屋の前で、何かを思い詰めているような表情をしていた。

今日も、オトコは、その質屋の前で、入ろうか、よそうかと二の足を踏んでいた。しかし、オトコの表情は、1年前とは違い、店主に会うのを楽しみにしている風だった。

《ガラガラガラ》

オトコが引き戸を開けて店内に入って行く。店内の通路の右壁には古書が山積みになっていて、左壁のショーケースには、質流れした商品だろう品モノが陳列されている。

正面の番台には、赤いベレー帽にロイドメガネ、着晒らしのベストを羽織り、パイプを咥えた店主が座っていた。

店主と目が合った。店主が値踏みするような目でオトコを見続けている。

「茶でも入れましょう。」

店主は古書の積み上げられた一画を空け、座布団をひっくり返してすすめた。主人との間に置かれたストーブの上で、鉄瓶が湯気を立てている。あのときと同じだ。

そのとき、オトコのお腹が《ググーッ！》と鳴った。

「お煎餅・・・もらえますか？」

「その節はお世話になりました。大変、助かりました。」

「何を云うんです、アレっぽっちのお金で。」

「いえ、お金じゃないんです。あのとき、アナタがワタシの話を聞いてくれて、その上に、ムリな用立てまでしていただけたことが嬉しくて。そのとき、ワタシは真剣に人生に向き合わなくてはいけないと思ったんです。」

「分かっていましたよ。」

「はい？」

「アナタが、立ち直れる人間だってこと。」

「さすがですね、アタマが上がりませんよ。」

「良いヒトに出会えたようですね。」

「はい。見た目はおっかなくて、口も悪いですが、ヒトの気持ちを大切にしてくれて、何より心の広い方です。その方に、ワタシは救われました。」

「まあ、こうして、再び、お会いできたことが何よりです。」

「はい。それで、1年前にお借りしたお金をお返ししようと伺いました。こっちが質札です。」

店主は質札を持って店の奥に向かった。

「はい、それじゃ、これが質草の『勇気の石ころ』です。」

「では、元金の5000円と・・・手数料はいかほどに？」

「そうですねぇ・・・。」

そう云って、店主が算盤をはじいて、

「お戻しいただく金額は、最初のご要望が3000円ということでしたので、元金3000円をいただきます。」

「えっ、でも、お借りしたのは５０００円で、その他に手数料も・・・。」

「差額の２０００円と手数料は、経過説明料としてお値引きさせていただきます。良いご経験談を聞かせていただきました。」

「値引きって・・・。」

「当店では、そういう契約内容となっております。良い経過は良い結果を導きます。今以上のことを求めず、現状の中で幸せを感じられる日々をお送りください。」

廃業銭湯の鉈《ナタ》

町の銭湯には、春、夏、秋、冬、朝、昼、晩と、それぞれの時間に、それぞれの老若男女が集まってくる。

煙突から舞い上がる煙、お客と一線を引いて無関心を装う番台のオヤジ、脱衣場の腐りかけたロッカー、高い浴室の天井、さび付いた蛇口、剥げ落ちたタイル張り、熱い湯。

その、どれもこれも、誰もが平和だった昭和の時代の置き土産のように、そこにはあった。


洗い場で、身体を洗いながら中国出身らしい学生が、片言の日本語で中国の田舎の餅の話を熱心にしている。それを、痩せこけて湯当たりしたら真っ先にあの世に行きそうなご隠居がニコニコしながら頷いているが、その実、何も聞いてはいなさそうだ。

浴槽で、筋骨隆々な土建屋の社長が、若い社員に熱湯風呂の競争を挑んでいる。見事な太鼓腹のタコ坊主不動産屋が、無駄口を叩きながら、それにチャチャを入れる。

脱衣所で、風呂上がりの青白いヒョロヒョロ体形のミュージシャンが、茶髪でロン毛の解体アルバイトと、20円ドライヤーの順番で云い争っている。

いつ行っても、扇風機の前を占領して缶酎ハイを飲みながら、訳の分からないことを話しかけてくるオッサンは、番台オヤジの幼馴染みらしい。

表でバイクの停まる音がした。おそらく、フリーライターを名乗って全国を渡り歩いている、あのバイカーだろう。孤高気取りの嫌味なヤツだが、本当は誰よりも構って欲しがる寂しがり屋の広く浅い雑学王だ。

敷居の向こうの女風呂からオバチャンの大声が聞こえてきた。

「やだよぅ、この子、気持ちよくなって、お風呂の中でお漏らししちゃったわっ。」

そんななか、ワタシは、洗い場で体を洗っている。

《プスッ、プスッ、プスッ、プスッ》

っと、右斜め後ろで音がするので、鏡をのぞき込むと、几帳面そうな若者が、タオルにボディソープをかけている。1回、2回、3回、4回・・・8回、9回、10回。そこで、タオルにお湯をかけ直して、なおも、11回、12回、13回・・・なんと合計18回もボディソープをかけていた。

右隣に目をやると、これも若者が、小さな声でくちずさみながら、上半身でリズムをとって太腿をさすっている。よく見ると、剃刀で太腿の毛を剃っているようだ。そのまま、若者は、両脚の脛から太腿、股間のあたりまで毛を剃った。

新しく浴場に入って来た中年のオッサンは、カランの前にしゃがむと、プラスチックの風呂椅子を洗い始める、次に桶、カラン、鏡まで洗って、ようやく納得したように風呂椅子に座って自分の身体を洗い始める。

浴槽に入って温まってから、また、洗い場に戻ったワタシは、3つほど並んで場所取りされていることに気付いた。何となく腹を立てがちなワタシは、気付いていない振りで、場所取りされている真ん中に座る。そして嫌がらせもかねて、時間をかけて身体と頭を洗い、髭を剃りだした。鼻をかみ痰を吐く。延々と脚を洗い続ける。場所取りをしていたオッサンが、ワタシの後ろで、うろうろしながらブツブツ小言を云っているが、すべて無視。

そんなこんなで、ワタシは町の銭湯をよく利用していた。


ワタシがマキハラさんと話をするようになったのは、4年前の冬でした。

当時、ワタシは就職活動の真っ最中で、昼は大学の授業の合間を縫ってOB訪問をしたり、就職面接を受けたりしたあと、夕方から夜にかけてアルバイトに向かい、家に帰ってくるのは10時過ぎという毎日を送っていました。クタクタになってワンルームのアパートに帰ってから食事をすると、もう、眠くてしょうがありません。しかし、翌日も学校や就活があるので、その日の嫌な臭いを残す訳にもいきません。仕方なく余力を振り絞ってシャワーを浴びるのですが、やっぱり浴槽に浸からないと疲れが取れた気にはならないものです。その頃からですか、銭湯に寄ってから帰るようになったのは。

銭湯通いに味をしめたワタシは、学校や就活のない日には、早めの時間帯に銭湯に行って、時間をかけてリフレッシュをするようになりました。

ある冬の寒い何の予定もない休日、ワタシは昼過ぎに銭湯に向かいました。しかし、銭湯は夕方3時半からでした。仕方なく出直してこようと思ったとき、大きな煙突から煙が上がっていることに気が付いたんです。何となしに、ワタシが煙突の近くに行くと、要塞のようなところに真っ赤な炎が見えます。ワタシは、その炎に惹き付けられるように近づいて行きました。そして、そこに、マキハラさんがいたんです。この寒さのなか、ランニングシャツに鉢巻姿のマキハラさんは、汗ダクダクで薪を鉈で裂いては、窯に、黙々とくべていきます。

しばらく見ているると、マキハラさんが、ポットを手に取りグビグビと飲みだしました。おそらく冷たい飲み物でしょう。そして、ポットを元に戻して、一息ついたマキハラさんは、こちらを振り向きました。

「こんにちは。大変ですねぇ。」

思わずワタシの方から声をかけていました。

「ど、どうも。」

「この寒いのに、ココは赤道直下の南国ですね。」

「はっはっは。」

「これじゃ、夏は最悪でしょ？」

「もう、慣れましたよ。」

「あっ、いきなりスミマセン。お風呂に来たんですが、まだ、開いてなかったみたいなんで。」

「3時半からです。」

「毎日、お湯を沸かしてるんですよね。」

「はい、定休日以外は毎日です。そこ、寒いでしょ。こっちに来て暖まってくださいよ。」

「お仕事中でしょ、いいんですか？」

「ひと段落ついたところです。あと30分は、このままで。」

「大変なお仕事ですよね。」

「家業ですから。」

「ボク、いま、就活中なんですけど、毎日、これはやってけそうもないなぁ。この薪くべの他にもお風呂の掃除とか番台とかあるんでしょ？」

「まあ、そうですけど、単純作業ですから。キミみたいな前途有望な若者には、もっと生産的な仕事をバリバリしてもらわなくちゃ。はっはっは。」

「でも、職人って感じでカッコいいですよ。」

「そんなことは。」

「あっ、あれは鉈ですか？」

「そう。大きな薪は斧で裂いて、小さめになった薪は鉈で裂いて火にくべるんです。」

「でも、あの鉈、あんなに小さくなっちゃって。」

「長年使ってますからね。元々は倍くらいの刃先だったんですけど、砥《と》いでるうちに、あんなになっちゃいました。」

「凄っごいっ。まさに、職人の道具って感じですね。」

それ以降、ワタシは時間があれば、銭湯に入る前にマキハラさんのところに立ち寄って、いろんな話をしたり、窯の中で真っ赤に燃え上がっていく薪を見つめて心を落ち着けるようになったのです。

＊

それから、5年ほど経った頃、ワタシは家具製造販売会社に就職していて、配属先だった大阪から異動となり、学生時代に暮らしていた、この町に戻ってきました。

5年の年月は長いようで短く、短いようで長かったようです。商店街のシャッターは閉じられているところが目立ち、広い駐車場を備えたスーパーやコンビニが出来ています。街道沿いには大規模なスーパー銭湯の看板が煌《きら》びやかに映えています。そんな町で、ワタシは学生時代より、少し家賃の高いマンションに住み、この地に根を下ろしたのです。

以前、暮らしていた場所とはいっても、異動になったばかりで、新しい勤務先での調整ごともありますし、引っ越しあとの部屋の整理や、近所の皆さんへの挨拶回りなど多忙な日々が続き、ようやく、ひと心地付いたのが、引っ越してから3か月後くらいだったでしょうか。

休日に買い出しをしてクルマで走っていると、信号待ちの道路脇にスーパー銭湯の看板が見えました。

「スーパー銭湯かぁ。最近の銭湯って煙突ないよなぁ。」

そう思ったとき、ワタシの脳裏に、煙を上げる銭湯の煙突の絵面《えづら》が浮かんできたんです。

「あっ、そう云えば、あの銭湯、どうなったかな？　まだやってるのかな？　マキハラさん元気かな？」

時間を見ると、午後3時半。

「よしっ、このアシで、あの銭湯に顔出してみっか。」

《ガラガラガラッ》

「こんにちはー。」

そう云って暖簾をくぐり、番台に480円を置きます。見上げると、そこには懐かしいオバチャンの顔。

「お久しぶりです。覚えてますか？」

「・・・あっ、あー、久っさしぶりぃ～、元気だった～？　ここんとこ見なかったけど、どーしてたの～？」

オバチャンが左手を肘に、右手を立てて手首を前後させながら矢継ぎ早に質問してきます。これも、オバチャンの懐かしい仕草です。

「いや、就職して、大阪で勤務してたんですよ。」

「えっ、大阪ぁ〜？　そりゃ、全国規模の立派な会社に就職したんだねぇ。立派、リッパ。」

「これからは、また、お世話になります。」

「なに、戻って来たのぉ？　こちらこそよろしくね。さぁ、寒いでしょ。温まってってよ。」

脱衣場の腐りかけたロッカー、高い浴室の天井、さび付いた蛇口、剥げ落ちたタイル張り、熱い湯。5年ぶりの銭湯は変わっていませんでした。相変わらず、ご隠居も土建屋の社長もタコ坊主の不動産屋も湯に浸かっています。

その日は長居せず、適当に風呂を切り上げてあがり、冷蔵庫から瓶牛乳を取り出して一気に飲んでいると、

「はい、どうぞ。」

と、番台の上からオバチャンが袋に包まれた月餅をくれた。

「ありがとうございます。相変わらずですね。安心しましたよ。」

「んふ。んーまーあねぇ・・・。」

オバチャンの意味深な返事には気付かず、その日、ワタシは、ノホホンと牛乳を飲みながら、もらった月餅を食べて、そのまま家に帰りました。

その翌週の仕事帰り、ワタシは、この前のお礼に歌舞伎揚げ煎餅をお土産にぶら下げて銭湯に行きました。少し離れたコインパーキングにクルマを停めて、12月の寒い夜道をコートの襟を立てて銭湯に向かいます。

「こりゃ、充分、温まらないと風邪ひくな。」

行きしなに風呂焚き窯のところに顔を出しましたが、マキハラさんはいませんでした。

《ガラガラガラッ》

「こんにちはー。」

その日も、番台に480円を置き、お土産の歌舞伎揚げ煎餅をオバチャンに渡します。

「こないだのお返しです。食べてくださいな。」

「ひゃー、悪いねぇ、気ぃ~遣わせちゃって。」

「いえいえ、その分、温まらせてもらいます。」

「寒いからね~、ゆっくり浸かっていってよ。」

「ところで、マキハラさんは？　こないだもいなかったみたいだけど。」

「あ~、あの子ねぇ・・・ここ辞めて就職したのよ。」

「えっ？　だって、マキハラさん、ここの跡取りじゃなかったっけ？」

「そうなんだけど、この業界も厳しくてねぇ。将来的に不安に思ったんじゃないの？　ここじゃあね。」

「そーなんですかぁ。」

「アンタが来なくなった頃かな？　いきなり就職活動を始めてね。あの歳だから、大した仕事は出来ないだろうけど、何とか、倉庫の仕事に就けたみたい。」

その日のワタシには、あんまり銭湯を楽しめなかったし、リフレッシュも出来なかった印象しか残っていません。

＊

ある日、オトコが、いつも通る神社の前をトボトボと歩いていると、森の傍らに質素な質屋があることに気が付いた。こじんまりとした一間ほどの間取りで、色落ちした赤い看板には、〇に『質』と描かれている。

オトコは、その質屋の前で、入ろうか、よそうかと二の足を踏んでいた。

思い切ってオトコが質屋に入ると、店の正面には番台が備え付けられていて店主が座っていた。赤いベレー帽にロイドメガネ、着晒らしのベストを羽織り、パイプを咥えながら何か書物を読んでいる。狭い店内である。オトコが店に入って来たことは店主も気づいているはずだが、こちらを見向きもしない。

あまりにも店主が話しかけてこないので、オトコは居た堪れなくなって出口に向かおうとした。そのとき、ようやく、店主が口を開いた。

「何かご用で？」

「実は、お門違いとは思ったんですが、預かっていただきたいモノがございまして。」

「預かる？　ここは質屋ですが。」

「重々、承知しております。こう見えましても、ワタシ、お金に困っている訳じゃなくて、ただ、友人の大事なモノを持ち続けていく自信がないもので。」

「もう少し、詳しくお話を聞かせていただけますか？」

「はい。ワタシの地元に行きつけの古い銭湯がありまして、以前から、足しげく通っていたんです。いっとき、ワタシが仕事の都合で大阪に転勤したので、その間はご無沙汰してましたが、先日、地元に戻ってくることになって、また、その銭湯に通い出すようになったんです。」

「昔と比べると、最近は銭湯も減りましたよね。」

「そうですよね。あの老若男女問わず、裸の付き合いって良いモンなんですけどねぇ。」

「時代ですかねぇ。」

「大阪に行く前は、そこで知り合った銭湯の跡取り息子と仲良くなって、いろいろと薪窯の前で話したものです。銭湯の仕事の話とか将来の話とか。」

「ほほう、薪で焚いている銭湯ですか。最近、見なくなりましたねぇ。」

「そのときまで、ワタシは、その銭湯の跡取り息子が、これからもずっと銭湯を切り盛りしていくと思っていたんです。これが、そのヒトが薪をくべるときに使っていた鉈です。」

「ほほう、随分、使い込まれて刃先がなくなってきてますね。」

「それが、そのヒトの歴史だと思っています。」

「なるほど。それで、アナタが質草にあずかって欲しいというのは、この鉈なんですね。」

「はい。」

「でも、どうして、そんな大事なモノをアナタが?」

「あれはクリスマスの夜でした。いつも通り仕事を終えて、夜遅くに帰って来たワタシは、そのまま銭湯に立ち寄ったんです。」

「仕事の疲れを癒すのには、やっぱりお風呂が一番ですからねぇ。」

「はい。それで、ひとっ風呂浴びて、脱衣場で涼んでたら、番台のオバチャンが冷蔵庫を指差して『クリスマスだから、何でも好きなモン飲んでいいよ。』って云うんです。見ると、いつも、そんな夜の時間には居ないような常連客が数人、ニコニコしながら冷蔵庫の周りでコーラとか缶酎ハイとか飲んでるんです。それでボクもお呼ばれしました。」

「クリスマスの夜に粋なはからいですね。」

「・・・」

「ん?　どうしました?」

「そのとき、久しぶりに、その銭湯の跡取り息子に会ったんです。」

「この鉈の持ち主の?」

「はい。カレは、黙ってボクを煙突の足元の窯場に呼び出しました。久しぶりだったので、しばらくは、とりとめのない話をしていたんですけど、突然、カレが云ったんです。『この銭湯、今日で廃業なんだ』って。」

「それは急ですね。」

「詳しく聞くと、ずっと、経営が難しかったみたいで、それで、カレは跡を継ぐのを諦めて、一般の会社に中途入社したということでした。」

「クリスマス会が一転してお別れ会ですか。」

「はい、そのとき渡されたのが、この鉈です。カレも家業の銭湯には思い入れがあったようで、できれば、将来、もう一度、銭湯を取り戻したいって云ってました。」

「思い出の詰まった場所でしょうからね。」

「そのときまで、この鉈を持っていてくれって云われて。でも、そんな思いのこもったモノをボクが持っていていいのかどうか分からなくなってしまったんです。」

「分かりました。そう云う事情でしたら、この鉈を質草としてお預かりします。」

「ありがとうございます。」

「元金は、そうですねぇ・・・100万円でいかがでしょう?」

「100万円っ⁉　いえ、ワタシは別にお金には困っていないんですが。」

「いえ、アナタには、大切な鉈を預かったという責任があります。その責任に応えるためには、100万円と云う新たな責任を持って、それを埋め合わさなければなりません。この100万円は、どう使おうがアナタ次第です。生かすも殺すもアナタの責任感次第ですな。

ただし、契約は守っていただきます。当店の場合、流質期限は1年間。1年後には、必ず、もう一度、お越しいただき、1年間の経過説明をしていただきます。そこで問題がなければ、お貸しした元金に手数料を加えた質料をご返金願います。」

「は、はい。でも、本当にそれで良いのでしょうか?」

「さっきも申し上げた通り、アナタ次第ですよ。では、元金100万円と質札をお持ちください。再起を願って頑張っているお友達の為にも、これを糧に励んでください。数年後、また、元の関係のまま、お友達にお会いできることをお祈りいたしております。」

そう云って、店主は深々と頭を下げた。

◇

あれから1年が経った。

オトコは、ある神社の森の傍らにある質屋の前に佇んでいた。

1年前、オトコは、その質屋の前で、何かを思い詰めているような表情をしていた。

今日も、オトコは、その質屋の前で、入ろうか、よそうかと二の足を踏んでいる。しかし、オトコの表情は、1年前とは違い、店主に会うのを楽しみにしている風だった。

《ガラガラガラ》

オトコが引き戸を開けて店内に入って行く。店内の通路の右壁には古書の山。左壁のショーケースには質流れした商品。正面の番台には、赤いベレー帽にロイドメガネ、着晒らしのベストを羽織り、パイプを咥えた店主が座っている。

店主と目が合った。店主は値踏みするような目でオトコを見続けている。

「茶でも入れましょう。」

「その節はお世話になりました。」

「随分とご立派になられましたな。」

「いえ、それほどでも。なんとかかんとか生き延びてる感じですよ、はっはっは。ところで、ご主人、聞いてくださいよっ。あのあと、銭湯の跡取り息子が帰って来たんですよ。本人は中途採用の倉庫会社では通用しなかったなんて云ってますけど、やっぱり餅屋は餅屋ですね。将来、銭湯を復活させようと、近くのスーパー銭湯でアルバイトを始めたようです。給料は安いですけど、いまどきの銭湯の修業をするんだって張り切ってますよ。」

「分かっていましたよ。」

「はい？」

「アナタのお友達が、銭湯を愛しているってことを。また銭湯をやり直したいって思っていることを。地道に我が道を進む方のようですね。」

「はい。無口で自分の意見を無暗に云わないヒトですけど、芯の強いヒトです。何より、銭湯と、銭湯に来るお客さんが大好きなんです。それに、銭湯の仕事に誇りを持ってますしね。」

「自分のことのように、ベタ褒めですね。」

「はい、とっても嬉しいんで、つい。それで、1年前にお借りしたお金をお返ししようと伺いました。こっちが質札です。」

　店主は質札を預かって店の奥に向かった。

「はい、それじゃ、これが質草の『職人の鉈』です。」

「では、元金の100万円と・・・あと、手数料はいかほどに?」

「そうですねぇ・・・。」

　そう云って、店主が算盤をはじいてから答えた。

「お戻しいただく金額は、元金の100万円だけで結構です。」

「えっ、でも、それじゃあ、オタクの商売が成り立たないでしょ?」

「手数料分は、経過説明料としてお値引きさせていただきます。良いご経験談を聞かせていただきました。」

「質屋の値引きって・・・。」

「当店では、そういう契約内容となっております。」

「は、はあ。」

「それよりも、お友達の為に、もっと頑張らなくちゃいけないんじゃないですか？」

「えっ！　はっはっは、何でもお見通しですね。1年前に融通していただいた100万円をちょっと投資しまして、8万円の上積みが出来ました。これからも損得の波はあるでしょうが、少しずつ増やしていって、将来、カレが銭湯を取り返すときの軍資金にあててもらおうと思ってます。まだまだ、全然、少ないですけどね。」

「そうですか、アナタの思いが、お友達に届くといいですね。」

「カレなら、きっと分かってくれますよ！」

母親の布団

24センチ×24センチ×35センチ（一斗缶サイズ）以上の大きさのゴミは、粗大ゴミ扱いにされる。粗大ゴミの処理方法には、個別収集と家庭系ゴミの自己搬入とがあり、ともに要予約制である。一般家庭の粗大ゴミは、決まった日時に決まった集積所に出しておけば回収してくれる。ただし、いまの時代、タダとはならず、事前に手数料納付券を購入し、貼り付けておかないと回収してはくれない。

＊

「すみませーん。粗大ゴミの手数料納付券ください。」

「〇〇市在住の方で?」

「はい。」

「でしたら、そこのコピー機で買えますので。」

「コピー機で?」

「次のお客さんどうぞ。」

既にコンビニの店員は、次のお客の商品のバーコードを読み取っている。仕方なく、ワタシは、トイレの前に設置されている多目的型のコピー機に向かった。

「えーっとぉ、粗大ゴミのぉ、手数料納付券の買い方はとぉ・・・スミマセーン、これ、どーやって使うの？」

ワタシは大きな声で店員に聞いた。

「そこの脇にマニュアルが貼ってあるんで、それ見てくださぁーい。」

味気ない返事が返ってくる。

「どれだ、どれだぁ？　あっこれかっ。えーと、なんだってぇ？」

もともと、ワタシはキカイ音痴な方ではないが、妻に云わせると、60歳を過ぎた頃から、ひとりごとが多くなってきたようだ。

「マイナンバーカードをお持ちの方・・・ではないから、コッチのボタンと。○○市在住の方ですか?・・・ハイ。粗大ゴミの大きさを選んでください・・・へー、布団のシングルサイズが310円で、ダブルサイズが520円って違うんだ。そんじゃシングルの310円と。えーと、あとは住所と電話番号を入力してと・・・これでOK。プリントアウトした申込用紙をレジに持って行って精算か。よし。」

初体験はナニに寄らず苦労するもの。ワタシは入店してから30分かけて、ようやく粗大ゴミの手数料納付券を購入することが出来た。

「アナタぁ、今年は年末の大掃除手伝ってよね。」

「そーだよ。お父さん、去年は掃除用のコロコロがなくなったから買ってくるって云って、そのままパチンコ屋に逃げたでしょ。ちゃんと覚えてるんだから。」

「あれは、たまたま買い出しの途中で、ネギシさんに捕まって連れて行かれたんだよ。」

「云い訳はいいの。それより、今年は、納戸の整理をしようと思ってるのよ。アナタも見て、要らないものあったら処分してよ。」

「あー、そーだな。最近、クミコのスキー用品買い替えたり、ママのダイエットマシーン買ったりしたから、納戸もいっぱいになっちゃったよな。」

「パパのゴルフ用品が一番じゃないのっ。」

「はいはい、と。じゃ、今年は納戸から手ぇつけるか。」

そう云ってワタシは納戸の押入れを開いた。

「うわぁぁっ。」

いきなり、布団の上に積み上げられたパジャマやシーツが雪崩れ落ちてくる。

「ったく、ママもいい加減だよなぁ。見えないところじゃこれだもんなぁ。」

要らないモノは捨てる算段だったので、雪崩れ落ちたものは無視して押入れに目を戻す。そのとき、湿気とかび臭い押入れのなかに、妙に懐かしい匂いを感じたような気がした。

「んん？　この匂い・・・。」

ワタシは、積み上げてある掛布団や敷布団の隙間に両手を潜らせ、顔を押し付けて思いっきり匂いをかいでみた。

「昔、子供の頃、押入れの布団の間に両腕を突っ込んだっけ。この圧迫感が気持ちいーんだよなぁ。田山花袋の『蒲団』だっけ？　内容は忘れちゃったけど、あのヒトも、こんな気持ちだったのかなぁ。うんうん、この匂い、懐かしいなぁ。」


コンビニで粗大ゴミの手数料納付券を購入してから1週間後、ワタシは、担当の納戸の不要物をまとめて、マンションのゴミ集積所に持ち込んだ。ビンディングの壊れたスキーブーツ、物干しと化したぶら下がり健康器、音の出ないラジカセ、そして布団。それぞれ、納付券を貼ってゴミ集積所の一画に集めておろした。何故か、布団だけは、直接、床に触れさせたくなかったので、他の家庭で出されたらしい、勉強机の上に置いておいた。

年末最後の粗大ゴミ収集日、すなわち、お世話になったカレらとの決別の日は12月26日。今日は20日。残り6日間。納付券を貼られ、各家庭から出された粗大ゴミたちが集積所の片隅にうずくまっている。

21日に覗きに行ってみると、置かれたままの場所にあった。

22日、管理事務所のヒトが粗大ゴミの位置を並び替えたのか少し場所がずれていた。

23日、相変わらずだが、我が家の粗大ゴミを見ていると、妙に昔の記憶が蘇ってくる。

24日、今日はクリスマスイブだ。それぞれの粗大ゴミに手をあてがい「お世話になりました」とつぶやいてみた。

25日「明日でお別れだ。ご苦労さん」と思ったとき、ワタシの鼻の奥に、また、懐かしい匂いが漂ってきたような気がした。

26日、朝にはあった我が家の粗大ゴミは、夕方にはすべて持ち去られていた。「ありがとうね。」しかし、密かに、あの布団は残されていた。

＊

ある日、オトコが、森の傍らにある質素な質屋を目指して、いつも通る神社の前をクルマで走らせていた。オトコは、数日前、そこに質屋があることに気が付いていた。こじんまりとした一間ほどの間取りで、色落ちした赤い看板には、○に『質』と描かれている。

オトコは、その質屋の前でクルマを停めたが、いまだに、入ろうか、よそうかと、クルマのなかで二の足を踏んでいるようだった。

ようやく、思い切ってオトコはクルマから降り、クルマのバックドアを開けて、風呂敷に包まれた一抱えの荷物を取り出し、質屋の入り口に向かった。

オトコが質屋に入ると、正面には番台が備え付けられていて店主が座っている。赤いベレー帽にロイドメガネ、着晒らしのベストを羽織り、パイプを咥えながら何か書物を読んでいる。狭い店内である。オトコが店に入って来たことは店主も気づいているはずだが、こちらを見向きもしない。

あまりにも店主が話しかけてこないので、どうしていいのか分からず、一抱えの荷物を抱きかかえたまま、オロオロとするしかなかった。そのとき、ようやく、店主が口を開いた。

「何かご用で？」

「あのぉ、突然で申し訳ないのですが、こちらは、布団なんて質草にしてもらえますか？」

「・・・ご事情によりますが。」

「勝手なこと云って申し訳ないんですが、ある時期、この布団を質草として預かって欲しいんです。もちろん、質流れにするつもりはないですし、期日が来たら、必ず、お金をお返しして、この布団は引き取らせてもらうつもりです。」

「モノがモノですし、たいした元金をご用意できるお約束は出来ませんが。」

「いえ、結構です。この布団を、どうするか考える時間が欲しいんです。処分するのか、打ち直して使うべきか。」

「もう少し、お話をお聞かせいただけますか？」

「実は、この布団、ワタシの母親が使っていたモノなんです。」

「お母様が。」

「はい。母親は3年前に、62歳で亡くなりました。」

「62歳ですか。まだお若かったんですね。」

「いえ、天命だったと思います。父親もその2年前に亡くなってますし、いま頃は天国で2人仲良くしていることでしょう。ワタシも亡くなった当初は悲しみましたが、いまでは、懐かしい思いしか残っていません。」

「そうですか。そうやって、ヒトは輪廻を繰り返していくんでしょうね。」

「話が逸れましたが、先日、年の瀬なので、家族そろって家中の大掃除をしたんです。そのとき、納戸の整理をしたのがワタシでして、いろいろと、要らないモノを処分したんです。」

「そのときに、この布団が?」

「いや、この布団は、ちょっと区分けが違いまして。布団って、壊れたものや使えないモノと違って、打ち直せば、また、使えるでしょ。ただ、問題は、打ち直してまで使うかってことなんです。」

「なるほど。」

「妻も娘も、他に新しいお客さん用の布団があるんだから要らないって云うんですけど・・・。」

「あなたは、踏ん切りがつかない、と?」

「そうなんです。最初、ワタシが押入れを検分して、この布団を見つけたとき、ワタシも処分するのが順当だと思ってはいたんです。でも、布団の隙間に両手を突っ込んで、目をつむったときに、懐かしい匂いがしたんです。」

「お母様の？」

「はい。別に、ワタシがマザコンだなんて云うつもりはありません。でも、あの匂いは、ワタシの母親の匂いだけでなく・・・ワタシの過去の懐かしい匂いがしたような気がしたんです。」

「ノスタルジックですな。」

「はい。そのとき、しばらく、ワタシは過去にいました。小学校の帰り道で道路脇の柵の上を平均台みたいに歩いていて落っこちたことや、中学校で仲の良かった友達とボッコボコの殴り合いをしたこと、高校のときの初恋のアノ娘・・・そのすべてが、布団の匂いとオーバーラップするんですよ。この歳になって、変ですよね。あはははは。」

「いえいえ、お歳を重ねたからこそ、何かのきっかけで走馬灯は回るものですよ。」

「そうですね・・・で、本題です。この布団、モノとしては、十分、働いてくれましたし、良い潮時だとは思うんです。でも・・・。」

「思い出を無くすようで忍びない、と。」

「はい。分かっていただけて光栄です。」

「わかりました。この、お母様の布団、質草としてお預かりしましょう。」

「本当ですかっ、ありがとうございます。」

「ただし、契約は守っていただきます。当店の場合、流質期限は1年間。1年後には、必ず、一度、お越しいただき、1年間の経過説明をしていただきます。そこで問題がなければ、お貸しした元金に手数料を加えた質料をご返金願います。」

「1年間？　そんなに長く？」

「はい。では、そうですねぇ・・・元金3万円と質札をお持ちください。」

「3万円⁉　こんな古臭い布団に？」

「モノじゃないんですよ。この布団にはお母様とアナタの歴史が刻み込まれているんですよね。大切な思い出を残すか、リセットして新たな一歩を踏み出すか、1年かけて答えを出してくださいな。」

そう云って、店主は深々と頭を下げた。

◇

あれから1年が経った。

オトコは、ある神社の森の傍らにある質屋の前で、あの日と同じようにクルマを停めた。

1年前、オトコは、その質屋の前で、何かを思い詰めているような表情をしていた。

しかし、今日のオトコの表情は、1年前とは違い、店主に会うのを楽しみにしている風だった。

《ガラガラガラ》

オトコが引き戸を開けて店内に入って行く。店内の通路の右壁には古書の山。左壁のショーケースには、質流れした商品。店主は一年前と同じ姿で座っている。

店主と目が合った。店主は値踏みするような目でオトコを見続けている。

「茶でも入れましょう。」

「その節はお世話になりました。思いが固まりましたよ。」

「随分と吹っ切れたお顔立ちになりましたな。」

「そうですか？　はっはっは。でも、ホント、悩み事が解決すると気持ちがスッキリするもんですね。ご主人、1年前の、ご主人の言葉、覚えてますか？」

「さて、何て云いましたかなぁ？」

「イヤだなぁ『大切な思い出を残すか、リセットして新たな一歩を踏み出すか』ですよ。」

「そうでしたか。で、どちらに？」

「ふっふっふ。両方、です。」

「両方？　そりゃ、どういうことで？」

「そうですねぇ・・・まずは、今日、お約束通り、あの布団を質受けして料金をお支払いします。あの布団は処分しません。これで『思い出を残す』ことになります。」

「ふむふむ。」

「で・・・でですね。ココからは内緒の話です。」

「何だか大ごとになってきましたな。」

「いや、大したことじゃないんです。ワタシの知り合いに、布団の打ち直し屋と着物の仕立て屋がいるんです。」

「ほほう。」

「まず、布団の打ち直し屋の知人にお願いして、綿をキレイにクリーニングしてもらいます。そして、次に、そのキレイになった綿を仕立て屋に頼んで、綿入れに仕上げてもらうんです。しかも3着。」

「ほほう、半纏に仕立て直すんですすか。」

「はい、ワタシの分と、妻の分と、娘の分に。」

「なるほど、それが『リセットして新たな一歩を踏み出す』ですな。」

「はい。これは妻にも娘にも云っていません。サプライズプレゼントです。事情はずっと云わないかもしれません。」

「それが、内緒の話ですね。」

「はい。もう、1年前のことです。妻も娘も、布団のことなんて覚えていないでしょうから。」

「そうですか、ねえ?」

「でも、店主さん、1年間、ムリ云ってご迷惑をおかけしました。自分で云うのもナンですけど、こんな素敵な思い付きを考えさせてもらえたのは、店主さんのお陰ですよ。」

「何を云うんです、大したことじゃありませんよ。」

「いえ、あのとき、店主さんが、あんな古臭い布団を預かってくれると云っていただいただけでも驚いたんですが、その布団に3万円でしょ？　正直、あのときワタシはアナタが信じられませんでしたよ。でも、ジワジワと分かってきたんです。店主さんがワタシ以上に、あの布団の大切さに気付いてくれていたんだって。ワタシなんかより、よっぽど、あの布団に思いを馳せていてくれたんだって。そしたら、ワタシだって店主さん以上に真剣に向き合わなくっちゃいけませんよ。」

「分かっていましたよ。」

「はい？」

「アナタが、全ての物事を大切にするヒトだってことを。亡くなられたお母様やお父様、そして、奥様や娘さん、そして、自分自身。アナタにとって、出会った人は全員、大切なヒトなんですね。」

「そう、なんですかねぇ・・・。」

「まあ、こうして、再び、お会いできたことが何よりです。」

「はい。それで、1年前にお借りしたお金をお返ししようと伺いました。こっちが質札です。」

店主は質札を持って店の奥に向かった。

「はい、それじゃ、これが質草の『お母様の布団』です。大きくて大変ですけど。」

「では、元金の3万円と・・・手数料はいかほどに？」

「そうですねぇ・・・。」

そう云って、店主が算盤をはじいて、

「お戻しいただく金額は、元金の３万円と、預かり手数料３１０円との合計３万３１０円となります。」

「３万円と・・・３１０円、ですか。ふっふっふ、アッハッハッハ。でも、ご主人、これでお店の方は大丈夫なんですか？」

「本来ですと、良いご経験談を聞かせていただきましたので、経過説明料としてお値引きをさせていただくのですが、今回は品物が大きくて保管代がかさんだので、お値引きはナシとさせていただきました。」

「手数料が納付券並みの３１０円。質屋で値引きの場合アリ、ですか。」

「当店では、そういう契約内容となっております。サプライズプレゼントが成功しますように。ま、サプライズにならなくても、良い1年になりますように。」

「なに云ってんですかぁ。必ず成功させてみますよっ。」

＊

「今夜、早く帰って来いって、パパが云ってたわよ。」

「うふっ。」

「ナニ、この子ったら、気持ち悪いわねぇ。」

「だってぇ〜。パパ、例のアレじゃないのぉ〜?」

「ぐふふっ。」

「ヤダ〜、ママだって気色悪い笑い方してぇ〜。」

「だってぇ〜。」

「うふふっ。」

「ぐふふっ。」

「ねぇ〜っ。」


夜の7時、父親は帰ってくるなり、そそくさと自分の部屋に飛び込んだ。

「アナタぁ〜、帰って来たの〜?」

「ああ、先に風呂入るわ。」

「もう、食事の用意できてるから急いでねぇ。」

「お、おう。分かった。」

「ふふっ。」

「ぐふふっ。」

母親と娘が食卓の用意をしながら目を合わせて含み笑いをしている。

「ふうぅ～、良い風呂だったぁ。やっぱり日本人は風呂だよなぁ。」

再び、母親と娘が目を合わせて含み笑いをする。今日の父親は、いつになく空回り気味のハイテンションだ。

「おっ、きょうはカレーか。また、御節料理の残りかと思ってたけど、やっと日常生活に戻れそうだな。『お節もいいけど、カレーもね。』って感じか。はっはっは。」

娘がキョトンとして母親の顔を見る。

「そんなセリフ、クミコには通じませんよ。」

「そうかそうか、メンゴメンゴ。」

「・・・」

食事が終わり、いつもなら、すぐにリビングのソファにふんぞり返ってテレビを見る娘が、今日は、大人しく食卓に残っている。妻も、食器を洗い始めようとはしない。

「どうしたんだ、オマエら。今日は、いつもと違うな。」

「だって、アナタが今晩はみんな揃うようにって云ってたから、何か重大なことを云うのかと思って。」

「ま、まあ、話はあるんだけど、そんな重大な話じゃ・・・。」

それを遮るように、娘がシリアスに迫ってきた。

「ねえ、パパ、もう、ママとはやっていけないの？」

「へっ？」

「アナタ、ハッキリ云って。私のナニがいけなかったの？」

「はぁぁあっ？」

「私、ママについて行くことに決めたからっ。」

「※◆♪〆§◎×⁉」

「・・・うふふっ。ウワッハッハー！」

「・・・ぐふふっ。グワッハッハー！」

「な、ナンなんだ、オマエらぁー。」

「冗談ヨ、ジョーダン。」

「パパが、なんかサプライズ考えてるみたいだったから、ママと返り討ちしようって相談してたの。」

「アナタ、バレてないって、思ってたでしょ？」

「う、うん。」

「で？」

とうてい妻と娘には勝てない。2人で同時に片手を出してきた。

「な、ナンダ？　この手は？」

「サプライズと云えばプレゼントでしょ？　ほらほら。」

「さっき、パパが帰って来たときに慌てて部屋に隠したものよ。」

「ったく、オマエらはぁ～。」

父親は、シブシブ、今日できたばかりのプレゼントを部屋に取りに行った。そして、部屋から少し大きめの包みを3つもった父親がダイニングに戻ってくる。

「キャーッ、嬉しーっ。久しぶりのパパからのプレゼントぉ～。♪ナニが出るかな～ナニが出るかな～出るかなっ。」

「オマエ、よく、そんなウタ知ってるなぁ。」

娘がラッピングの紙を破かないように慎重に開いていく。妻は、自分の包みをあけようとせず、娘のプレゼントが開かれていくのを見ている。そして、中身がオープンになった。

「ええーーーっ、ナニコレー。ちゃんちゃんこぉー？」

娘の反応に父親が焦り出す。

「いや、クミコ。これは綿入れ・・・って云っても分からないか。そう、半纏だよ、ハンテン。これからの冬の季節には暖かいぞー。」

「ええーっ、もっとオシャレなのが良かったー。」

「ほらほら、クミコ。そんなこと云ってパパをがっかりさせないの。」

妻の言葉に助けられ、父親の目に輝きが戻ってきた。が、次のひとことで・・・。

「せっかく、パパが知り合いの布団の打ち直し屋さんで綿をクリーニングしてもらって、知り合いの仕立て屋さんで半纏をつくってくれたんじゃない。文句云わないのっ。」

「へっ？」

「だってぇ～、一昨年の大掃除のとき、納戸の押入れにしまってあった布団を捨てずに、再利用した半纏でしょぉ～？」

「はぁぁぁ～っ？　オマエら、なんで、そこまで知ってる、の？」

「・・・うふふっ。ウワッハッハー！」

「・・・ぐふふっ。グワッハッハー！」

「お、オマエら、何もんだ？」

「私、ちゃんと知ってるモン。あの日、パパが納戸の押入れで両手を布団の隙間に突っ込んで、しばらくボーっとしてたの。」

「あのあと、アナタ、毎日のように、ゴミの集積所に見に行ってたわよねぇ～。」

自分の顔が真っ赤になっていくのが分かった。

「決定打は、仕立て屋さんよねぇ。」

「そうそう、パパの居ないときに電話してきて『半纏を3つ仕立てるように云われてるんですけど、サイズを教えてください。』ですってぇ。」

「あのバカヤローがっ。」

「でも、ありがとう。温かそう。」

「ねえ、私のはピンクで、ママのは？」

「赤色。それでパパのは紺色。」

「ね、みんなで写メ撮ろ。早く羽織って、羽織ってぇ。」

〈ったく、コイツらは、どこまで目ざといのだろう？　でも、この半纏の本当の出処は知るまい。

母さん、オレら、こんな感じで仲良くやってますよ。ご心配なく。

んん？　でも、よく考えたら、あの質屋の店主が一番、何もかも、お見通しだったのかもしれないな。ふふふっ、大した大ダヌキだ！〉

同僚の息子とネクタイ

ある日、その質屋の前に、高級外国車が停まった。

運転席からは、リーゼントにサングラス、アロハシャツに白いダブダブのパンツをはいたオトコが、そして、助手席からは、真っ白でエレガントな広い縁の帽子をかぶり、大きめのサングラスをかけ、濃いめの化粧に、派手な花柄のワンピースを着たオンナが、大きな手提げ袋を持って降りてきた。そのまま2人は質屋に入って行く。

「数件、質屋を回ってるんだけどー。一番高いところで質入れしようと思ってさ。」

「それでしたら、他のお店で質入れした方が宜しいかと。」

「そう云わずに、鑑《み》るだけみてよ。このロレックスのエクスプローラーと、ヴィトンのスピーディバッグと、エルメスのケリーウォレットと、シャネルの2ウェイバッグでいくら?」

「そうですねぇ・・・4点で65万6000円ですね。」

「ば、バカ云ってんじゃねーっよ。こないだの店じゃ250万は固いって云われたぜ。半額以下じゃねーかっ！」

「でしたら、そこのお店で。」

「コレ、本物だぜ？　贋作じゃないぜ？」

「そのようですね。」

「・・・っけ、バカにしやがって、出直してきやがれっ！」

オトコがバカ丸出しの捨てゼリフを残して店を出て行く。オンナは、その間のやりとりに、ひとことも口を出さず、無関心に通りを見続けていた。

＊

そのヒトは、ボクの父親の大学時代のラグビー部の先輩だったと聞いています。父親の大学は、一応、大学のラグビーリーグでは常に上位を占める強豪校で、そのヒトはレギュラー兼チームリーダーでした。かたや、ボクの父親は1軍と2軍を行き来する、単なる、いちチームメイトだったらしいです。

就活時代、そのヒトを窓口としてOB訪問をした父親は、そのまま、そのヒトを頼って就職しました。入社後も、いろいろとお世話にはなったようですが、その分、散々、いじられキャラに専念していました。学生時代からお付き合いをしていた、ボクの母親のことも、そのヒトはよく知っていて、母親も、父親同様、そのヒトを頼りにしていました。

でも、ボクは・・・たまに、会社の帰りに一緒に飲んで、ボクの家で飲み直す父親が、そのヒトにいじられるのを見るのは、あまり好きじゃありませんでした。そのヒトは、先輩面して高飛車な態度をとり、それに合わせるように父親が機嫌を取ります。そして、母親もそれに追随します。そんな風景を見るのが嫌でした。ここは自分の家です。父親には、もっと堂々としていて欲しかったし、母親には常に父親の味方に立っていて欲しかったんだと思います。

数年後、ボクが中学校2年生の頃、そんな父親が病に倒れました。ボクは、度々、お見舞いで病院を訪れました。ひと一倍、周囲に気遣いをする父親は、ひとりで病室にいるときには、この世の終わりのような雰囲気を醸し出していましたが、見舞客が来ると明るく振舞っていました。父親は、ヒトに接しているときにこそ、生きている証を感じていたのかもしれません。

そんななか、コロナ感冒が流行り、一般の面会は中止になってしまいました。それに伴い、父親は一日中、壁の一点を見つめたまんま日々を過ごすようになっていきました。日増しに父親の病状が悪くなっていくのが手に取るように分かります。

そんなあるとき、あのヒトが見舞いに来たんです。大学のラグビー部時代の友人が病院に勤めているようで、なかば強引に面会の許可をもらったようでした。ボクには、それも気に入りませんでした。病室で父親とかわす、相変わらずの高飛車な言葉が、さらにボクをイラつかせます。しかし、父親も母親も、相変わらず、そのヒトの応対をヘラヘラ笑って聞いています。ボクは、それも嫌でした。

＊

ある日、ボクが、いつも通る神社の前をトボトボと歩いていると、森の傍らに質素な質屋があることに気が付きました。こじんまりとした一間ほどの間取りで、色落ちした赤い看板には、○に『質』と描いてあります。

その数日後、ボクは、その質屋の前で、入ろうか、よそうかと二の足を踏んでいました。質屋に入るなんて初めてのことですし、どういう手順で進めたらいいのか分かりませんでしたから。

でも、ボクは、思い切って質屋に入りました。正面には番台が備え付けられていて、店主さんが座っています。赤いベレー帽にロイドメガネ、着晒らしのベストを羽織り、パイプを咥えながら何かを読んでいます。狭い店内なので、ボクが店に入って来たことは、店主さんも気づいているはずです。でも、子供の冷やかしだと思ったのか、こちらを見向きもしません。

あまりにも店主さんが話しかけてこないので、ボクは居た堪れなくなって出口に向かおうとしました。そのとき、ようやく、店主さんが声をかけてくれたんです。

「何かご用で？」

「あのぉ、ボク、質屋さんて初めてなんで、どうすればいいのかよく分かんないんですが。」

「そうですね。アナタに限らず、一般のヒトに質屋ってあんまり利用されていないから、手順を知らないヒトは結構多いですよ。心配しないでください。」

その店主さんは、ボクが子供であるにもかかわらず、普通の大人と同じように接してくれました。

「質屋と云うのはね『質草』—要するにお客さんが預けたいモノをお預かりして、それに見合ったお金をお貸しするんですよ。お客さんは、期限が来たらお貸ししたお金と手数料を払っていただき、私どもは、お預かりした質草をお返しするという流れです。」

「あ、はい。」

「で、今日は何かを預け入れしようとして来たんですか?」

「はい。これなんですけど。」

ボクは30センチ×10センチ×1センチくらいの大きさの白い箱を店主さんに渡しました。

「開けてもいいですかな?」

「はい。」

店主さんは、丁寧に、その箱を開けます。

「ほほう、ダンヒルのネクタイだね。まだ、新品だ。」

「はい。」

「失礼だけど、アナタくらいの年頃の子には、ちょっと贅沢な品物ですね。これ、どうしたの?」

「実は・・・。」

父親は、入院して1年後くらいの6月に亡くなりました。なんとなく、予想はしていましたが、こんなに早く亡くなるとは思ってもいませんでした。でも、母親は、薄々感じていたようです。お医者さんに「ご臨終です。」と云われたときも、泣き崩れるでもなく、毅然とボクの肩を抱きしめていました。

父親の葬儀のときです。親戚や学校の先生や友達たちがご焼香に来てくれました。親戚のおじさんやおばさんが、優しい慰みの言葉をかけてくれるたびに、必死に泣くまいと誓ったボクの心は折れ、自然と口元が緩んで嗚咽が漏れてしまいます。

そのときです、参列者のなかに、ボクはアノ人を見つけました。知り合いがいないのか、それとも人目を避けているのか、あのヒトは人混みの中でソワソワしていました。そして、葬儀の列に並んでいた、あのヒトが父親の横たわる間近まできて、正面の遺影を見上げたとき、あのヒトは、大きな声を出して号泣しだしたんです。

「おうぉぉぉぉぉぉーっ！　うわぁぁぁぁぁーっ！」

それはボクにとって予想外のことでした。それまで、あのヒトを敵視しかしていなかったボクは、その声にならない獣のような呻き声を聞いたとき唖然としてしまいました。

三回忌法要が過ぎ、ようやく、ボクと母親2人の落ち着いた生活が戻って来たある日、母親がボクに白い箱に入ったネクタイをくれました。父親の形見だといいます。真っ白い箱には銀色の英字でダンヒルと書いてありました。ダンヒルはライターのブランドだと思っていたボクは、何故か、ちょっと白けた感じになりました。箱を開けると臙脂と紺の斜めのストライプ柄ネクタイがフックに留まったまま収まっています。もちろん使われた形跡はなく新品です。まだ、ネクタイをする年頃でもないボクでしたが、やはり、有名ブランドの新品のネクタイは嬉しく、さっきの白けた気分も吹っ飛び、喜んだのを覚えています。

でも、母親の話を聞くうちに、ボクの喜びは一瞬のうちに萎んでいきました。そのネクタイは、あのヒトが父親の入院中に見舞い品として持ってきたとのことでした。

「早くそのネクタイを着けて出社しろっ。」

そのヒトは父親にそう云ったそうです。おそらく、あの日のことでしょう。ボクは、その話を聞いたとき、嬉しさはとっくに忘れ、また、何だか白けてしまいました。

そのネクタイを母親から受け取りはしましたが、ボクは、部屋に戻るとクローゼットのなかに、それを箱ごと放り投げました。

「なるほど、これが、そのネクタイですね。」

「はい。」

「ちなみに、その、お父様の先輩とは、その後、お会いになったことは？」

「ないです。会う気もしません。」

「なるほど、なるほど。で、今回、そのネクタイを質に入れようと思ったご理由は？」

「なんとなく・・・っていうか、思い出したくもないんで。」

「そうですか。」

「あのぉ・・・。」

「なんですか？」

「ルール違反かも知れませんが、ボク、そのネクタイを引き取りに来るつもりはありませんから。」

「質流れにするということですね。それが目当てのお客さまもいらっしゃいますよ。ま、アナタみたいに、それを宣言するヒトも珍しいですけどね。はっはっは。でも、ひとつだけ。」

「はい？」

「そんなに見るのも嫌なネクタイを、アナタは何故、捨てなかったんです？　お金が欲しかったから？」

「んーーーーん、それもあります。でも、母親にそれを渡されたとき、母親は『父の形見だ』って云ったんです。」


「それで、捨てられずに、と云う訳ですか。分かりました。このネクタイ、お預かりしましょう。ただし、契約は守っていただきます。当店の場合、流質期限は1年間。1年後には、一度、必ずお越しいただき、1年間の経過説明をしていただきます。通常、そこで問題がなければ、お貸しした元金に手数料を加えた質料をご返金願うんですが、いまのお話では、ふっふっふっ、質流れをご希望とのことですよね。」

「はい。ゴメンナサイ。」

「いえいえ。でも、これだけは守ってください。質草や元金の取り交わしはなくてもかまいませんから、どうか1年後、必ず、経過説明にはご来店ください。」

「ど、どうしてですか？」

「どうしてもです。」

理由は云ってくれませんでしたが、店主さんの『どうしてもです。』という言葉には有無を云わせない凄みがありました。

「は、はい、分かりました。」

「では、元金は・・・8万円です。質札をお持ちください。これは、このネクタイを確かにお預かりしたという証拠にもなります。」

「8万円⁉　やっぱり、ブランド品って云うのは高価なんですね！」

「まあ、それだけじゃ、ありませんがね・・・では、1年後、お会いできることをお祈りいたしております。」

そう云って、店主は深々と頭を下げた。

◇

あれから1年が経ち、ボクは20歳になっていた。

その日、ボクは、ある神社の森の傍らにある質屋の前に佇んでいた。

1年前、ボクは、その質屋の前で、あることを思い詰めていた。

今日も、ボクは、その質屋の前で、入ろうか、よそうかと二の足を踏んでいる。しかし、今日のボクは、1年前とは違い、心のどこかで店主さんに会うのを楽しみにしていた。

《ガラガラガラ》

「こんにちはー。」

ボクは引き戸を開けて店内に入って行く。店内の通路の右壁には古書の山。左壁のショーケースには、質流れした商品。正面の番台には、赤いベレー帽にロイドメガネ、着晒らしのベストを羽織り、パイプを咥えた店主さんが座っている。

店主さんと目が合った。店主は値踏みするような目でボクを見続けている。そして、ニコッと笑った。

「茶でも入れましょう。」

「ご無沙汰してます。」

「そろそろ、いらっしゃる頃だと思ってましたよ。」

あの日、たった一度会っただけのボクを、このヒトは覚えていてくれた。あの日にも感じたことだが、このヒトの落ち着きある応対や自信は、ボクのことを全て見透かしているように思えてならない。しかし、それは決して嫌な気分ではない。

「約束通り、1年間の経過説明に伺いました。」

「はい。では、楽しみに聞かせていただきましょうか。」

「覚えていらっしゃらないでしょうが、ボクの父親が亡くなってから7年が過ぎました。」

「早いものですねぇ、もう7回忌をお済ませで。」

「ありがとうございます。葬儀の日、以前からお世話になっていた、父親の大学時代の先輩が、父親の横たわる前で号泣したことはお話ししました。」

「はい、覚えております。」

「ボクは、父親の生前から、そのヒトが傲慢で高飛車な態度で父親や母親に接しているのを見て、つくづく嫌なヤツだと思っていました。」

「子供心に、目の前で親を蔑《ないがし》ろにするような方へ向ける思いとしては当然ですな。」

「で、父親の亡くなったあと、しばらくしてから父親の形見だと云って母親に渡されたのが、生前に、その軽蔑すべきヒトから見舞いにもらったブランドもののネクタイだったということです。そしてボクは、それを、1年前にこちらに質入れしました。」

「はいはい、よく覚えておりますよ。で、その後は？」

「ちょっと、形勢が変わりまして。」

「というと？」

「ボクは早生まれなんで、今年の1月に20歳になりました。」

「ほほう、成人ですか。それは、おめでとうございます。」

「ありがとうございます。で、その1月の31日の晩に、いきなり、あのヒトが家を訪ねてきたんです。」

「お宅を？」

「はい。名目上は、父親の仏壇に線香をあげさせてくれって。父親の命日は6月ですから、見え透いたウソですよね。」

「では、なぜ？」

「手土産に・・・1升瓶をぶら下げてるんですよ。」

「お酒？」

「はい。そのヒトは、母親がアタフタして部屋のなかを片付けているのを尻目に、ズケズケト上がり込み、長い時間をかけて父親の仏壇の前で拝んでいました。それで、納得がいったのか、クルリと方向を変えると、居間の卓袱台を前に座り込んだんです。」

「キミも、ココに座って。奥さんも。」

そのヒトが座長にでもなった様子で、ボクたちに座るよう勧めます。ボクと母親はキョトンとしたまま、指定された位置に座りました。

「こうして座ると、あの頃を思い出すなぁ。ここがオレ。奥さんはそっち側。そんで、アイツが真ん中の、いま、キミが座ってるとこ。」

「そーでしたわねぇ。まだ小さかった、この子は、いつも食卓の椅子にチョコンと座っててねぇ…。」

ボクは、そんな思い出話に興味はなく、なかば強引に座らされたことに、かつての思いをかぶせて、そのヒトを横目で睨んでいました。

「そんな、怖い目で見るなよ。今日はさー、キミが20歳になった記念に、一緒に酒を酌み交わそうと思って。ほら、1升瓶。」

「まあ、いいわねぇ。私もいただいていい？」

そのヒトの相変わらずの強引さと、母親の調子を合わせた態度に、ボクはムスッとしていました。むかしと何も変わっていません。

母親が棚からグラスを3つ持ってきました。それぞれ、赤と青と黄色の波が入った冷酒用のグラスです。

「そうそう。赤色のグラスが奥さんで、青色がオレ。黄色がアイツだったよなぁ。今日は、キミが黄色いグラスだ。」

そう云って、そのヒトがそれぞれのグラスに1升瓶からお酒を注ぎます。

《トコトコトコ》

そう、あの頃聞いた、お酒の注がれる音です。

「カンパーイ！」

そのヒトは、イッキにグラスを空けます。ボクと母親はチビリチビリと口をつけます。しばらく、3人の間で沈黙が続きました。

「ゴメンっ！」

ボクは何が起きたのか分かりませんでした。見ると、そのヒトがボクに向かって土下座していま す。

「はぁ？」

母親を見ると、状況を察しているらしく、当たり前のような納得顔で、何度も頷いています。

「な、ナンなんすかぁ？」

この場になって、ボクは自分が初めて口をきいたと気付きました。

「キミの父さんには、いっつも世話になっているのに、偉そうなことばっかり云って、キミにも嫌な思いをさせてきたんだと思う。本当にゴメン！」

〈ボクの父親が世話をしてきたぁ？〉

「大学の頃から、そーだったんだ。大学の部活では、夜遅くまでマンツーマンで個別練習に付き合ってもらったり。会社に入ってからは、顧客目線でのマーケティングのアドバイスをくれたり、業績不振のグチを聞いてくれたり。アイツがいなけりゃ、オレは何にも出来なかったんだよ。」

母親が、顔を背けてウンウン頷いています。

「情けないだろ？　こんな先輩。でも、アイツはずーっとオレを応援し続けてくれたんだ。」

「ってことよ。知らないお父さんの一面が知れたでしょ？」

母親のお道化た喋りは少し鼻声でした。

「で、キミが今年、無事に20歳を迎えたってことで、乾杯しようと思って、今日は来たんだ。キミは嫌がるかもしれないけど、これは、キミの父さんとの約束だ。」

「やくそく？」

「そう。キミの父さんを見舞いに行ったときに云われたんだ。『息子が20歳になった頃、オレはもういない。1度だけでいいから、一緒に呑みたかったな。』って。だから、今日、オレはアイツの代わりにキミと呑む。」

「・・・」

「・・・」

「アイツ、泣いてたよ。どんなにラグビーの練習がきつくても、勝てなくても涙ひとつこぼさなかったアイツが、そのとき泣いてたんだよ。」

ボクは、黄色のグラスに注がれたお酒を一気にグイッと呑み干しました。

＊

「これが、あれから1年経った間に起こった大きな事柄です。」

「そうですか。そうでしたか。」

「世の中、何がどうなっていくもんだか分からないモノですね。」

「でも、少なくとも、分かっていたことはありますよ。」

「分かっていたこと？」

「アナタが、再び、ココに帰ってくるだろうということ。アナタが、純粋に自分の心に向き合うだろうということ。そして、アナタのお父様が一生懸命生き抜いたということ。」

「・・・はい。そうですね。そうですよね。」

「経過説明のお話は伺いました。で、このままお帰りですか？」

「いや・・・1年前にお借りしたお金をお返ししようと伺いました。こっちが質札です。」

「質受けなさるということですね？」

「はい。」

店主は質札を持って店の奥に向かった。

「はい、それじゃ、これが質草の『ダンヒルのネクタイ』です。」

「では、お支払いはいかほどに？」

「そうですねぇ・・・。」

そう云って、店主が算盤をはじいて、

「お戻しいただく金額は、手数料込みのお値段で2万5000円です。」

「はっ？　何かのお間違いでは？　お借りしたのは8万円です。その他に手数料もかかるでしょうから・・・。」

「差額の5万5000円と手数料は、経過説明料としてお値引きさせていただきます。良いご経験談を聞かせていただきました。」

「値引きって・・・質屋さんに値引きがあるなんて聞いたことありませんが。」

「当店では、そういう契約内容となっております。アナタは若い頃からお父様を亡くされるという不幸に逢われた。しかも、そのお父様を蔑ろにしていたと思われる方に嫌な思いでスポイルされ続けてきた。」

「いや、ですからそれは、」

「真実とは違っていたにせよ、アナタが心苦しく思い続けたことは事実ですよね。」

「はい、まあ、そうですが・・・。」

「そして、その心に被さった暗雲がいっときに晴れ、これからは新しい一歩が踏み出せる。」

「はい。」

「そうなれたのは誰のお陰だと思います？」

「それは、いままで出会った方々のお陰で・・・。」

「ふっふっふ。やはり、アナタはお父様似の性格ですね。いつも、毎日、アナタを見守っていてくれたヒトはどなたです?」

「母親、ですか。」

「そうですね。お母様は、お父様が亡くなって、いや、亡くなる前からご苦労なさっていたのではないでしょうか?　そんな、お母様は、いつ、息抜きをすることが出来たでしょうかねぇ?」

「はっ、そうかっ。いや、だめだめ。」

「アナタを一人前の大人に育て上げたいま、お母様に何かしてあげてはいかがですか?」

「イヤ、でも、このお金は、そういった・・・。」

「イヤ、ではないんですっ!」

店主さんの『イヤ、ではないんですっ!』という言葉には有無を云わせない凄みがありました。

「は、はい、分かりました。明日、母親と食事にでも行くことにしますっ。」

「いいですね～。」

後悔のプレイステーション

　それまで、ボクのウチは、自分で云うのもなんだけど、結構、裕福な家だったと思います。パパは会社の偉いヒトだし、ママは学校や地区の役員をやってたりしてました。

　家は庭付きの一軒家で、一階のリビングキッチンは広くて、夏はオープンデッキから入って来る風が気持ちよくって、冬は暖炉の火が温ったかでした。

　二階は、パパとママの寝室とパパの書斎、そして、ボクの部屋とお客さん用の部屋がありました。三角形の屋根裏部屋は秘密基地みたいで、ボクは、よくそこで本を読んだり要塞をつくったり、プラレールを敷き詰めたりして遊んでいました。

　庭の犬小屋には、ゴールデンレトリーバーの太吉がいて、身体が大きいので散歩に連れて行くのが大変です。面倒はボクがみる役目になってました。

　そして、車庫には、ボクのお気に入りのマウンテンバイクがありました。

　ボクの家を友達みんなが羨ましがり、ちょくちょく遊びに来ました。みんなからしてみれば、夢のような家だったみたいです。ボクにとっては、普通の家なんですけどね。

そんなこんなで、ボクは学校のみんなから羨望の眼差しで見られていて、みんながボクを、いつも取り囲んでいました。そうです、アノときまでは。

＊

「ヒロミぃー、忘れ物ないー？」

「うん、大丈夫ぅ。」

「ヘルメットかぶったぁ？」

「うん、かぶった。」

「スピード出し過ぎないのよぉ。」

「うん、分かってる。」

「交差点ではスピード落としてねぇ。」

「うん、分かってるってっ。〈まったく、いつもいつも、しつこいなぁ。〉行ってきまーす。」

「気を付けてね。」


「ったく、オマエはホントに心配性だなぁ。」

「だってぇ、あの自転車、相当、スピード出るのよぉ。こないだなんか、ワタシの目の前をビューって通り過ぎて行っちゃって。」

「それが、いまどきの自転車なんだよ。自転車に乗れないお前にはスーパーカーに見えるかもしれないけどな、あっはっはっは。」

「ばか。でも、最近、自転車事故が増えてきたって云うじゃない？　ワタシ心配で。」

「大丈夫だって。ヒロミは運動神経もいいし、問題ないよ。」

「でも、突然、ヒトが飛び出して来ることもあるじゃない？　それに、こないだのワイドショーで、自転車の事故で被害に遭った方が亡くなって、加害者は損害賠償が９０００万円だって。驚っどろいちゃった。ねえ、自転車保険入っといたほうがいいんじゃない？」

「おいおい、勘弁してくれよ。あの自転車を買うだけで10万円くらいしたんだぜぇ。これ以上、金かけてなんかいらんないよぉ。ワイドショーなんて、目についたニュースを片っ端から取り上げてるだけなんだから。」

「・・・そうよねぇ、事故なんて、そうそうあるものじゃないものね。」

＊

あの日、ボクは塾の帰りでした。友達と翌日の約束をしてコンビニで別れ、ザックを背負って自転車で走り出したんです。

塾は高台にあるんで、行きはシンドイですが帰りは楽です。ボクはいつも通り、坂道をスピードに乗せて降りていきました。長い坂道なんで、結構速度は出ます。

ようやく坂道の傾斜が緩くなって惰性で走っていたとき、スマホが《ピンポーン》って鳴ったんです。ラインの着信音です。ボクはポケットからスマホを取り出して画面を見ました。マウンテンバイクは、もう、普通のスピードになっています。直進方向の信号が青色から黄色に変わったのが見えました。ボクは無視して直進します。スマホの画面は案の定、さっき別れた友達から翌日の時間の確認ラインでした。

ボクがスマホの画面から正面に視線を戻したときです。交差点の横断歩道を渡る女のヒトが視界に入ってきました。ボクは慌ててブレーキを握ろうとしましたが、スマホを片手に持っていたので、ブレーキを上手く握れません。ようやく握りしめて、ブレーキの効く《キキキィーッ！》という音がしたとき、ボクは衝撃で弾き飛ばされました。そのとき、ボクの視界には《ドサッ！》と地面に倒れ落ちる女のヒトの姿が映っていました。

○月△日、午後7時半ごろ、××県××市の交差点で、塾帰りの少年の自転車と横断歩道を横断中の会社員女性（38歳）が衝突。女性は頭がい骨骨折などで意識が戻っていない。調べによると、少年は携帯電話を見ながら、自転車で下り坂をスピードを落とさずに走行中、交差点で会社員女性と接触した。

今回の案件で××地方裁判所は少年に損害賠償6500万円の支払いを命じた。

*

　ある日、オトコが、いつも通る神社の前をトボトボと歩いていると、森の傍らに質素な質屋があることに気が付いた。こじんまりとした一間ほどの間取りで、色落ちした赤い看板には、○に『質』と描いてある。

　その翌日、オトコは、再び、その質屋の前にいた。襟のついた大きめの白いウールセーターにグレーチェックのスラックス。一見、どこにでもいそうな中年のオジサンが、店に入ろうか、よそうかと、年代を感じさせる桐の箱を小脇に抱えながら二の足を踏んでいる。

　思い切ってオトコは質屋に入った。正面には番台が備え付けられていて店主が座っている。赤いベレー帽にロイドメガネ、着晒らしのベストを羽織り、パイプを咥えながら何か書物を読んでいる。狭い店内である。オトコが店に入って来たことは店主も気づいているはずだが、こちらを見向きもしない。

　あまりにも店主が話しかけてこないので、オトコは居た堪れなくなって出口に向かおうとした。そのとき、ようやく、店主が口を開いた。

「何かご用で?」

「実は、これを。」

「ほほう、これは、年相応に趣を添えた桐箱ですな。絵画ですかな?　それとも掛け軸ですかな?」

「私、骨董品には精通していないもので、本物かどうか分からないんですが、我が家に代々伝わる、川合玉堂*の掛け軸と、土田麦僊*という方の絵画です。」

「ほほう、川合玉堂に土田麦僊ですか。それは楽しみですな。どれどれ、なかを拝見してもよろしいですかな?」

「はい、どうぞ。」

　そう云うと、店主は白手袋をはめ、茶褐色になってしまった細長い桐箱の蓋をゆっくりと開けた。

「ほほう！　竹林の庭先でアヒルが餌をついばんでおりますな。玉堂と云えば家鴨の絵が有名ですが、この構図は初めて見ますな。」

「偽物ですか?」

「いや、それはまだ。世に見出されず、蔵の奥に潜んでいるお宝と云うものもありますから。ふむふむふむ。」

　店主が虫眼鏡を手に、巻物の絵から10センチくらいの位置を平行に舐めるように見続けている。しばらく鑑定をしたあと、店主は顔を上げた。

「なるほど、なるほど。では、お次のお宝を。今度は麦僊ですな。確か、麦僊は女絵や大原女の絵が有名ですけど。」

「そ、そうなんですか。川合玉堂という名前は聞いたことがありましたが、土田麦僊という名は初めて聞くもので。」

「そうでしょうね。興味のない方は初めて聞く名かも知れませんね。でも、土田麦僊も、川合玉堂に負けず劣らず、芸術性と希少価値の高い作品として有名なんですよ。」

「へぇー。」

「どれどれ？　ふむふむ。藤棚の下を大原女たちが歩いておりますな。こちらも初めて見る構図です。」

　そう云いながら、全体像を見ていた店主は、再び、虫眼鏡を片手に、作品から10センチくらいの位置を平行に舐めるように見続ける。そして、しばらく鑑定をしたあと、店主は顔を上げた。

「いいモノを見させていただきました。」

「ほ、本物でしょうか？」

「こういう商売柄、ワタシも沢山の絵画を鑑《み》てきました。ただ、専門家ではないので正式な判断は出来ませんが、おそらく、本物と見てよいでしょう。」

「ふうううぅぅぅーっ、良かったぁ。」

「でも、もし、何らかの都合で、これらの作品を手放そうとお考えでしたら、ワタシのような質屋ではなくて、専門の骨董品屋さんに行った方が宜しいかと思いますよ。」

「いえ、手放すつもりはないんです。ただ・・・。」

「ただ、一時的に、まとまったお金が必要と。」

「はい。」

「この2点で、いかほどをお考えですか？」

「1500万円ほど。」

「それは、結構な金額ですね・・・差し支えなければ、要り用の理由をお聞かせいただけますか？」

「・・・そうですよね。これだけの大金を借りるんですから、その裏事情もお話しする義務がありますよね。」

「話せる範囲で結構ですよ。」

「私は、ある生命保険会社で営業部長をしています。」

「失礼ですが、保険会社の部長さんなら、そこそこ、いいお給料をもらっておいでては？」

「はい。確かに学生時代の友人なんかと話しますと優遇されていると思います。そこそこの家に住んでますし、女房や子供にも不自由のない、というか、一種、贅沢な暮らしをさせています。でも、それは、つい3か月前までのことで・・・。」

「何かあったのですか？」

「はい。息子が自転車で人身事故を起こしまして。」

「そうでしたか。最近、多くなってきたようですよね。」

「そのようですね。事故の数週間前に妻と話してたんです。事故を起こしたり、巻き込まれたら大変だから、息子を自転車保険に入れておいた方がいいんじゃないかって。」

「ご自身のお勤めの保険会社で入られなかったんですか？」

「保険会社と云っても、あまり損害保険のことには詳しくなくて。それに、まさか、現実に、こんなにすぐに息子が事故を起こすとは思ってなかったもので。」

「そうですよね。普通、そう思いますよね。」

「で、ついこの前、地方裁判所で損害賠償6500万円を云い渡されました。」

「相手の方は？」

「38歳の女性の方です。頭がい骨骨折で、まだ意識が戻っていません。」

「そうすると・・・。」

「損害賠償金6500万円と慰謝料を合わせて、1億円近くが必要になりました。」

「1億円ですか。」

「我が家の預貯金が3000万円、家屋を抵当に5000万円、その他から借金が500万円。何とか8500万円の目途はつきましたが、残り1500万円がどうしても工面できないんです。」

「そこで、この掛け軸と絵を質草に1500万円を埋め合わせたいということですね。」

「はい。お恥ずかしい話です。」

「いえいえ、それぞれご事情はあるでしょうから。で、ひとつ確認させてください。」

「はい。何なりと。」

「先ほど、アナタは、玉堂と麦僊の作品を手放すつもりはないと仰いましたが、それは本気ですか？」

「はい。でも、お金だけ借りておいて、アナタにこれらの貴重な作品を渡したくないという風にはとらないでください。」

「いえいえ、それがワタシどもの仕事ですから、お気になさらないでください。」

「ありがとうございます。ワタシには価値がよく分かりませんが、この作品は、曾祖父の残してくれた、文字通り我が家の家宝なんです。お金がどうのこうのじゃなくて、この家宝を手放したら、ご先祖様を裏切ってしまうようで我慢できないんです。」

「なるほど。それを聞いて安心しました。この2作品、確かに、質草として大切に管理させていただきます。」

「あ、ありがとうございます！」

「ただし、契約は守っていただきます。当店の場合、流質期限は1年間。1年後には、必ず、一度、お越しいただき、1年間の経過説明をしていただきます。そこで問題がなければ、お貸しした元金に手数料を加えた質料をご返金願います。」

「はい。半年後には有価証券が現金化できますし、傷害保険の個人賠償責任補償特約も振り込まれるはずです。どうしても足りなければ、会社を辞めて退職金でお支払いしますっ。」

「そう意気込まないでくださいな。もっとリラックスして。」

「はい。ありがとうございます。」

「では、質札をお持ちください。元金ですが、額が大きいので、後日、振り込みという形でよろしいでしょうか？」

「はい。結構です。」

「では、この用紙に振込先口座のご記入をお願いします。これで、お金の算段はつきましたね。あとは、息子さんのメンタルケアが心配ですが、1年後、元気な笑顔でお会いできることをお祈りいたしております。」

そう云って、店主は深々と頭を下げた。

＊

ある日、ボクは、いつも通る神社の前を早足で歩いていました。そこの森の傍らに質素な質屋があることをボクは知っていました。地味なお店で、色落ちした赤い看板には、○に『質』と描いてあります。

ボクは、右脇の下と左脇の下に大きな段ボール箱を挟んで、迷わず、その質屋に入っていきました。正面には番台が備え付けられていて、お爺さんが座っています。赤いベレー帽にロイドメガネ、着晒らしのベストを羽織り、パイプを咥えていました。お爺さんは狭い店内なので、ボクが入って来たことに気づいていると思うんですが、なかなかこっちを見てくれません。

あまりにもお爺さんが話しかけてこないので、ボクは思い切って挨拶をしました。

「こんにちは！」

　ボクの大きな声にお爺さんは驚いた顔をしました。本当にボクが来店したことに気付いてなかったみたいです。ふふふ。

「な、何かご用で？」

「あのー、コレとコレで、お金貸して欲しいんですけど。」

「んん？　キミ、ここがどういうところだか知ってるの？」

「質屋さん、でしょ？」

「そうだけど、質屋さんて、どういうところだと思う？」

「品物を預けてお金を借りて、期限までにお金を返して、品物を戻してもらうとこでしょ？」

「〈ふーむ。なかなか物識りな子だ〉そうそう、よーく知ってるねぇ。」

「うん、ネットで調べたから。」

「ほほほー。よし、じゃあ、話を聞こうか。その両脇に抱えてるモノを預けたいんだね？」

「うん。こっちが『プレステ5*』で、こっちが『任天堂DS*』。DSは少し古いけど、プレステは最新版だよ。」

「ほほう、箱もキレイだし、ゲーム機器も汚れてないね。」

「うん、大事に使ってるから。プレステはボクの宝物なんだ。」

「そんな宝物を質草に入れちゃっていいの？」

「質草に入れる？」

「ああ、ゴメン、ゴメン。品物として預けちゃっていいのかいってこと。ゲームできなくなっちゃうよ?」

「・・・でも、しょうがないよ。自分が悪いんだもん。」

「ん? キミが悪い? それ、どういう意味?」

「あのねぇ、ボクねぇ・・・自転車で人を轢いちゃったんだ。」

「えっ!」

「あのねぇ、塾の帰りにねぇ、自転車に乗ってたら、スマホにラインの着信があってねぇ、ボク、運転しながらスマホを見ちゃったんだ。そしたら、いきなり女のヒトが目の前を横切って、それでぶつかっちゃったんだよ。その女のヒト動かなくて、救急車で運ばれたんだけど、まだ、意識がないんだって。」

「そ、そうなのかぃ。大変だったねぇ。」

「ううん、ボクが悪いんだから。いっつも、出かけるときママに『気をつけなさいよ』って云われてたんだ。あの日も『ヘルメットかぶったの?』とか『スピード出し過ぎちゃダメよ』って云われてたのに・・・。」

だんだん、少年の声が、か細くなっていく。

「しかも、片手運転しながらスマホ見ちゃったんだよ。何度も、ママに『ダメよ』って注意されてたのに・・・。」

少年が涙声になり、鼻をすする音が店内に響いた。

「そうか、そうか。」

さすがに店主もそれ以上は云えなかった。

「でもね、アッタマきちゃうんだよぉ。」

いきなり少年が、カラ元気を出して云った。相変わらず鼻声だ。

「何がだい？」

「クラスのヤツらさ。それまで、いっつも、ボクの周りにいて、ボクんちにゲームをしに来てたんだよぉ。それが、あの自転車事故以来、全然、近寄って来なくなってさぁ、目も合わせようとしないんだよぉ。」

「そうなの？」

「そうだよなぁ、世間のヒトは、何かことが起こると手のひら返したようになるからなぁ。」

「そうそう。キミは、まだ、幼いのに、もう、そういう目にあったのかぁ。」

少し落ち着いた少年の顔は、涙の跡のところだけ長く肌色が続いている。

「で、なんで、大切なゲーム機器を質に入れようと思ったのかな？」

「ゲームなんてしてる場合じゃないかなって思って。もっと反省しなくちゃって思って。」

「そうか、それは偉いな。でも、キミはまだ子供じゃないか。もっと子供らしく振舞って良いと思うよ。」

「あと・・・パパもママもお金が要るみたいなんで。」

「・・・そんなことまで・・・。」

「だから、少しでもパパとママにお返ししたいんだ。」

「・・・そうか。分かったよ。で、いくら必要なんだい？」

「ヒャクマンエン。」

「プレステと任天堂ＤＳに１００万円、か・・・そうか、そうだよな。お金がいっぱい必要なんだもんな。よし、分かった。１００万円お貸ししましょう。ただし、契約は守っていただきますよ。当店の場合、流質期限は1年間。それと、この１００万円はどこから、どうやって、何の為に用立てたか、ちゃんとお父さんとお母さんに話すこと。いいかい？　守れる？」

「うん、大丈夫。お爺さん、ありがとう！」

少年は１００万円の入った封筒をポケットに入れ、さっきより少し元気な笑顔で店を出て行った。

◇

あれから1年が経った。

オトコは、ある神社の森の傍らにある質屋の前に佇んで看板を見上げていた。

1年前、オトコは、その質屋の前で、何かを思い詰めているような表情をしていたが、今日のオトコの表情は、1年前とは違い、店主に会えるのを楽しみにしている風だった。

《ガラガラガラ》

「こんにちはっ。」

オトコが元気よく引き戸を開けて店内に入って行く。店内の通路の右壁には古書の山。左壁のショーケースには、質流れした商品。正面の番台には、赤いベレー帽にロイドメガネ、着晒らしのベストを羽織り、パイプを咥えた店主が座っている。

店主と目が合った。店主は値踏みするような目でオトコを見続けている。そしてニコッと笑って云った。

「茶でも入れましょう。」

お茶を待つ間、2人の間に会話はなかった。オトコが座ったまま、手持ち無沙汰で店内を見回している。ようやく、オトコの前にお茶が出された。

「その節はお世話になりました。大変、助かりました。」

「今日は羽振りの良さそうなスーツ姿ですね。」

「なんとか、会社を辞めることなく、ようやく元の軌道に戻ることが出来ました。まだ、借金は残ってますけどね。はははは。」

「カラ元気でも、笑えるようになったことは、良い方向に進んでいるってことですよ。」

「だといいんですが。」

「息子さんはお元気で？」

「お陰様で。お恥ずかしながら、息子までお世話になり、大変ご迷惑をおかけしました。」

「しっかりした息子さんで。それもご両親の人徳でしょうな。」

「いやいや、まだまだ無粋な子供です。」

「分かっていましたよ。」

「はい？」

「息子さんの話を聞いたときから、アナタが道を見失う人間ではないってことを。」

「親あっての子供、じゃなくて、子供あっての親ってところですかね。正直、当時、ワタシ自身、あのまま、やっていけるか自信がなかったんです。でも、あの日、息子から事情を説明され、100万円を手渡されたとき、自信がアルとかナイとか云ってる場合じゃなくて、何が何でも、必ず、家族を幸せにしなくちゃいけないんだって思ったんです。」

「そうですね。それが家族の絆であり、強さなんでしょうね。まあ、こうして、再び、お会いできたことが何よりです。」

「はい。それで、1年前にお借りしたお金をお返ししようと思いまして。こっちが質札です。」

店主は質札を持って店の奥に向かった。

「はい、それじゃ、これが質草の家宝の『川合玉堂の掛け軸』と『土田麦僊の絵画』です。それと、こっちは息子さんのお宝の『プレイステーション5』と『任天堂DS』です。」

　オトコは掛け軸にも絵画にも目を向けず、しばらくの間、ゲーム機器をジッと見つめていた。少し、涙目になっていたような気もするが。

「で、お金の方ですが、金額が大きいので振り込みでよろしいですか？」

「結構ですよ。」

「で、手数料を含めていかほどに？」

「そうですねぇ・・・。」

　そう云って、店主が算盤をはじいて
「お戻しいただく金額は、『川合玉堂の掛け軸』と『土田麦僊の絵画』２点で、１５００万円ですね。」

「いや、息子の分の１００万円と手数料は？」

「息子さんの分？・・・ああ、そうでしたね。息子さんの『プレイステーション５』と『任天堂ＤＳ』２点の１００万円分は、息子さんに貴重な話を聞かせていただきましたので、将来の奨学金としてお受け取り下さい。それと手数料ですが、こっちはアナタご自身の経過説明料としてお値引きさせていただきます。良いご経験談を聞かせていただきました。」

「値引きって・・・。」

「当店では、そういう契約内容となっております。これからも、様々な試練難題と遭遇するやもしれませんが、アナタたちご両親と息子さんなら、どんなことも乗り越えられるはずです。いつまでも笑顔を絶やさないご家族でいられることをお祈り申し上げております。」

＊　川合玉堂《かわいぎょくどう》　１８７３〜１９５７　日本画家

＊　土田麦僊《つちだばくせん》　１８８７〜１９３６　日本画家

＊　プレステ５　プレイステーションの略。ゲームソフトの一種

＊　任天堂ＤＳ　２００４年発売の携帯型ゲーム機

ホープの万年筆とガラスペン

「ドウザキ先輩の門出を祝って、バンザーイ、バンザーイ、バンザーイ！」

東京大学経済学部金融学科の卒業式後の謝恩会は、行きつけのイタリアンレストランを貸し切って開かれた。

同期や後輩たち、そして、お世話になった教授がグラスを片手に微笑みながらこちらを見ている。

「サワタリ教授。本当にお世話になりました。教授のお陰で、様々な事例や対処方法を学ぶことが出来ました。無事に卒業し、これから、いち、社会人として頑張っていきます！」

「卒業おめでとう。キミは、我がゼミのホープだ。今後、若い後輩たちがキミの礎を目指して駆け上って行くことだろう。そのときは、彼らを優しく導いてやってくれ。」

「もちろんです。ボクも、後輩たちの指標となれるように頑張りますよ！」

そのとき、司会者が大きな声で会場にアナウンスした。

「ご来場の皆さま、これから、我が東京大学、我が経済学部金融学科を類い稀な成績で卒業された、ドウザキ先輩に、サワタリ教授から卒業記念品の授与がなされます。」

サワタリ教授が、ひと口、シャンパンを舐めると壇上に上がる。

「お集りの皆さん、このたび、近年、稀に見る優秀な成績を修めましたドウザキくんが、我が校を卒業して社会へ旅立ちます。正直なところ、我がゼミのホープである彼に卒業されてしまうと、残りの貴君たちでは、若干、不安なところもございまして・・・。」

「厳しぃーっ。」

「教授、そんなことないですよーっ。」

サワタリ教授のお得意の皮肉まじりのジョークに会場が湧く。

「まあ、冗談はさておき、ここに、ドウザキくんの更なるご活躍を祈念して、慎ましやかではございますが記念品を贈りたいと思います。」

ドウザキが壇上に上がると会場から拍手が沸き起こる。そして、四方にお辞儀をするドウザキにサワタリ教授が記念品を手渡した。

ドウザキは受け取った記念品のラッピングを、その場ではがし記念品の箱を開けた。

そこには、赤い刺繍糸で縁取られた紺革のペン差しがあり、カバーを開くと左側に握りのしっかりとした重厚な万年筆が、その右側の少し小さな隙間にはネジリのデザインが風流なガラスペンが入っていた。

「皆さん、ありがとうございます。皆さんのご期待に沿えるよう、一生懸命頑張ります！」

ドウザキの感極まった最後の挨拶に、会場がドっと沸き上がった。

＊

ドウザキが某有名証券会社に就職してから11年が経ち、カレはもはや営業所の中心的役割を担い、なくてはならない存在となっていた。

ファイナンシャルプランナーとして個人事業主や富裕層に財政運営の安心と安全を唱え、少しでも総資産を増やせるように資金運用の提案をする。カレのヒトの良さと信頼感は顧客に浸透していき、カレ担当の有価証券の売り上げ実績はメキメキと伸びていく。時代もリーマンショックの痕跡は見えなくなり、徐々に経済が安定し、浮き沈みしながらも右肩上がりに成長している時期だった。

しかし、ときに、慣れというのは目測を見誤らせるときがある。その経済の安定期こそがカレの判断を惑わせる落とし穴だった。それはカレほどの経験と知識があれば避けられる株式だった。

しかし、カレはタイミングを逃した。僅か1日のタイムロスで、顧客の資産は半分以下に陥ってしまった。

それが自分のミスだとはカレ自身が一番よく知っている。しかし、当時、その件に関して社内の上司や同僚や部下は、見向きも手助けもしてくれはしなかった。挙句の果てには、オフィスのライバル社員が密やかにほくそ笑んでいる。当たり前のことだが、顧客は毎日のように、数時間おきに事務所やカレの携帯電話に苦情の連絡を入れてくる。損失額はおおよそ1億円。

もちろん有価証券は浮き沈みのある商品だ。得をすることもあれば、損をすることもある。しかし、顧客は、得することだけを夢見、損することなど考えてもいない。最終的には損をさせた担当者が悪いという状況に置かれてしまう。

何よりもカレの納得できなかったことは、いままで、これだけ会社の売り上げに貢献してきたカレに対して、会社も上司も、一切、協力や善後策を計ってくれなかったことだ。カレが目を向けると彼らは目を逸らす。一応、上司に相談すると「株式の進捗は日進月歩さ。それは、こっちの責任じゃないよ」といなされてしまう。

最終的に、カレは退職金と、それまで積み上げてきた自分自身の貯蓄で、損害を被った顧客の補塡をして会社から去っていった。

退職金が消えたことや貯蓄を使い果たしたことに不服はなかった。これは、カレのミスから生じたものだ。しかし、会社や上司や同僚が手のひらを返したように、裏切って離れていったことは、カレにとって生涯、消えそうもないシコリとなって残ってしまった。

先月から、ドウザキはコンビニでアルバイトを始めた。決まった時間に出社して、毎日、同じルーティンワークをこなしていくだけ。そこには創造性も企画性も達成感もない。日銭を稼ぐために時間を潰していくような感覚のまま、カレは悶々と毎日を過ごしていた。

もちろん、カレは、まだ諦めてはいない。しかし、以前の社会から受けた大きな裏切りの直後で、積極的に自分から社会に向けて一歩を踏み出す自信はなくなっている。

〈全ての過去を拭い捨ててしまえば、新しい道が見えてくるだろうか？〉

そう、ひとりごちながら、カレは狭い休憩室で、卒業祝いにもらった記念の万年筆とガラスペンの入ったペン差しをジッと見つめていた。

＊

ある日、カレが、いつも通る神社の前をトボトボと歩いていると、森の傍らに質素な質屋があることに気が付いた。こじんまりとした間口は一間ほど。色落ちした赤い看板には、〇に『質』と描いた文字。

カレは、その質屋の前で、入ろうか、よそうかと二の足を踏んでいたが、思い切って扉を開けた。

正面には番台が備え付けられていて店主が座っている。赤いベレー帽にロイドメガネ、着晒らしのベスト、パイプを咥えながら何か書物を読んでいる。

あまりにも店主が話しかけてこないので、オトコは居た堪れなくなり、踵を返して出口に向かおうとした。そのとき、ようやく、店主が口を開いた。

「何かご用で？」

「あのぉ、これでお金をお借りしたくて。」

「ちょっと拝見させてもらいますよ。」

店主が白い手袋をはめて、ペン差しを両手で大事そうに受け取った。このヒトはモノの大切さを知っているとカレは思った。

「ほほう、これは見事なペン差しですな。赤いステッチがオシャレですね。この紺革も珍しい。肌にしっとりまとわりつきますね。どれどれ、中身は。」

店主がペン差しのカバーを上げると、1本の万年筆が現れた。

「ほっほう、これは、モンブランのマイスターシュテュックですか。結構、お高かったでしょう?」

「いや、貰い物で。大学の卒業記念にもらったんです。」

「卒業記念に、こんな高価なものをプレゼントするなんて、失礼ですが、どちらの大学で?」

「東京大学です。」

「やっぱり。ヒトを見た目で判断する訳じゃないですが、アナタの堂々とした立ち振る舞いや、この高価な万年筆を見たら、そんな気がしましたよ。で、他には?」

「えっ、ほか? い、いえ、これだけですけど・・・。」

「そうですか・・・これは失礼しました。で、失礼がてらお聞きしますが、なんで、この高価な万年筆を質入れしようと? しかも、大切な卒業記念のプレゼントなんでしょ?」

「じ、実は、いま、失業中なんです。あっ、コンビニでバイトはしてますけどね。」

「失業中・・・ということは、次へのスタートを切る為のエネルギー充電中ってとこですね?」

「店主さん、上手いこと云いますね。でも、そうしたいのはヤマヤマなんですけど・・・。」

「何かご事情が?」

「・・・ちょっと長くなりますけど？」

「どうぞどうぞ。こんな閑古鳥が鳴く店です。毎日、時間の経つのが遅くて退屈してたところですよ。」

「お心遣いありがとうございます。ワタシ、こう見えても、11年前に東京大学の経済学部金融学科を首席で卒業したんです。」

「首席ですか、凄い。やっぱり。明敏なお方だと思いましたよ。」

「ありがとうございます。その後は、そのまま教授の紹介で就職しました。働き出してからも、若さという凄まじいパワーと勢いだけで仕事を次々とこなしていきましたよ。それに、学生時代に培った自信が、更に拍車をかけてワタシをバックアップしてくれたので、ロケットスタートしてから、そのまま、ずーっと上昇気流に乗ってこられました。」

「まさに、期待のホープですね。周りの皆さんも応援してくれたでしょう？」

「順調なうちは、ですけどね。」

「そのうちに、世の中の嫌なシガラミが見えてくるようになったとか？」

「まあ、そう云うことなんでしょうけど・・・。」

「何かイワクがありそうですね？」

「はっはっは、店主さんにはかなわないなぁ。全部、見透かされて、云わざるを得ないように誘導されてるみたいだ。」

「出しゃばり過ぎましたか。すみません。」

「いえいえ、ワタシの方からお話ししたんですから。もしかしたら、誰かに聞いて欲しかったのかもしれません。」

「そういうときも、ありますよね。」

「話を戻しましょう。簡単に云うと、ワタシのミスでお客様に損害を与えてしまったんです。ま、会社に穴を開けたとも云えますが。」

「損害？　結構、大きかったんですか？」

「云っていませんでしたね。ワタシ、証券会社に勤めていたんです。有価証券のお取引は大口や小口などありますが、富裕層のお得意様になりますと、一口1千万近い取引になることも珍しくありません。」

「一口1千万円？」

「はい。当時は、株式市場も順調な伸びを見せていて、普通に市場を見ていれば、大損をすることなど無い時期でした。でも・・・慢心って云うのは怖いですね。ワタシは気の緩みから、業界人なら見落とすはずのない市場兆候を見落としてしまったんです。1日早く、お客様の有価証券を売り抜けていたら、こんなことにはならなかったのに。」

「たった1日の差で？」

「株式って云うのは、そういうものです。」

「で、損失は・・・あっ、失礼。そこまで聞くのは・・・。」

「おおよそ1億円です。」

「いっ、1億円⁉」

「ふっ、そうですよね。一般の方なら、そういう反応になりますよね。でも、我々には、その金額が日常茶飯事なんですよ。ですから、少しも驚きませんでした。後悔だけです。」

「で、その損失は、会社がみてくれるんですよね？」

「我々にとっては見慣れた金額ですが、額が1億円ですよ？　そう、安々と会社が補填していたら、この業界、潰れてしまいますよ。」

「じゃあ、お客さんは大損ですよね。」

「だいたい、2種類のお客様がいます。超裕福なお客さまと、普通に裕福なお客様です。超裕福なお客さまは、余裕がありますからリスクも考えたうえで投資をしています。ですから、これくらいの損失じゃあ、次に取り返せば満足していただけます。」

「へぇー、やっぱり、そんな人間がいるんですねぇ。」

「で、もうひとつが、お金を増やすことだけに生きがいを感じているお客さまです。使うためのお金ではなくて、貯めるためのお金なんです。そんな方に損害を与えてしまうと・・・。」

「アナタの、そのお客さんは、あとの方の方で？」

「そうなんです。」

「やかっかいですなぁ。で、どおなすった？」

「ワタシの退職金と貯蓄を合わせて補填させていただきました。」

「ふぅーっ。会社の方は？」

「・・・そこなんですよ。ワタシが自信を持って次のステップに踏み出せない理由が！」

カレの口調が、力強くなったような気がした。

「ワタシの手前勝手な云い分になるかもしれませんが、それまで、ワタシは会社に貢献してきました。同僚の成績が上がらないときも、いろいろとアドバイスしたり、顧客を一緒に回ったりしました。新人が辞めたいと云ってきたとき、この仕事の面白さや深さを一生懸命、聞かせて、一緒にチラシ作りもしました。あのときまでは。」

「その日を境に？」

「はい。自腹を切って補填したことは、自分のミスが原因ですし、自分が納得してやったことです。でも、ヒトの心が、一瞬で、あんなにも変わってしまうことがショックで、悔しくて。生まれて初めてです。ヒトに裏切られたと思ったのは。」

「それがトラウマになって、次へのステップが、なかなか踏み出せないと。」

「はい。何だか怖かったんです。次の会社でも同じような目に遭うんじゃないかって。でも、このままでは終わりたくないし、何とかしなくちゃいけないって思って。それで、過去の栄光に縋《すが》りつくのはやめよう。いままでの思い出をかなぐり捨てれば、必然的に新たな一歩を踏み出せるんじゃないかって。それが、この卒業記念の万年筆なんです。」

「葛藤しながらご苦労されたんですね。分かりました、この、卒業記念の万年筆、お預かりしましょう。」

「ありがとうございます。」

「ただし、契約は守っていただきます。当店の場合、流質期限は1年間。1年後には、必ず、一度、お越しいただき、1年間の経過説明をしていただきます。そこで問題がなければ、お貸しした元金に手数料を加えた質料をご返金願います。」

「経過報告、ですか？」

「はい、皆さんにお願いしております。では、貴重なご卒業記念の万年筆を、確かにお預かりします。この万年筆をお手元に引き取るか、それとも質流れとされるかはお客さましだいです。しかし、その後、どういう経緯で、どのような理由で引き取るのか、質流れにするのかのご説明をお聞かせ下さい。」

「はい、分かりました。最初から思っていたんですが、店主さんは、モノの大切さを大事になさる方なんですね。」

「はい。モノにはそれまでの思い出がこもっておりますからね。では、元金10万円と質札をお持ちください。1年後、お気持ちの固まった状態で、お会いできることをお祈りいたしております。」

そう云って、店主は深々と頭を下げた。

◇

あれから1年が経った。

カレは、ある神社の森の傍らにある質屋の前に佇んでいた。

1年前、カレは、その質屋の前で何かを思い詰めているような表情をしていた。

今日も、カレは、その質屋の前で、入ろうか、よそうかと二の足を踏んでいる。しかし、カレの表情は、1年前とは違い、店主に会うのを楽しみにしている風だった。

《ガラガラガラ》

「こんにちはー。」

カレが引き戸を開けて遠慮がちに声をかけて店内に入って行く。店内の通路の右壁には古書の山。左壁のショーケースには、質流れした商品。正面の番台には、赤いベレー帽にロイドメガネ、着晒らしのベストを羽織り、パイプを咥えた店主が座っている。

店主と目が合った。店主は値踏みするような目でオトコを見続けている。

「お待ちしておりました。さあさあ、こちらへどうぞ。茶でも入れましょう。」

「その節はお世話になりました。」

「何だか、今日は以前と違って、誇らしげですね。自信を感じますよ。」

「自信だなんて。まだまだですよ。」

「でも、今日は良さそうなお話が聞けそうだ。まず最初に、お聞きしときましょう。あの万年筆は、お引き取りに？　それとも質流れに？」

カレは即座に自信を持って答えた。

「引き取りに来ました！」

「そうですか。それは良かった。私としては、あの、モンブランのマイスターシュテュックを手放すのが残念なんですけどね。あっはっはっは。」

「すみません、1年間、思い詰めて考えた結果です。」

「何となく、分かっていましたよ。あの万年筆はアナタの元に帰るべきだって。」

「はい？」

「いやぁね、長いこと、この商売をやってますと、それぞれの品物の行く先ってのが見えてくるものなんですよ。」

「はぁ。そういうものなんですか。奥が深いですねぇ。」

「さあさあ、前置きはそれくらいにして、その後の経過報告を教えてくださいな。お話しいただける範囲で構いませんから。」

「はい。って、どこから話せばいいのか・・・。じゃ、先回、ここを訪れたあとからお話ししましょう。あのあと、ワタシは1年ばかりコンビニのアルバイトを続けていました。〝住めば都〟じゃないですけど、あんな単純な仕事でも慣れてくるもので、ただ、何事もなく時間だけが過ぎていくことに心地よさを感じ出していました。」

「アナタが求めていたモノとは真逆の世界ですね。ま、そういった経験をするのも悪くはないと思いますよ。」

「ふふふ。店主さんは、ホント、性善論派なんですね。」

「世の中、ポジティブシンキングですよ。」

「あるとき、昔の会社の同期から連絡があったんです。ヤツも最近、上司と衝突したみたいでボヤいてましたよ。」

「やっぱり、どこでもご苦労されてるんですね。」

「まあ、それはご挨拶みたいなもんだったんですが、その後に、ヤツ、謝ってきましてね。」

「ほほう。」

「もちろん、当時、ワタシがやらかした失敗のときのことなんですけど、あのとき、何も助けてあげられなくてゴメンってね。」

「・・・」

「ワタシは知らなかったんですけど、当時、ワタシのミスを何とか営業所内でリカバーしようと云ってくれていた人たちがいたそうで。でも、本部と役員、所長ほかが本人に責を取らせろと、手出し禁止の社内指示を出していたみたいなんです。」

「それはヒドイ。」

「ま、サラリーマンなんて、そんな世界ですよ。でね、その謝罪を聞いたあとなんですけど・・・。」

「どうしたんですか？　焦《じ》らさないで話してくださいよ。」

「当時、最後まで社内指示に反旗をかざしていたのが、元先輩と、その同期と、可愛がっていた2人の後輩なんですけど、ヤツら、今年度末で会社を辞めて、ベンチャー企業を立ち上げるんだそうです。」

「ほほう、かつての事件がお仲間の結束を固めたということですか。」

「でね、来年度から会社を立ち上げるんだけど、良かったら、ワタシの力を貸してくれないかって云ってきたんですよ。」

「それは、素晴らしい。ちなみに、何関連の会社で？」

「ワタシら、金融一本でやってきたんで、他のことは知りません。ですから、いままでの証券会社同様の金融商品を取り扱う会社です。でも、大口や富裕層を相手にするんじゃなく、ご高齢者や老人ホーム入居を考えている方、障害者や金銭的に困っている方のフィナンシャルプランニングを提案してサポートしていけるような小さな会社です。」

「どうりで、ここに入って来たときから、アナタの表情が活き活きしていた訳ですね。」

「そうですかぁ？」

「アナタにとって、金融の知識や市場観察に関しては怖いものなしでしょう？　それに、利益やシェア目標じゃなくて、困っている方の将来のサポートができるなんて、アナタにピッタリじゃないですか。」

「ありがとうございます。まだ、この先、どうなるか分かりませんが、頑張っていこうと思います！」

「まあ、こうして、再び、お会いできたことが何よりです。」

「はい。それで、1年前にお借りしたお金をお返ししようと伺いました。こっちが質札です。」

店主は質札を持って店の奥に向かった。

「はい、それじゃ、これが質草の『卒業記念の万年筆』です。」

「では、元金の10万円と・・・手数料はいかほどに？」

「そうですねぇ・・・もうひとつ、お聞きしてよろしいですか？」

「あ、はい。」

「この、ペン差し、左側にモンブランの万年筆が入ってますが、その右側に、もう1本入るスペースがありますよね。他にも何かが入っていたのですか？」

「・・・ふっふっふ。それで、店主さん、初めて伺ったとき、『他には？』って聞いてきたんですね。かなわないなぁ。そうです、確かに、このペン差しには、元々、万年筆とガラスペンが入っていたんです。」

「で、そのガラスペンは？」

「・・・もうありません。」

「割れてしまったとか？」

「いえ。自分で折ったんです。」

「自分で折った？」

「はい・・・以前『過去の栄光に縋りつくのはやめよう。いままでの思い出をかなぐり捨てれば、新たな一歩を踏み出せるんじゃないか』って云ったのを覚えてますか？」

「ええ、覚えていますよ。」

「それを試してみたんです。さすがに万年筆を壊すのは躊躇したんでガラスペンの方をね。」

「折ったと。」

「はい。でも、ダメですね。独り善がりですね。所詮、他力本願でした。ガラスペンを折れば、神さまが下りてきて、翌日から道が開けて進むべき方向を示してくれるなんて、ありえませんよね。」

「まあ『困ったときは藁にも縋る』と云いますからね。」

「自分独りじゃ甘えが出るんですよ。それで、他人に強引に導いてもらおうと、こちらに伺った次第です。ま、これも他力本願ですけどね。」

「なるほど、一度、そのガラスペンも見せていただきたかったですけど残念ですな。」

そう云うと、店主がロイドメガネをかけ直して、算盤をはじきだした。

「お戻しいただく金額は、元金10万円で結構です。」

「えっ、でも、1年間の保管料とか手数料も・・・。」

「保管料5000円、手数料月3パーセントとして、合計14万7576円となりますが、差額の4万7576円は、経過説明料としてお値引きさせていただきます。良いご経験談を聞かせていただきました。」

「値引きって・・・。」

「当店では、そういう契約内容となっております。新しいチャンスが訪れるヒトと、訪れないヒトがいます。成功や失敗は抜きにしても、チャンスがアナタに訪れたことに感謝することだけは忘れずに、これから一歩一歩お進みください。」

祖母の形見のエメラルド

「オジチャン、熱燗、もう一本ちょうだい。あと、ガンモとチクワもね。」

「あいよっ。姐さん、これから仕事かい？」

「っそ、これからが、アタイらのゴールデンタイムよ。」

「大変だねぇ。」

「ま、『働かざるモノ、食うべからず』だからね。」

　平日、夜の8時過ぎ。毎夜、近所の公園の一画に開く、おでん屋台の古ぼけた長椅子に、30歳半ばのオンナがひとり陣取って、お酒とおでんをつついている。

　茶髪でロッドを幾つも巻いたパーマ毛が胸元まで伸びている。ファンデーションは塗り固められ、濃く色づけられた目元と口元が肉食動物を思わせる。最近、あまり見なくなったミンクのフェーク毛皮を羽織り、派手なチーター柄のワンピースの裾は膝上20センチ。そこから黒い網タイツが伸び、足元は真っ赤なピンヒール。

「はぁーあぁ、オジチャン、稼ぐのって大変よね。」

「そうっすよ。こんな小さな屋台で一生懸命働いても、1日の稼ぎはせいぜェい2〜3万。仕入れを差っ引くと、子供の小遣いくらいですよ。『はたらけど　はたらけど*』ってやつですよ。」

「オジチャンも大変なんだ。」

「でも、その点、姐さんなら、上玉を獲まえれば、ウハウハでしょう？」

「ウハウハかぁ。そんな時代もあったわねぇ。まぁ、若い娘たちは、いまでもそうなんでしょうけど？」

「ナニ云ってんですか、姐さんだって、まだまだ若いじゃないですか。」

「ねえ、オジチャン。」

オンナは、意図しない話題に変えて会話を続けた。

「年とるってさぁ、肉体が衰えていくだけじゃなくて、色んなものを背負いこんでいくってことだと思わない？」

「へ、へい、確かに、そうですよねぇ。」

そう云うと、突然、オンナはパチンと手を叩いた。

「オジチャン、お勘定！」

「へい。これからご出陣ですねぇ。」

「うん。これから、オトコをだまくらかして、ジャンジャン、稼いでくるわよぉーっ！」

「そうですよー、その調子です、姐さん。」

「ワタシの未来はワタシがつくるっきゃないでしょっ！」

＊

オンナは、この町に3軒あるキャバクラのホステスだった。店の規模は3軒中2番目だが、どの店もドングリの背比べで、シノギを削り合っている。

元々、隣り町に住んでいて、高校を卒業すると遊び仲間に誘われてこの町に流れ込み、誘われるままにホステスになった。

幼さは残るが、オトコ好きのする顔立ちで話も上手く、人受けするカノジョは、瞬く間に店のトップの座をしとめてしまう。飲めなかった酒も、職業柄、浴びるように煽っているうちに美味さを知り、いつの間にかのめり込んでいった。

店に集まる上玉たちは、皆、カノジョを指名するようになり、カノジョの出勤日には、ドンペリなど高額なシャンパンのコルクが宙を舞った。

そんな上玉たちのボックスシートとは離れたカウンター席で『水曜日のオトコ』がひとり、焼酎のソーダ割を飲んでいた。垢抜けない新人の女の子が入れ替わり隣に座って酒をつくり直すが、『水曜日のオトコ』は何を話しかけるでもなく、ニコニコしながら店のなかを見回し、カシューナッツを口に投げ入れて焼酎ソーダをチビチビとやっている。

トイレからトップホステスが出てきた。そのままカノジョは、カウンターの隣の席に座り、酒をつくり直してくれる。

「お兄さん、噂の『水曜日のオトコ』ね？」

「い、いや、水曜が仕事休みだから来てるだけさ。毎日、来られるほど稼ぎもないしね、アハハ。」

「仕事、何してんの？」

「日雇いの建設員ってとこかな。」

「やっぱりぃ？　凄んごい筋肉してると思ったわ。」

「サキちゃーん、3番テーブルご指名よぉ。」

「はーい、いま行きまーす！」

カノジョが立ち上がったとき、バーテンダーが新しい焼酎ボトルをカウンターに置いた。

「これ、ワタシのおごり。また来てね。」

そのまま、オンナはボックスシートの上玉のなかにまぎれて行った。

*

「《ゼェ、ゼェ、ゼェ》なあ、サキぃ。もう、仕事の時間だろ？」

「まだ、大丈夫。ワタシみたいなトップホステスは遅れて出勤してこそハクがつくのよ。重役出勤みたいなものね。」

「《ゼェ、ゼェ、ゼェ》・・・なぁ、サキぃ。もう、オレのことはいいから、オマエは昔みたいに自由に生きなよ。」

「なーに、ナマ云ってるの、ヒモのくせに、ふっふっふ。早くカラダ直して、また、店に飲みに来るんでしょ？」

「《ゼェ、ゼェ、ゼェ》いや、でも、オレ、もう・・・。」

「大ぁい丈夫ぅ。この、サキさま、ヒモの一人や二人、賄えないようじゃ、お天道様にぃ、あっ、顔向けぇ、出来ねーやぁぁぁぁぁ。」

「《ゼェ、ゼェ、ゼェ》」

「だから、シンちゃんは、ここで美味しいもの一杯食べて、療養してればいーの。あっ、もう、こんな時間だ。さすがに行かなくちゃ。じゃ、帰りは遅くなるけど、ちゃんと寝てるのよ。じゃ、行って来まーすっ。」

アパートのドアを後ろ手で閉めて、カノジョが《ふぅーっ》っと溜息をつく。

それに合わすように部屋の中から《ゼェ、ゼェ、ゼェ》と苦しそうな呼吸をする音が聞こえてくる。

4～5年前から、オンナはそのオトコと同棲していた。店で大枚を撒き散らすスーツ姿の上玉には遠く及ばない、地味なTシャツとジーパンと雪駄で店にやってくるオトコに、どことなく、幼少のときに死んだ父親のイメージが重なって見えた。

最初は恋愛感情など全くなかった。それが、一夜の情事を境に同棲するようになり、一緒に暮らしているうちに、お互い、幸せが欲しくなったといったところだろうか。

しかし、その幸せは、そう簡単に手に入れることは出来なかった。オトコが勤めている建設会社の定期健康診断でガンが見つかったのだ。肝臓に出来たガンは肺に転移しており、ステージは4。本人は知らないだろうが、内縁の妻として診断結果の話を聞きに行ったカノジョに、別室で医師は首を横に振った。

それからオトコはアパートの部屋の中で寝付くようになっていった。カノジョはオトコの治療費を工面するのに四苦八苦していた。

オトコの働いていた建設会社は、大手の堅実な会社だったが、オトコは、その下の雇われ会社の日雇い労働者だった。むろん、国保などにも入っておらず、治療費は実費負担となる。抗がん剤の処方が月2回。その他、飲み薬代で毎月20万円はかかる。それが、毎月、カノジョの口座からなくなっていく。オトコのガンが発覚してから2年。すでに、500万円が治療費にあてられた。

看病や通院の同伴などで時間は裂かれ、カノジョが職場に出る機会も少なくなってくる。必然的に、上玉のお客は他のホステスに持って行かれ、カノジョの稼ぎはジリ貧になっていく。仕方なく、いままで、上玉の客を上手く転がしてプレゼントされた品々を溶かしていくしかない。瞬く間に、上玉の貢ぎ物は消えていった。

*

ある日、ど派手なドレスに身を包み、真っ赤な髪色に厚化粧をしたオンナが、いつも通る神社の前をトボトボと歩いていると、森の傍らに質素な質屋があることに気が付いた。こじんまりとした間口は一間ほど、色落ちした赤い看板には、○に『質』と描いてある。

オンナは、その質屋の前で、入ろうか、よそうかと二の足を踏んでいたが、キャバクラのバカ元気な接客声とともに、思い切って質屋に入っていった。

正面には番台が備え付けられていて店主が座っている。赤いベレー帽にロイドメガネ、着晒らしのベストを羽織り、パイプを咥えながら何か書物を読んでいる。

店主は、一瞬、こちらを見たが、焦ったようにサッと目を逸らして、再び、書物に目を落としてしまった。

あまり歓迎されていないとは感じつつ、カノジョは自分から声をかけてみた。

「オッちゃん、ちょっといい?」

「な、何かご用で?」

「ここ、質屋でしょ?　見てもらいたいモンがあるんだけど。」

「買い取りでしたら、専門店さんに行かれた方が高額で引き取ってくれますよ。」

明らかに店主はカノジョを追っ払いたいような素振りで答えた。どうやら、この店主、この手のタイプは苦手らしい。

「それが、ダメなのよ。町中の買取屋に持ってくとこ見られると、ちょっとヤバくてね。それで、これを見てもらいたいのよ。」

そういうと、有無を云わせず、カノジョはカウンターの上に荷物をドサッと置いた。

「ふぅーっ。」

店主が諦めた様子で白手袋をはめて商品を鑑定し始めた。

「シャネルのショルダーバッグですね。」

「まだ、1回しか使ってないのよ。定価じゃ100万はするわよ。」

「お次が、カルティエのパンテール腕時計ですか。」

「それは、定価50～60万はするんじゃないかしら。両方とも本物よぉっ。」

「はい。確かに、シャネルもカルティエも本物ですね。」

「で、いくらに。新品同様だからね。」

店主が黙って算盤をはじく。

「そうですね、シャネルが55万円、カルティエが26万円の、合計81万円というところですね。町の買い取り専門店なら、あと5パーセントくらいは高く見積もるかもしれませんがね。」

ここまできても、店主はカノジョを追い払いたそうに値踏みしてきた。

「つかぁぁぁーっ、オッちゃん、足元みるねぇ。ＯＫ。じゃ、それで。」

「はぁぁっ？」

カノジョの躊躇ない間髪を入れずの返事が想定外だったのか、今度は、店主がまごつき始める。

「宜しいんですか？」

「ええ。ちょっと急いでるんで、手続きは、早く済ませてください。」

「では、質札をお持ちください。こちらがシャネルのショルダーバッグ、こちらがカルティエのパンテール腕時計の分です。元金は少し多いですが、現金で？　それとも振り込みで？」

「現金でお願いします。」

「かしこまりました。流質期限は3か月です。お間違いのないように。」

この店主、余程、この手のタイプが苦手なのだろう。流質期限を通常の質屋と同じように3カ月に変えて伝えた。

「オッちゃん、ありがとうね。また来るわ。」

「えっ、また？　え、ええ。そ、その節は・・・。」

オンナは、店主の困ったような返事を聞きもせずに店を出て行った。

＊

その後も、何度となく、オンナはその質屋を訪れた。

しかし、キャバクラでトップの座を失ったホステスに、新たに貢ぎ物をしようとする上玉は現れない。

質入れする品物は、販売価格31万円のヴィトンのモンスリバックパック、34万円のフェラガモのガンチーニハンドバッグ、25万円のエルメスのHウォッチと、徐々に質が落ちていく。まさに、ジリ貧状態だ。そして、遂に、たたき売るモノは底をついた。貯蓄もない。残ったのはオトコの治療費と借金だけとなってしまった。

その日も、近所の公園に屋台のおでん屋が出ていた。

質屋の店主が、普段、通らない道を通って買い物から帰ってくる途中で、ふと、そちらに目をやると、見覚えのあるミンクの毛皮が飛び込んできた。と、同時に、何かを感じたのか、そのミンクの毛皮がこちらを振り向いた。あの苦手なホステスと目が合う。

「あら、店主さん、奇遇ねぇ。ちょっと寄ってかない？　ほら、ここ。ここ空いてるから。さあ、さあ。」

断ろうと思えば、いくらでも断れたはずだった。しかし、ミンクの目が、イヤイヤ、苦手なホステスの目がメドゥーサ*の目のように輝き、店主の視線を逃してはくれなかった。

「えーっと、店主さんナニ飲む？」

「て、店主さん？」

「いや、この屋台のオッちゃんと分かりにくくなるから、今日だけ、店主さんね。」

「ああ、そういうことで。でも、私は・・・。」

「いーから、いーから。ビールでいい？　オッちゃん、ビール１本。あと、おでん適当に見繕って出してあげて。」

「いえ、私はそんな。」

「いーから、いーから。いつも、お世話になってるお礼だってぇ。あっ、ビールきた。ホレホレ、コップ持って。それ、トクトクトクっと。じゃ、カンパーイ！」

《カチーン！》

ビールのコップと冷酒のコップが音を上げた。

店主が自分のペースを取り戻そうと、自分から会話を始めた。

「そう云えば、最近、お嬢さん、来ないですね。」

「いやだなぁ、もぅ、お嬢さんだなんて・・・。」

そのまま、言葉が詰った。

「ど、どうしました？　何か変なこと云っちゃいましたか？」

「ううん、別にぃ。実は最近、お宅に行かなくなったのは、質に出すモノがなくなったからなのよぉ、がはははは。もう、なーんもあーりませーん。斜陽よ、シャヨー。」

冷酒が回って来たのか、それとも落ち込んでいるのか、オンナの口数が少なくなった。顔色もあまりよろしくない。

「何かあったんですか？　私で良ければ聞きますよ。」

どんなに苦手なヒトが相手でも、困ったヒトには声をかけてあげてしまうのが、この店主の良いところでもあり、困ったところでもあるようだ。

「実はね・・・ワタシ、5～6年前から、あるヒトと同棲してるのよ。」

「その方と別れたとか？」

「ううん、まだ一緒に暮らしてるわ。でも、そのヒト・・・ガンなの。」

「それはまた・・・。」

「3年前に発症して、お医者さまは、完治はしないだろうって云ってたわ。でも、何とかかんとか弱弱しくも3年間、もっちゃった、あははは。」

「失礼ですが、ガン保険とかには入られていたんですか？」

「そーんなはずないでしょ？　ガン保険どころか国保にも入ってないわよ。」

「はっ、もしかして、その方の治療費をアナタが？　それで、あんなにも頻繁にお越しになっていたんですか？」

「恥ずかしい話、そんなとこ。最初は何とかなるってタカをくくったんだけど、こんなに治療費がかさむとは思ってなかったわ。それに、こんなに長くかかるともね。でも、もう、そろそろ限界、カナ？　ワタシも、もう、若くないから、どんなに若づくりして、空元気で場を盛り上げても、年寄りのバックダンサーくらいしか出来ないし。手放すモノがなくなって、貯金もパー。生活費くらいは何とかなるけど、あと何年、治療が続くか分からないから・・・もう、お手上げねー。」

普段、ケバケバしく立ち振る舞っているヒトに、突然、苦労を背負った年相応の姿を見せつけられると、悲壮感が何倍にも増殖して襲ってくるように思えてしまう。

「そうでしたか。ご苦労なされているんですね。」

店主は、そう云うと、徳利に残った冷酒をオンナのコップに注いでやった。

「店主さん、自己破産の仕方って知ってるぅ？」

「いや、ごめんなさい。そっち方面は全くの素人で。」

オンナが飲み残したコップを煽ったとき、その左手の中指に緑色の指輪が光った。

「失礼ですが、それ、エメラルドですか？」

「えっ？」

急に話題が変わったので、オンナがまごついて答える。

「これ祖母の形見なの。なんやかんや云って、これだけは手放せなくて。」

「ちょっと、見させてください。」

そのときの店主の目は鑑定士の目だった。

「はっはぁ、これは良い石だ。」

それだけ云うと、店主は口を結んでジッと考え出した。手の付けられないままのおでんが冷たくなっていく。

沈黙に居た堪れなくなったオンナが、先に口を切った。

「そんなこと、云ってられないわよね。この祖母の形見も、いつかは手放さなきゃならない運命よねぇ。」

そのとき、店主がロイドメガネの縁を持ち上げ、唐突に話し出した。

「こういうのはいかがでしょう？　そのお婆様の形見を私どもに預からせてください。元金は1000万円。流質期限は30年。1000万円あれば、4～5年はガン治療に専念できるはずです。さらに、特約として、もし、4～5年を過ぎて1000万円では足りなくなった場合、元金返却不要として、お婆様の形見のエメラルドはお返しします。」

「はあ?、店主さん、アナタ、ナニ云ってるのぉ？　たぶん、このエメラルドの価値は、いっても5000万円くらいよ。それに、流質期限って、ふつう3か月でしょ？　あと、特約って・・・アナタ、自分の店を潰すつもりぃ?」

「これは、一種の賭けです。私のご用意する1000万円で、結論が出るかどうかっていう賭けです。あはは、コップ半分のビールで酔っぱらっちゃったかな？　でも、私も、たまには、こんなバカみたいなことも、してみたくなるときがあるんですよ。」

ここで、店主が、また、ロイドメガネの縁を持ち上げて真剣な眼差しになった。

「で、お嬢さん、どうします？　私の賭けに乗りますか？　それとも降りますか?」

しばらくの沈黙のあと、オンナが、泣き崩れるように店主の両手を握った。

「乗りますっ。乗らせてくださいっ！」

店主がジャケットの右のポケットをまさぐり出す。抜き出した手には質札があった。

「では、これが質札です。元金1000万円は額が大きいので、後日、振り込ませていただきます。ガンの治療の目途がつくことをお祈りいたしております。」

そのまま店主は深々と頭を下げて、買い物袋を持って帰って行った。

◇

あれから3か月が経った。

オンナは、ある神社の森の傍らにある質屋の前に佇んでいた。

今日も、オンナは、その質屋の前で、入ろうか、よそうかと二の足を踏んでいる。

《ガラガラガラ》

そのとき、いきなり引き戸が開いて店主が顔を出した。

「おやまあ、先日は、ごちそうさまでした。さあ、さあ、どうぞなかへ。」

店内の通路の右壁には古書の山。左壁のショーケースには、質流れした商品。何度か訪れた、いままでは懐かしい店内である。

オンナは店主と面と向かって対峙した状態で腰を下ろした。店主は値踏みするような目でカノジョを見続けてくる。

「茶でも入れましょう。」

「その節はお世話になりました。」

「いやいや。その後、お相手の様子は？ 大変、助かりました。」

「・・・先週の金曜日に亡くなりました。」

「・・・それはそれは、ご愁傷様です。」

「ふぅーっ、何か不思議ですね。」

「不思議とは？」

「泣きたいんだか、笑いたいんだか、叫びたいんだか、怒りたいんだか、分かんない気分なんです。」

「そうですか。」

「内縁の夫が死んだのは悲しいです。でも、これでようやく、金銭面の呪縛から解き放たれると思うと気が晴れます。『ここまで、よく頑張ったー』って夫にも自分にも叫びたいです。でも、夫を奪った運命ってやつに怒りも感じてます。」

「そんな簡単に、気持ちの整理はつきませんよ。」

「かもしれませんね。」

「でも、ひとつ確かなことがありますよ。」

「はい？」

「良くも悪くも区切りがついたということです。区切りがついたら、今度は、次のステップに進むんですよ。」

「はぁ？　少しは休ませてくれないんですかぁ？」

「ふっふっふ。」

「はっはっは。」

「まあ、こうして、再び、お会いできたことが何よりです。」

「はい。それで、お借りしたお金をお返ししようと伺いました。正直、急だったので、1円も手は付けていません。こっちが質札です。」

店主は質札を持って店の奥に向かった。

「はい、それじゃ、これが質草のお婆様の『形見のエメラルドの指輪』です。」

「で、お返しするお金は、手数料とまとめて振り込みでよろしいでしょうか？」

「結構ですよ。」

「で、手数料と込々でいかほどに？」

「そうですねぇ・・・。」

そう云って、店主が算盤をはじきだす、

「お戻しいただく金額は、お婆様の形見の『エメラルドの指輪』の元金、500万円ですね。」

「はあっ？　でも、お借りしたのは１０００万円ですよぉっ？」

「いえ、あのエメラルドの指輪は時価評価額５００万円が精一杯です。お嬢さん、何か勘違いなされているのでは？」

店主がすっとぼけた顔で云い返してくる。カノジョはポカーンと口を開いたままだ。

「あっ、そうそう、計算上30万円になります手数料ですが、この分は、経過説明料としてお値引きさせていただきます。良いご経験談を聞かせていただきました。」

「質屋で値引き？」

「申し訳ありませんが、先回の接待費は、こちらに含まれておりませんのでご承知おきを。」

「接待費って・・・あの、おでん屋のこと？」

「当店では、そういう契約内容となっております。ご主人を亡くされて、さぞ悲しい思いをされておるとは思いますが、これも、明日への一歩を踏み出すための機会であり、神さまの思し召しとお考え下さい。その方が、きっと、ご主人も喜ばれるはずです。」

「ありがとうございました！」

元気よく、そう言い放ったオンナの素顔からは、不安や喜びや怒りや悲しみなど、様々な色がうかがわれたが、決して涙は流していなかった。

＊　はたらけど　はたらけど猶《なほ》わが生活楽《くらし》にならざり　（石川啄木『一握の砂』より）

＊　メドゥーサ　ギリシャ神話の怪物。ゴルゴーン3姉妹のひとり。蛇の髪の毛、獣の歯、黄金の羽をもち、見たモノを恐怖で石にしてしまう。

閉店主人のトランペット

その初老の夫婦が、暖かい秋の木漏れ日のなかを、仲良く並んで歩いて来る。至って幸せそうなご夫婦のようである。

「ねえ、アナタ。昔、この道を2人で歩いて学校に通ったわよねぇ。」

「うむ。そうだな。あれから50年以上が経つか。」

「そう、ここの野球場よ。高校の部活動の友達が、ワタシたちのこと冷かしてねぇ。」

「いま考えれば、ワシら、マセた高校生だったな。」

「ふっふっふ。そうかぁ、50年かぁ。ワタシたち、50年も一緒に過ごしてきたのねぇ。」

「そーだな。オマエには、随分、苦労もかけたな。」

「・・・」

歩きながら過去を行き来している老婦人は、しばらく物思いにふけっていた。

少しして、今度は、老人の方から話を切り出す。

「ワシらの店は40年か。」

「そうですね。よく頑張りましたよね。」

「ワシがジャズのトランペットプレーヤーを目指してた4〜5年目頃が、一番、きつかったなぁ。」

「あの頃は、お互い必死でしたわね。アナタは、必死で自分の技術向上を目指しながら、ジャズバーで働いてましたし、ワタシはワタシで、昼間は喫茶店、夕方からはスーパーの売り子さんで生活の糧を稼いでましたわよねぇ。」

「若いのに、ロクに遊ぶことも知らなんで、苦労をかけたな。」

「いえいえ、アレはアレで楽しかったですよ。特に、夜中に家に帰ってくるアナタの、喜んでたり、悲しんでたり、輝いてたり、落ち込んでる顔を見るのが嬉しくて。ああ、このヒトの全てと一緒に暮らしてるんだってね。ふふふ。」

「早々とプロを諦めて、せめて、音楽に係わった仕事をしたいと思って始めた中古楽器店じゃった。死んだ親父が商店街でやってた雑貨屋を、そのまま居抜きで中古楽器店にして、最初は苦労したが、時代の流れにも乗って、何とかやってこられたよな。これもオマエのお陰じゃよ。」

「ふふふ、内助の功・・・ですか？」

「そう、まさに、内助の功のお陰で、あれから幸せな暮らしを送ってくることができたんじゃ。ありがとうな。」

「どういたしまして。でも・・・時代って変わるものなんですねぇ。」

「そうじゃな。ジャズ中心の音楽から、ロックやポップスが流行り出して、ウチの扱う金管楽器よりも、ギターやベースやキーボードに人気を奪われてしもうた。」

「それに追い打ちをかけるように、商店街の店はどんどん閉まっていって、いまじゃ、開けている店は当時の半分もなくなってしまったわね。」

「シャッター街か。ワシらが時代についていけなくなったのか、時代がワシらを見捨てたのか。ま、どちらにせよ、そろそろ潮時じゃな。」

「そうねぇ。ワタシたち、よく頑張ったわよね？」

「ああ、もちろんさ。」

いつも通る神社の前に差し掛かったとき、2人は森の傍らに質素な質屋があることに気が付いた。こじんまりとした一間ほどの間取りの建物。色落ちした赤い看板には、○に『質』と描いている。

「あれっ、こんなところに、質屋なぞあったかな？」

「そうねぇ、いままで何度も通ったけど気付かなかったわねぇ。」

その小さな建物には、目立たないが、はるか昔からあったかのように、どっしりと佇《たたず》み、長い間、近くを通る人々を見守ってきた風格があった。

しばらく、質屋の建物を見上げていた老夫婦は、少しすると、また、さっきと同じペースで家路へと歩き出した。秋の日が、すでに地平線に沈み始める頃だった。

数日後、初老のオトコは、両手で黒い楽器を入れる箱を抱えて、その質屋の前に立ち止まり看板を見上げていた。

質屋の扉を開けると、正面には番台が備え付けられていて店主が座っている。赤いベレー帽にロイドメガネ、着晒らしのベストを羽織り、パイプを咥えながら何か書物を読んでいる。狭い店内である。オトコが店に入って来たことは店主も気づいているはずだが、こちらを見向きもしない。

「お忙しいところ、すみません。」

店主が眼鏡越しに、初めて気づいたように、こちらをジロっと見上げニコッと笑った。

「いえいえ、見ての通り、ヒマですよ。はっはっは。」

「先日、この前を通りがかったら、たまたま見かけたもので。」

「地味で目立たないでしょ？　近所の方でも素通りするような店ですよ。」

「失礼ですが、以前から、こちらで営業なさっていましたか？」

「父親の代から数えますと、かれこれ70～80年は、一応、看板を掲げてますよ。ちょうど、終戦と同じ頃からの年代ですね。」

「そんなに長く。これは失礼しました。」

「で、今日は、どんな御用で？」

「あの、これを預かって欲しいんです。」

オトコがカウンターの上に抱えていた黒い箱を置いて云った。

「こちらは？」

「トランペットです。」

「開けてよろしいですか？」

「どうぞ。」

店主が眼鏡をかけ直し、白手袋をはめて箱に手をかける。箱のなかには、金色に輝くトランペットがあった。

さすがに品物を前にすると店主の目の色が変わった。プロの目だ。

「これは、トランペットというか・・・コルネットで、すか？」

「ほほう、ご主人、よくご存じで。」

「いや、昔、同じようなモノを預かったときに勉強しまして。」

「これは、ヤマハ製のコルネットです。トランペットには10種類の分類があり、そのなかのひとつがコルネットです。コルネットとは、主流のB♭管トランペットやC管トランペットよりも小ぶりで丸みがあり、柔らかい音色が特徴です。小学校のブラバンやマーチングバンドでよく使われているのがこれです。」

「お詳しいですな。専業の方ですか？」

「専業というか・・まあ、専業ですね。申し遅れました。ワタシ、駅の向こう側の商店街で中古楽器を取り扱っているモノです。」

「なるほど、そりゃ詳しいわけだ。んん？　でも、中古楽器店の方が、大事な品物を質に？」

「いやぁ・・・実は、ご存じかとは思いますが、駅向こうの商店街は、シャッターストリートみたいになってまして、もう、先行きが見通せないんです。」

「なるほど、遠巻きには聞いてますよ。」

「それに、最近は、ロックやポップスの影響で、若いモンは、ギターやキーボードに走るようになってしまって、ワタシどものようなジャズやクラッシックの金管楽器は人気がないんですよ。」

「ご苦労なさってるんですね。」

「いや、昔は良い思いもさせてもらいましたから。」

「でも、なんでコレを？　まさか・・・。」

「その通りです。そろそろ潮時かなって家内とも相談しまして。」

「でも、専門家なら、同業者に卸した方が、高く引き取って貰えるってご存じでしょ？」

「ご心配なく。そこら辺は抜かりなく処理しました。でも、このコルネットだけは・・・。」

「何か特別な思い入れが、おありのようですね。」

「実は・・・。」

＊

駅前商店街を通る人影は少ない。年々、子供が少なくなり、核家族化が進んだ影響もあるが、街道沿いに出来た複合施設に客を持っていかれたというのが主な要因の一つであることに間違いはない。

　複合施設内には、スーパー、ドラッグストア、スポーツ専門店、CDショップ、書店、輸入雑貨店、ゲームセンター、フードコート、そして日帰り入浴施設まで収容されている。多少値段が高くとも、一度に、多くの目的をこなせる場所として、自然と客の足は向いてしまう。特に稼ぎどきの土日祝祭日など、家族連れで1日を過ごせる複合施設と競って勝てるほど、駅前商店街には魅力もパワーもない。いくら特売品のチラシを入れても広告宣伝費をドブに捨てるようなものでしかない。

「ねえ、アナタ、駅前商店街、どうなっちゃうのかしらねぇ？」

「どうもこうもないさ。一度、シャッター街って烙印を押されちゃ、廃《すた》れていく一方さね。」

「こないだ、電器屋のおかみさんと話してたんだけど、電器屋さんも、今年いっぱいで店閉めるんですって。」

「ああ、町内会で聞いたよ。このぶんじゃ、商店街の3分の2は4～5年内に廃業だってさ。」

「寂しくなるわねぇ。昔は、あんなにお客さんで華やいでいたのに。」

　そのとき、店のショーウィンドゥを、学帽に制服姿でランドセルを背負った小学生の男の子がのぞき込んでるのが目に入った。

「あら、あの子。」

「シッ。黙って見せてあげなさい。」

「見慣れない制服ね。どこの小学校かしら？」

「まだ、あんな歳なのに、電車通学かぁ。学校帰りに、もっと友達と遊びたいだろうに。」

「きっと、立派な子になるわ。それだけ、頑張ってるんですもの。でも、アナタ、あの子、知ってるの？」

「ああ。今年の春先だったかな。入学式の帰りか知らんが、着物姿のお母さんと一緒に、ここを通ったんじゃよ。ココが電車を降りてからの通学路なんじゃろうな、それから、たまに、帰り道に、あしてショーウィンドゥに顔を近づけて、なかを覗き込んでるんじゃよ。」

「何を見てるのかしら？」

「多分、あそこに展示してある、金メッキのコルネットじゃろう。」

「音楽に興味あるのかしら。」

「そうかもな。でも、まだ、あの歳じゃ。単にピカピカ金色に光る楽器に目を奪われてるだけじゃろうて。」

「でも、分からないわよぉ。もしかしたら、10数年後には、世界に名だたる有名なジャズトランペッターになってるかもよぉ？」

老婦人が、意味ありげな視線を老人に向けた。

「そうさなぁ。夢は持ち続けた方がいい。」

「アナタは？」

「・・・夢を諦めたときに、夢じゃ食っていけないって云い訳を云ってたような気がする。」

「ウソつき。」

「・・・まあ、あの少年は、これからも来るだろうな。そっと、見させてあげてくれな。」

「はい。分かってますよ。」


数日後、老婦人が店の前に水を撒こうと、バケツを手に店の外に出ると、顔を近づけてジーッと魅入られたようにショーウィンドゥを見つめている少年がいた。あまりにも真剣に見ているので、老婦人が店から出てきたことにも気付かないようだ。

しばらく、老婦人は少年から離れたあたりで、邪魔にならないように水を撒くことにした。

商店街を歩く人影はまばらだ。水を撒きながら、老婦人はチラチラ少年の顔色をうかがう。

少年の瞳は輝いていた。瞳の奥には宇宙が見えたような気がした。少年が、トランペットを片手にはにかんでいる。少し大きくなった少年が、ホッペを真っ赤にしてトランペットを演奏している。クールなスーツに身を包んだ青年が、ジャズバンドに囲まれてトランペットでスウィングしている。

老婦人は自分の想像に身震いした。

「あの目は・・・アノ人の目だわ！」

数週間後、また、あの少年がショーウィンドゥに顔を近づけて、ジーッとトランペット見ていた。

老婦人は我慢が出来なくなって、少年に声をかけてみた。

「ボクぅ、そんなにトランペットに興味あるのぉ？」

少年は、話しかけられたことに気付いて、ビクッとし、顔を真っ赤にして答えた。

「うん。ピッカピカで、すごーくキレイ。見てるだけでウキウキしちゃう。これって、どんな音がするのかなぁ？」

その答えに、老婦人は嬉しくなってしまった。

「良かったら、なかで触ってみるぅ？」

「えっ！」

少年の笑顔が、一瞬、華やいだ。しかし、すぐに、それを押し消すような小さな声でつぶやいた。

「でもぉ、ママがぁ、寄り道しちゃダメだってぇ・・・。」

「そっかぁ。ママとの約束は守んなきゃね。じゃ、チョットだけ触ってみる？」

「えっ、いいのっ？」

やはり、子供はママの云い付けよりも自分の欲求の方が優先されるものだ。少年は、老婦人を急《せ》かすように店内へと駆け込んでいった。

「どーぞ。」

老婦人がトランペットを差し出すと、少年はエサを我慢できない犬のように息を切らして手を伸ばした。が、老婦人のハメている白手袋に気付いて、急いで両手を引き戻した。

「いいのよ。あとでオバチャンがキレイにしとくから。」

半信半疑の目で見上げる少年の目は、嬉しさと不安が入り混じっていたが、『触りたい』という欲求には勝てずに、少年は、再度、手を伸ばした。最初は、片手の指先で、ソーっとなぞるように管を横滑りさせ、次にバルブ、そしてラッパの部分まで触ってから、もう一度、老婦人の顔を見上げる。

「自分で持ってごらん。ほら、左手はココ。右手はこう。指はこんな感じ。」

少年が云われたままに持ってみる。コルネットだけに大きさも少年にピッタリだ。その姿を見た老婦人が、店の奥から姿見を持って来た。

「ほら。カッコいーねー。」

姿見には、コルネットを持った少年が、少し恥ずかしそうにポーズを決めている。

「いい？　ボクぅ、今度から、オジチャンかオバチャンのいるときは、お店のなかに入ってきていいからね。」

「うん。ありがとう。」

「っさ、あんまり長居すると、ママが心配するから、気を付けて帰るんだよ。」

「うん、バイバイ。」

そう云って、少年は嬉しそうに帰って行った。心なしか、後ろ姿から自信を感じられたような気がした。

翌日にも、少年は現れた。その日は、老人も老婦人も店にいた。老人が話しかける。

「やあ、良く来たね。昨日も来てくれたんだって？」

「う、うん。」

「あっ、このヒト、オバチャンの旦那さんだから心配しないで。昔、トランペット吹いてたのよ。」

「えっ、オジチャン、トランペット吹けるの？」

「ああ、チョットだけな。」

「あっ、そう云えば、ボクぅ、トランペットの音を聞きたいって云ってたわよね？」

「うん！」

「じゃ、聞かせてあげようか。」

そう云うと、老人と老婦人が隣りの小部屋に少年を案内した。

「ここはね、練習用の部屋なんだよ。音が外に漏れないようになってるんだ。試しに大声で叫んでごらん。」

少年が力いっぱい大声をあげた。

「ギャァァァァァァァーッ！」

「ね。ぜんぜん大丈夫。」

「す、すんげーっ。」

慣れてきたのか、少年の口調が普通の小学生の口調に変わってきた。

「そんじゃ、行くよ。」

老人が持つと、やたら小さく見えるコルネットを構え、マウスピースに口をつけた。

《パッパラー、プパッパッパッパーッ！》

いきなりの大きな音に、ビックリマークのついた少年が慌てて耳を抑えた。

「ゴメンゴメン、驚かせちゃったな。」

「ほっほっほっ、アナタったらー。」

目を真ん丸くしていた少年が面白そうに和《なご》んだ顔になった。

「じゃ、今度は小さめのヴォリュームで。」

老人がまろやかな音で『バラ色の人生』*を演奏しだした。

少年の目の色が変わる。それは驚きと喜びと感動と狂気が入り混じっているような瞳だった。

少年が、一種、放心状態で帰って行ったあと、店を閉めた老夫婦はコーヒーを飲みながら、しばらく無言だった。

「ふふふ、あの子の驚いた顔、笑っちゃったわね。」

「ああ。」

「どうしたの？　アナタ。」

「いや・・・『バラ色の人生』を聞いてるときの、あの子の目、見たか？」

「そうね、あれは・・・恋をしているときの瞳ね。」

「恋？」

「そう。あの頃・・・ジャズバーでトランペットを演奏していたときの、アナタも、あんな瞳をしていたわ。少し、妬《や》けちゃった。」

「そういうこと、か・・・あの少年、このままずっと純粋な気持ちで育っていってほしいな。」

「大丈夫。あの子は、そういった星の下に生まれてきた子よ。」

「オマエにあっちゃ敵《かな》わないな。ぜひ、そう祈り続けるよ。」

＊

「という事情がありまして、このコルネットだけは、なるべく長い間、あの子の目の届くところに置いておきたいんです。」

「そうでしたか。でも、アナタの云い分によると、このコルネットは引き取りに来ないということで？」

「勝手を云って申し訳ありません。」

「分かりました。でも、2点ほど質問が。」

「なんなりと。」

「まず、預かった以上、引き取らないとなれば質流れになります。当店の流質期限は1年間。そうすると、最終的には人手に渡ることもあるかと。」

「それは承知の上です。これ以上、そちらにご迷惑をおかけするつもりはございません。」

「なるほど。で、もうひとつ。このコルネットが、ここにあることを、その少年が知って、見に来る可能性は非常に低いと思いますが。」

「それも、心得ております。すべては時の運です。ただ、少しでも長く、その可能性を少年に残してあげたいんです。」


「了解しました。では、このコルネットを当店でお預かりしましょう。ただし、契約は守っていただきます。当店の場合、流質期限は・・・いや、契約に関するご説明は野暮ですよね。」

「はい、省略で結構です。」

「そうですね、ざっと見たところ、このコルネット、元金は60万円でいかがでしょう?」

「はい、それで結構です。」

「では元金60万円と質札をお持ちください。」

「で、もしかして、もしかして、あのときの少年が、このコルネットに気付いて引き取りたいと云うことがあったとしたら・・・ここに前金として30万円置いて行きます。どう使おうと店主さんの裁量にお任せします。」

「・・・ふぅーっ、こんなこと初めてですが、お気持ちは分かります。この30万円、預からせていただきます。」

「あ、あと、もうひとつ、このコルネット、出来るだけ外から見えるところに展示していただけますか？」

「はい、それも心得ております。その少年との出会いがあるかまでは保証できかねますが、それは少年の持つ運に賭けることにしましょう。」

そう云って、店主は深々と頭を下げた。

◇

あれから10数年が経った。

ある神社の森の傍らにある質屋のショーウィンドゥには、金ピカに輝くトランペットが展示してあった。

そして、ある日、ある青年が、その質屋の前で、いきなり立ち止まった。しばらく、ジッとショーウィンドゥのなかを見つめている。何か頭のなかが混乱しているような表情だ。

青年は、その質屋に入ろうか、よそうかと二の足を踏みだした。しかし、結局、青年は質屋の扉を開けた。

《ガラガラガラ》

引き戸を開けて店内に入って行く。店内の通路の右壁には古書の山。左壁のショーケースには、質流れした商品。正面の番台には、赤いベレー帽にロイドメガネ、着晒らしのベストを羽織り、パイプを咥えた店主が座っている。

店主と目が合った。店主は値踏みするような目でオトコを見て、いきなり何か閃いたかのようにニコッと笑った。

「茶でも入れましょうか?」

「はぁっ?」

「まあまあ、そこにお座りなさいな。」

「でも、突然、訪れたボクに何で?」

何かをつかまれそうな予感がして、青年の目の色が猜疑に怯《おび》えた。

〈ヤバい店に入っちゃったかな?〉

「安心なさい。無理やり何かを買わそうなんて思ってませんよ。」

「いえ、そんなつもりは・・・。」

「ウソおっしゃい。顔に書いてありますよ。ははは。それより、ショーウィンドゥのトランペットじゃないですか?」

「はっ、何でそれが?」

青年の顔色が猜疑から混乱へと変わっていく。

「いや、何となく、です。」

「何となくって・・・。」

「まあ、聞きなさい。10数年前に私は、このトランペットと出会いました。このトランペットを持って来たのは中古楽器店のヒトでした。」

中古楽器店という言葉を聞いた青年の方がピクンと動いた。

「そのお店は、お店を閉じる前に在庫の処分をしているようでした。通常なら、同業者に卸した方が少しでも高額な値が付くのですが、そのご主人は、このトランペットだけは私のところに持ってきました。」

「何で?」

「当時、ある電車通学の少年が登下校時に店のショーウィンドゥに飾ってあった、このトランペットを夢見るような目で、必死に見ていたそうです。」

青年は確信しました。慌ててポケットからハンカチを取り出します。

「お店のご主人は、昔、トランペットのプロを目指していたようで、トランペットに憧れている、その少年に、いつまでも夢だけは持ち続けて欲しいと、すぐ売れてしまう同業者にではなく、ウチにこのトランペットを持って来たそうです。」

「そ・・・そうでしたか。アノご主人、そんなことを。」

「やはり、アナタだったんですね。」

「はい・・・因果なモノですね。その少年が、いまや、売れないトランペット奏者を目指してるなんて。」

「えっ？　てっきり、有名大学を出て、一流企業に就職して、趣味で音楽をやってる程度かと、勝手に思っていましたが。」

「いやいや。中学の頃に親と大喧嘩しまして。『自分のレールは自分で敷くんだ』って啖呵切って家を飛び出して、このザマです。」

「そうでしたか。夢と現実の両立って難しいモノなのかもしれませんね。」

店主は黙ったままショーウィンドゥに行き、トランペットを持って戻ってきた。

「これが質草の『憧れのトランペット』です。

「あ、あのぉ、このトランペット、買い取るとしたら、いくらくらいですか？」

店主が、もの悲しそうに下を向いた。

「このトランペットを質入れしたときの元金は60万円でした。」

「60万円かぁ・・・ムリだぁ。」

「でも、そのとき、お店のご主人は、万が一、将来、アナタが、このトランペットを引き取りに来たときに使って欲しいと、30万円の前金を置いて行きました。ですから、元金は差し引き30万円となります。」

「そ、そこまで・・・30万円ですか。あのぉ〜、大変失礼なのは承知でお願いしたいんですが、ローンでの返済はさせてもらえないでしょうか？」

「期間は？」

「さ、36回で。」

「年間10万円ずつということですね？」

「は、い。それでもやっとで。」

「・・・分かりました。このトランペットをお引き取り下さい。ただし、支払い条件が変わります。」

「というと？」

「先ほどもお話した通り、この質草の『憧れのトランペット』の元金は30万円です。しかし、そこから経過説明料マイナス10万円、さらにアナタがここに来られた運命の料金としてマイナス10万円。以上の値引きを合算して10万円の元金といたします。」

「値引き？　質屋に値引きってあるんですか？」

「当店では、そう云う契約内容となっております。お支払方法は、10万円の12回払い、無利息でよろしいですね？」

「は、はい。なんか、キツネにつままれたような感じです。」

「では、中古楽器店の老夫婦の心意気とアナタの持つ運気が、今後、アナタに道を切り拓かせることをお祈り申し上げております。夢は叶わなくとも持ち続けるものですよ。」

＊　バラ色の人生（LA　VIE　EN　ROSE）原曲は有名なシャンソン（作曲ピエール・ルイギー）

妖怪たちの棲むところ 1

ひとことさん

▲序▼

そこは、どこにでもある町でした。

私鉄の駅の向かいには商店街のアーケードが続きます。雑貨屋、総菜屋、レコード店、お茶屋、味噌屋、魚屋、お肉屋、八百屋、酒屋、喫茶店、お菓子屋などなど、都会で見かけるチェーン店ではありませんが、昔ながらの地元の店々がいまだに軒並みをそろえています。

朝は子供たちが道を行き交う元気な声で始まります。登校の頃になると、地域のご老体が交代で信号機の脇に立ち、旗を持って子供たちに声をかけます。子供たちも、見慣れた小父さんや小母さんに、元気な声で挨拶を交わし、その声々が町中を元気にさせてくれます。

朝の早いご老人たちは、公園でゲートボールに励んでいます。《カコーン》とはじかれるゲートボールのタマの音と、ご老人の和気藹々とした会話が公園から町中に広がっていきます。

夕方になると夕食の買い出しに、お母さん方がアーケードに集まってきます。ここでも、昨日と同じような会話が繰り返され、お母さん方が嬉しそうに声を上げます。買い物の時間よりも井戸端会議の時間の方がかかるのは、どこも同じです。

そろそろ、各家庭から夕食の準備の音と匂いが舞い上がり、銭湯の煙突からは湯気が揺れてきます。郵便配達の自転車のブレーキが響き、子供たちが駆け足で家に帰って行きました。

そこは、そうやって、毎日、時間が普通に過ぎていく、どこにでもある町でした。


ただひとつ、その町の違うところと云えば・・・。

それは、妖怪たちと共存しているということでしょうか。ニンゲンも妖怪も、お互いにこの町で生存しているのは周知の上。ときには、妖怪に慰められ、ときには妖怪を慰めるような日常は、ごく当たり前のことでした。

妖怪たちが町のどこに棲んでいて、どこに帰って行くのかまでは誰も知りませんが、ある日突然、暗い夜道で妖怪に出遭っても、ニンゲンたちは驚きません。簡単に日常の挨拶をするなり、何か話しかけるなり、ニンゲンと妖怪は、ごく気軽な間柄だったのです。

そして、決まって、妖怪たちと遭遇するのは子供たちや、子供の頃に苦い経験をした大人たちです。

妖怪の存在を、他の町の子供たちは知りません。この町の子供たちも、あえて、それを話そうとはせずに、今日まで過ごしてきました。だって、妖怪のいない町が存在するなんて、これっぽっちも思っていませんでしたから。

つんつるてん

〽ツンツル　ツンツル　ツンツルテン
　ツンツル　テンテン　ツンテンテン

冬の西日が落ちる頃、どこからともなく、唄声とも足音とも聞こえる、奇妙な、それでいて愛嬌のある響きが聞こえてきた。

「あっ、ツンツルテンさんだ。」

「どこだ、どこだ？　みんなで、探そうっ。」

子供たちは、その響きのする方向を右や左に見回すが、どこにも姿形は見つからない。はやる気持ちを抑えながら、子供たちは必死に、電信柱の陰やゴミ箱、近所のウチの犬小屋などを、右往左往しながら探している。

「やっべー、もう、こんな時間だ。早く帰んないと、また、かーちゃんにドヤされちまう。」

「でも、ツンツルテンさんに会えるかも知んないぜっ。」

「うーーーん・・・でも、やっぱダメだ。昨日も遅くなっちゃったし、今日、帰るのが遅いと晩飯抜きだぁ。悪りぃ、オレ、先に帰るっ。」

ひとり仲間が抜けると、連られて気持ちが弱くなるもので、その後も、ひとり、また、ひとりと、子供たちは後ろ髪を引かれながら帰って行く。

最後まで残ったのは、ヒデスケとユウスケの2人だけだった。

「ユウスケ、オマエ、帰んなくていいのかよ。」

「べっつにぃ。ヒデは？」

「オレは、帰っても夕飯が待ってるワケじゃないから。」

「ツンツルテンさんってさぁ、どういう恰好してるのかな？」

「上半身は薄ぼやけて見えないんだけど、サスペンダーしてて、ズボンが7分丈くらいで、白いソックスから脛が見えてるって話だぜ。」

「でも、なかなか会えないんだろ？」

「そう。なんか、ツンツルテンさんと同じ境遇で育って、同じように悩んでる子供にしか見えないんだってさ。」

「オレらに見えるかな？」

「さーな。」

そう答えながらも、ヒデスケは、正面の郵便ポストの陰に佇んで、さっきから、こっちを覗き見ているような人影に気付いていた。その影は、2人の立つ位置からして、ユウスケにも見えたはずだった。しかし、ユウスケは何も反応を示さない。ヒデスケは、そのことをユウスケに云わなかった。何となく、そうなるだろうとは思っていたのだ。だって、ヒデスケとユウスケの育ってきた境遇は違っていたから。

ヒデスケは、5人兄弟の末っ子で育った。一番上の兄とは14歳も離れている。この時代、偏見を持つわけではないが、貧乏人の子沢山という家族は珍しくもなかった。ヒデスケの家も、父親の少ない稼ぎのなかで、祖父、祖母を含めた家族9人を切り盛りするのは至難の業だったに違いない。

父親が昼間と夜との2種類の仕事を終えて帰ってくるのが夜の9時過ぎ。母親も午後のパート仕事を終えて帰ってくるのは夕方の6時頃。洗濯や掃除など家の雑務は、まだ勤めていない下の兄弟3人で順繰りに済ませてあるので、母親は帰宅後、急いで夕食の準備に取り掛かる。父親が帰ってきて、みんな揃って夕食をとるのは、いつも夜の9時半過ぎだ。

だから、ヒデスケにとって、家の雑務当番じゃない日は、夕食までの時間はたっぷりある。今日も、そのおかげで、ツンツルテンさんに会えたと云う訳だ。

一方、ユウスケの家は、小さいながらも自動車部品の下請け工場を経営しており、数人の工員を雇っている、いわば、中小企業の社長家族だ。

学校に持って来るユウスケの手弁当には、いつも、石井のハンバーグ*が入っており、筆箱もノートもおろしたてのものばかり。大多数のクラスメイト男子が半ズボンで1年中過ごしていたにもかかわらず、ユウスケが、クラスで数人しか履いていなかったパンタロン姿で登校したときは、全員の視線を一心に集めたものだ。

だが、そんなヒデスケとユウスケは、どう云う訳か気が合った。学校の行き帰りも、授業の合間の休憩時間も、便所に行くのも、いっつも一緒だった。お互いに、唯一無二の親友だと思っていた。

しかし、ヒデスケは、その友情が単なる希望的観測でしかなかったことを、このとき始めて痛感した。

「オレにはツルテンさんが見えて、ユウスケにはツルテンさんが見えない。それで十分だろ？」

＊

「やっぱ、オレらにゃ、ツルテンさん、顔だしてくれそうもないや。」

「・・・」

「あれっ、もう、真っ暗じゃん。そろそろ、オレも帰るわ。ヒデスケは？」

「うん、いや、オレは、もう少しねばってみるわ。」

「そか。じゃ、また明日な。」

「おう。」

何の疑いもなくユウスケは帰って行った。毎日のことだが、こういう風に、ひとりぼっち、取り残されたとき、ヒデスケは寂しさを感じてしまう。

それは、早く帰っても、台所から聞こえてくる母親の包丁の音を聞きながら、２人の年の近い兄たちと、電気も点けず、部屋で黙って時間の過ぎるのを待っているときの寂しさと同じだった。

とは云え、今日は違う。というよりも、今日に限っては、ヒデスケはユウスケに早く帰ってもらって、早くひとりになりたかった。それは、もちろん、ヒデスケだけの目に映ったツルテンさんのせいだ。

ツルテンさんは、さっきからずっと、郵便ポストの陰に佇んで、こっちを覗き見ている。ヒデスケは正面切ってツルテンさんを直視することは出来ないが、視界の隅に、７分丈のズボンにサスペンダーをして、白いソックスから脛が見えている男の子の姿が映っている。上半身は白いシャツを着ているようだが、陽炎のように空間が揺らめいていた。時折、透けて、身体の向こう側で電信柱にションベンをしている野良犬が見え隠れする。身の丈は90センチに満たないくらいだろうか。

ヒデスケは思い切って声をかけた。

「つ、ツルテンさん？」

『ヌヴォオ』

低い汽笛のような返事が返ってきた。返事の意味が分からず、ヒデスケが戸惑っていると、郵便ポストの陰でジッと動かなかった人影が、モジモジしながら身体を現し、一歩ずつゆっくりと近づいてきた。おそらく、さっきの低い汽笛のような返事は『Ｙｅｓ』を意味していたのだろう。

そのまま、人影はヒデスケの目の前まで近づいてくる。ヒデスケの身長が125センチなので、おそらく95センチくらいだろうか。

もう一度、ヒデスケは聞いてみた。

「ツルテンさん、でしょ？」

《ヌヴォオ》

「はじめまして、オレ、ヒデスケって云います。父ちゃんは稼ぎを増やすために2か所で働いてます。母ちゃんは商店街の総菜屋で揚げ物をつくってます。上の兄ちゃん2人も去年から就職して毎月、給料を家に入れてくれてます。年の近い2人の兄ちゃんとオレは、まだ、小学生と中学生です。あ、あと、爺ちゃんと婆ちゃんも一緒に住んでます。」

いきなり出くわしたツルテンさんに動揺して、ヒデスケは、何を話していいか分からず、自己紹介を延々と続けた。

「それから、さっき帰っちゃったんですけど、親友のユウスケっていうヤツが・・・。」

《ヌヴォオォーッ》

さっきとは、ちょっと違う返事がした。ヒデスケがツンツルテンさんに目をやると、何か話したそうな素振りを見せている。

「あっ、ゴメンナサイ。自分のことばっかり云っちゃって。」

《ボォクゥ、ツンツルテン。ハナシィ、キイテホッシィ》

「あっ、そうか。ツンツルテンさんは、話を聞いて欲しくて、オレの前に現れてくれたんだね。」
《ヌヴォオ》
「オレで良けりゃ何でも聞くよ。」
《ツンツルテン、ナヤムゥ》
「悩むって何を?」
《チンチクリンッテ、ミンナ、バカニスルゥ》
「チンチクリン?　それ、どういう意味?」
《セェガ、チッサイ。ツンツルテン、7サイ。セェ、チッサイ》
「えっ、ツンツルテンさん7歳なの?　オレと一緒じゃん!」
《セェ、チッサイ。ミンナ、イジメルゥ》
「そっかぁ、そーだよな。オレのクラスにも背の小さいヤツいるけど、みんなにからかわれてるもんな。」
《オマエモ、イジメルカ?　ツンツルテン、トテモ、カナシイ》
「ううん、そんなことしないよ。でも、そうか、全然、気にしてなかったけど、やっぱ、からかわれた方は傷つくよなぁ。よし、明日、学校行ったら、イジメてるヤツラに注意してやろうっ。」
《ヒデスケ、オマエ、イイヤツ。デモ、ツンツルテン、チンチクリン》
「そんなぁ、気にすることないよ。すぐに大きくなるって。気づいたら入道雲みたいに大きくなってたりして、アハハハハ。」
《ニュードーグモ?・・・ヌヴァヴァヴァヴァー。オマエ、オモシロイコトイウナ》
「ヌヴァヴァヴァヴァーって、もしかして、ツンツルテンさん、いま笑ったの?」
《ヌヴォオ》
「そうだよ、そうだよ。人生、笑わなきゃ。笑う門にツンツルテン来るってね。」

いきなり、ツンツルテンの身体が落ち込んだようにショボンとした。
「ん? なに? ツンツルテンさん、オレ、何かマズイこと云っちゃった?」
《ヌヌヴォ。マダ、ナヤミ、アルゥ》
どうやら『ヌヌヴォ』という言葉は『Ｎｏ』を意味するらしい。
「まだ他に悩みがあるの?」
《ヌヴォオ。ツンツルテン、イツモ、ツンツルテン》
「ん? どういうこと?」
《ツンツルテンノナマエ、ツンツルテンカラキテル。キルモノ、イツモ、ツンツルテン》
「そっかー、それでツンツルテンさんって云うのかぁ。そうだよな、オレも着るモンっていやぁ、兄ちゃんたちのお古ばっかりだから、いつもサイズが合わないんだよ。」
《オマエモカ?》

「そうそう。たまにゃ、身体に合った新品の服を着てみたいけど、ウチの経済事情じゃなぁ。それに、オレ自身、着るモンがお古だとか新しいとか、全然気にしてなかったからなぁ。着られれば御の字って感じで。」
〖オマエ、アタラシイノ、ホシクナイノカ?〗
「うーーーん。でもさぁ、クラスにゃ、ヒデスケみたいな金持ちの子も数人いるけど、他は、ほとんどドングリの背ぇ比べって感じだし。最初から、それが当たり前って思ってたからなぁ。」
〖サイショカラ、アタリマエ・・・〗
「っそ。『ない袖は振れぬ』って、よく婆ちゃんが云ってたよ。」
〖オマエ、ツヨイナァ〗
「そんなことないよ。この時代は、みんな、こんなもんだって。」
〖オマエニアエテ、ヨカッタヨ〗
「ナニ? 改まって。」
〖ズット、オマエ、ミテタ。ソウダンシヨウカ、ズット、マヨッテタ〗
「そりゃ、光栄ですな。」
〖ツンツルテン、イツモ、ヒトリボッチ。ハナスヒト、イナイ。サミシイ〗
「ツンツルテンさん、学校には行ってないの? トモダチは?」

『アッチニ、ガッコウナイ。トモダチッテナニ？』

「友達って・・・そうだなぁ、何でも云い合える仲間、かな？　さっき、ツンツルテンさんが云ってくれたような、悩みや相談事ってヒトに云い辛いじゃん？　でも、コイツになら何でも云えるって相手のことかな。」

『オマニモ、トモダチ、イルカ？』

「うん。ユウスケってヤツがね。育った境遇も、家の裕福さも違うけど、アイツとは何か馬が合うんだよな。まあ、さっきみたいに相通じないところもあるけどね。」

『ウマガアウ？』

「うーん。気持ちが通じ合ってるってことかな。」

『イイナ、オマエラ。ツンツルテン、オナジキョウグウ、オナジナヤミアル、コドモトシカ、ハナセナイ』

「ツンツルテンさんも、違った境遇のヒトたちと話してみたらどう？　結構、気が合ったり、同じ感情を持ち合わせてたりするもんだよ。」

『チガッタキョウグウデ、オナジカンジョウ？』

「そう。オレとユウスケみたいに。」

少し、ドギマギした素振りを見せながら、ツンツルテンが云った。

『トモダチ、ナレルカ？』

「えっ、ナニ云ってんの？　もう、オレら友達じゃん。」
《ヒデスケト、ツンツルテン、トモダチ》
「そう。オレとツンツルテンは友達だよ。」
《・・・》
「ど、どーしたの？　急に黙っちゃって。」
《トモダチナラ、ナヤミ、モヒトツ、オシエル》
「えっ、まだ、悩みがあるの？」
　ツンツルテンが、少し前屈みになっていきみだした。握りしめられた両手の拳がプルプル震えている。しばらくすると、それまで、陽炎のように空間が揺らめいていた上半身が形となって現れ始めた。腰、胸、肩、顎、口、鼻、目、そしてアタマ。とうとう、ツンツルテンの全容がヒデスケの目に見えるようになった。
「これが、ツンツルテン、さ、ん？」
《サイショデ、サイゴ。トモダチノアカシ。ツンツルテンノ、ナマエ、スソガ、ミジカイダケジャナイ・・・アタマモ、ツンツルテン》
　見事に禿げ上がったアタマだった。まるで初日の出を拝むようにツンツルテンのアタマだった。全体的に3頭身のツンツルテンはアンバランスではあったが、妙に神々しいオーラを放っていた。
　ヒデスケが、ツンツルテンのツンツルテンな禿げアタマを笑うことはなかった。

ただ、ひとこと呟いた。

「ツンツルテンさん、立派だよ。もっと自信を持っていいよ！」

＊　石井のハンバーグ　石井食品株式会社の製品　１９７０年に業界初のチルドハンバーグとして発売。

のんべんだらり

「ぷっはぁぁぁ～。」

深夜の2時過ぎ。寝静まった町中を、ネクタイを緩め、ヨレヨレのスーツを着たサラリーマンらしき男が千鳥足で歩いて行く。右前に3歩、左前に4歩進んだと思ったら、2歩ほど後ろによろめいて、一度、踏ん張ってから、また、歩き出そうとするが足が前に出ない。そのまま横の電信柱にもたれかかって、ちょっと休憩。家に着く頃には、お日様が昇っていそうな足取りだ。

電信柱に顔を押し付けながら、オトコが鼻歌を歌い出した。

〽ノンベンダラリノ　クルトコロ

　ヨッパラーイ　ヘッパラーイ　ヒックヒックヒックヒック

「っときたもんだぁ～。」

酔っ払いが、再び歩き出す。数歩進んだところで、

「おっと！」

と、ひとりごとを云い、覚束ない足取りで、また電信柱のところまで戻り、地べたに取り残したままの『助六の折詰*』を拾い直して、また、家の方へ踵を返して歩き出した。

〽ノンベンダラリノ　クルトコロ
　ヨッパラーイ　ヘッパラーイ　ヒハマタノボル
「ってかっ！　ヒック、ヒック、ヒック。」

＊

この町では、夜中まで飲み歩いているヒトのところに、ノンベンダラリさんが訪れると云われている。

何やら、ノンベンダラリさんは、生前、お酒の飲み過ぎで仕事をクビになったヒトの霊だとか、昔、お酒の大好きだったヒトがカラダを壊してお酒が飲めなくなったことを悔やんで出る霊だとか云われている。

ノンベンダラリさんは、どうやら、今宵、あのサラリーマンに目を付けたようだ。

《ガラガラガラ》

「ただいまーっと。って云っても、みんな寝てるわな、ヒック。」

サラリーマンは、ひとりごちると、パジャマに着替えて居間の卓袱台の前に胡坐をかいて座った。ヒビの入った湯飲み茶碗で白湯をすする。ヨレヨレのスーツ、折り目はなく膝も落ちてしまっているズボンが畳の上に脱ぎ散らかされている。

「ふぅーっ。」

なにを見つめるでもなく、ボーっと壁の方に視線を向けたまま、サラリーマンが溜息をついた。その流れに向かい合うように、生暖かい風がスーッと漂いこんできた。そして、聞きなれた歌声が聞こえる。

〽ノンベンダラリノ　クルトコロ
ヨッパラーイ　ヘッパラーイ　ヒックヒックヒックヒック

《お仕事ぉ、お疲れさんですぅ》

どことなく、媚びへつらうような声が聞こえたような気がした。

「はひっ？」

《遅くまでぇ、大変ですねぇ》

「な、ナンダぁ、いまの声はぁ?」
《オラ。オラ、ですぅ》
「ふっへほ? だ、誰だぁっ。ど、どこにいるぅーっ。」
《ここ。ココですぅ》
サラリーマンがキョロキョロ辺りを見回すが誰もいない。しかし、電灯をつけないままの部屋の暗さに目が慣れてくると、サラリーマンのいる卓袱台の向かい側に、薄ぼんやりと人影のようなものが見えてきた。
そこには、ヨレヨレのスーツ、緩めたネクタイ、折り目はなく膝も落ちてしまっているズボンをはいたサラリーマン風のオトコが座っている。どこか見覚えのある顔つきだ。
「アンタ・・・オレ?」
《オラ・・・アンタ》
向かいに座っているのは、どう見てもサラリーマン自身だ。
「ってことは、アンタ、ノンベンダラリさん?」
《オラ、ノンベンダラリさん。アンタ、だれ?》
サラリーマンは、気を落ち着かせるために、台所に行き、一升瓶を片手に戻って来た。卓袱台の前に座ると、ヒビの入った湯飲み茶碗に酒を注ぎ、一気に飲みほした。

「っぷはーっ。」
《っぷはーっ》
「ん？」
《ん？》
向かいの席を見ると、自分と同じ姿のノンベンダラリさんが、物欲しそうな目で、こちらを見ている。
「飲みます、か？」
《・・・飲みま、せん》
「んなこと云わずにぃ、飲みたそうな目をしてましたよ。」
《飲みたそうな目をしてましたけど、飲みま、せん》
「オタク、ノンベンダラリさんでしょ？　お酒、好きだって聞いてますよ。さあさあ、遠慮なく。」
サラリーマンが、再び、台所に行って、もうひとつ湯飲み茶碗を持って来た。卓袱台の向こう側に置くとトクトゥトクとお酒を注いだ。
「さあさあ、やってくださいな。」
すると、卓袱台の向こう側に正座していた、サラリーマンそっくりのノンベンダラリさんが、シクシクと泣き出した。

＊

「ど、どーしたんですか、ノンベンダラリさん？　泣き上戸ですか？　って、まだ飲んでないしなぁ。なんか、気に障ること云っちゃいました？」
《ふふふえぇーーーん》
「まあまあ、落ち着いて。」
《お酒、飲みた～い》
「だ、だから、飲んでくださいよ。」
《でも、お酒、飲みま、せ～ん。ふふふえぇーーーん》
「だから、どっちなのぉ？」
《そ、それは・・・》
「ナンカ、理由があるのね。いーよ、いーよ、聞かせてみな。」
ようやく、ノンベンダラリさんが落ち着いてきて、少しずつ話し出した。
《オラ、昔、いっぱい、いっぱい、お酒飲んだ》
「ふむふむ。」
《ビール、焼酎、日本酒、ウヰスキー、テキーラ、養命酒》

「いける口だねぇ、オレも一緒、一緒。ん？　養命酒？　ま、いいか。続けて。」
《飲むとき、なんも食べない。酒、まずくなる》
「そうそう、全く同感。」
《毎日、仕事終わりに飲む。夜中にラーメン食べて、帰ってぇ寝るぅ》
「そうそう、シメのラーメンは最高だよな。」
《翌朝、ウコン飲む。それで仕事行く。また、夜飲む》
「そーなんだよ。それぞ、まさしく呑兵衛のゴールデンサイクルなのよ。毎日、酒を美味しく飲み続けるために働いてんのよ。」
《でも、あるとき、オラ、お腹が痛くなった》
「えっ、大丈夫？」
《お医者さん行くぅ。お酒、やめろ云われる》
「そりゃ、心配だな。」
《お酒、やめなきゃ、オマエ死ぬ、云われた》
「・・・」
《でも、オラ、それでも宴会には顔ぉ出した。少しだけ、お酒飲んだ》
「で？」
《また、お腹痛くなって、血ぃ吐いた。お医者、怒った》

「まあ、そうだろうなぁ。」
《それから、オラ、お酒、飲めなくなった》
「とうとう禁酒か。」
《違う。お酒、飲もうとする。口元までグラスを持っていく。口、付けたとたんに気持ち悪くなる》
「身体が酒を受け付けなくなったんだぁ。」
《でも、オラ、お酒、飲みたい気持ちはなくならない。いつでも、お酒、飲みたい。でも、お酒、飲めない》
「飲みたい欲求はあるのに飲めないなんて、辛いなぁ。」
《それから、オラ、ヒトがお酒飲むのを見て、自分も飲んだ気にするようにした》
「せめてもの気晴らしか。で、そのあとは?」
《・・・オラ、死んだ》
「・・・」
《死んでも、オラ、お酒、飲みたい》
「で、死んで、ノンベンダラリさんになった、ってこと?」
《いまでも、オラ、お酒、飲みたい。でも、死んだいまになっても、オラ、お酒、飲めない。だから、お酒、飲んでるヒト探して、飲んでるのを見る》
「そうか、いまでも苦しんでるんだね。だから、ノンベンダラリさんは、呑兵衛のところに出て、羨ましそうに飲んでる姿を見てるのかぁ。」
《そ。オマエみたいなヒトのこと追っかける》
「で、なんでオレなの？」
《オマエ、昔のオラと同じ》
「同じって？」
　一瞬、サラリーマンは、冷たい風が首元をスーッと駆け抜けるのを感じた。
「うっうー寒ぶっ。ちょっと燗でもつけるかな。」
　そう云うと、サラリーマンは湯飲み茶碗に注いだ酒を持って台所に向かった。しばらくすると、電子レンジの《チーン》という音が聞こえてきた。いつの間にか、半纏を羽織ったサラリーマンが熱そうな湯飲み茶碗を持って戻ってくる。
「えーと、どこまで話が続いてたっけ？」
《オマエ、昔のオラと同じ》
「ああ、そこからか。で？」
《オマエ、もうすぐお腹痛くなる》
「お腹ぁ？　いやいや、オレはいたって健康だよ。」
《オマエ、血ぃ吐く》
「それって、ノンベンダラリさんの・・・。」

『オマエ、死ぬ』

「・・・な、なんだってぇ・・・。」

『よく分からない。でも、いつの頃からか、オラ、死ぬヒトと同じ姿恰好になる』

「同じ姿恰好ったってぇ。」

サラリーマンが卓袱台の向こう側を見ると、ヨレヨレのスーツを着た自分とそっくりのノンベンダラリさんが正座して座っている。再び、冷たい風が首元をスーッと駆け抜けるのを感じた。燗を付けた酒はいつの間にか冷たくなっている。

「そういう訳か。」

『オマエでも、そんな顔するのか?』

「当たり前だっ。目の前で死の宣告をされたら、誰だって、こんな顔になるだろ。」

『そうか。では、オラも、そんな顔をしてたのか』

「多分な・・・ふぅーっ。こりゃ、ちと、マジで酔えんな。申し訳ないが、ノンベンダラリさんに見せられるのは、楽しい飲みっぷりじゃなくなっちまいそうだわ。」

『気にするな』

「・・・」

『ナニ考えてる?』

「ここ、数か月、女房や子供の顔を見てないなぁって。」

《どして？》
「朝、出かけるときは、まだ寝てるし、夜はこの有様で午前様。休みの日はゴルフや麻雀三昧。それじゃあ、顔を見る機会もないよなぁ。」
《奥さん、何とも云わないか？》
「最初は、ガミガミ云ってたさ。でも、諦めたみたい。『アナタは冷たいヒトだ』って云われたよ。娘は、たまにニアミスしても、オレのことを空気みたいにしか思ってないし。」
《寂しいか？》
「寂しい？・・・いままで、そんなこと思ったこともなかったなぁ。これがサラリーマンのあるべき姿だって思ってた。いや、いまでも、そう思ってるのかも。」
《どういうこと？》
「何て云うか、寂しいとは思わないんだよ。ただ、いま、ノンベンダラリさんに死の宣告を受けたとき、ふと、女房と子供の顔を、もう一度見たいなって思っただけ。」
《それ。それが寂しいってことと違うか？》
「ん？　これが？　この気持ちが寂しいって気持ちなの？　そうか、そうか。オレにも寂しいって気持ちがあったんだね。オレは冷たい人間なんかじゃなかったんだっ。ふっふっふ。」
《さっき、娘さん、寝言でパパって云ってたぞ》
「えっ、娘が？・・・オイオイオイ、ノンベンダラリさん、死に際のオトコを、そんなに喜ばして、どーすんだい？」
《死ぬ前に、いい思い出あった方がいいだろ》
「なんだよ、また、突き落とすのかよ。」
《でも、オマエ、もしかしたら、生きられるかもしれないぞ》
「今度は持ち上げかい。で、ナンで？」
《ヒトは死んだら、一度、妖怪になる。その妖怪に施しの手を差し伸べたヒトは、一度だけ願いが叶えられる》
「へぇー。でも、オレは何も妖怪に施しをしたことないよ。」
《オマエ、オラの話を聞いてくれた》
「そりゃ、ノンベンダラリさんが聞いて欲しそうな顔をしてたから。ま、オレと同じ顔だったけどね。」
《ほとんどのヒト、オラのこと見ない。見ようとしないでお酒を飲み続ける。それはそれで良い。でも、たまには、オラの話を聞いてくれるヒトと会いたい。それが、オマエ》
「まあな。オレもヒマだったしな。でも、いままで幾人かは、ノンベンダラリさんの話を聞いてくれたヒトもいたんじゃない？　そのヒトたちのなかで助かったヒトはいないの？」
《いない》
「じゃ、ダメじゃん。また、突き落とされたよ。」

《でも、オマエだけ》

そう云って、ノンベンダラリさんは、卓袱台の上に置かれたまま、まだ、なみなみとお酒が注がれたままの湯飲み茶碗を見つめた。自然とサラリーマンの視線もそこに注がれる。

《オマエだけが、こうやって、オラにお酒を勧めてくれた》

「まあ、結果的に飲めないんだけどね。」

《でも、オラ、嬉しかった。久しぶりに、お酒を勧められた。死んでからは、ほとんどのヒトがオラに気付かない。気付いたとしても、無視してお酒を飲み続ける。ましてや、お酒を勧めてくれるヒトなんていない。オマエだけだ》

「そりゃどうも。ま、これからは妖怪仲間になる訳だから良しなにお願いしますわ。はっはっは。」

《ま、そのときはな。でも、オマエにはラストチャンスがあるかもしれない。オマエは2度も、オラに良くしてくれた》

「いやいや、あれは単なる飲みにケーションなんだけどなぁ。まあ、生きながらえるに越したことないけど。どうすりゃいーんだい？　ノンベンダラリさん。」

《知らん！》

《ズコッ！》「なんだよー。最後の最後で突き落とすのかよ。」

《そじゃない。ホントに知らない。ただ、妖怪に施して、生き残る要件は整ったということよ。あとはオマエの行いしだい》

「そんなんで悔い改めよなんてムリじゃーっ。」
《いつでも、どこでも、奥さんと娘さんの顔を思い浮かべて過ごしたら？》
「んー、確かにねー。さっき、女房と娘の顔を見たいって強い気持ちになったように、これからは、ずーっと思い続けられるだろうな。でも・・・。」
《でも？》
「やっぱ、酒はやめなきゃダメだよ、ねぇ～？」
《当たり前。でも、どーしても我慢できないときは・・・養命酒をちょこっとだけね》
「養命酒ぅ？　養命酒がいいなら、他の酒も、ちょっとだけなら・・・。」
《オマエいいヤツ。オラの友達。オラはオマエがいつ、こっちの世界に来てもかまわない。早く来て仲良く話し合いたい。いつでも来い》
「ってことは、早く死ねってことだよね・・・分かりましたっ。金輪際、お酒は飲みません！」

＊　助六の折詰　いなり寿司と海苔の細巻きが入った折詰。歌舞伎の「助六」にちなんでいる。

ぼんぼん

こんな庶民の集った町並みにも、ちょうど丘の境の辺りで、山の手と下《しも》の手といった生活圏の境界線がある。

山の手には、工場やトラックなどの運送物流会社、比較的中堅ではあるがスーパーの経営者などが住んでおり、逆に、下の手には、そこに通う雇われ社員や、昔ながらの農場で畑を耕す一般庶民が住んでいた。

この町で生まれ育ったモノは、小学、中学と同じ学校に通い、中学を卒業するころに、ようやく、お互いの生活レベルが違っていることに気付くようになる。

思春期の子供たちは、何かにつけ、置かれた環境の優劣を勘違いして、自分の良いように、または、逆に、悪いよう思い詰める傾向があるものだ。

そして、大人への成長の過程で、その過ちに気付くモノや、勘違いしたまま意気を散らして行くモノとに分かれてしまう。

《ボーン、ボーン、ボーン》

〽ボンボンキタゾ　ソレキタゾ

カゼノッテキタゾ　イマイクゾ

＊

朝、山の手の子供たちが学校に向かう頃、どこからともなく、太鼓を叩くような音が3つと唄声が聞こえてきた。

「あっ、ボンボンさんだっ。」

「今日は、太鼓の音、3つか。」

「結構、機嫌がいいんじゃない?」

「ちょっと、見に行かない?」

「また、学校、遅刻だぜぇ?」

「いーじゃん、いーじゃん。何とかなるってっ。」

子供たちが、学校に行く道を逸《そ》れて公園の方に走っていく。

公園のベンチには、ハンチング帽にボーダー柄のシャツ、白いパンタロン、色のついたメガネにマドロスパイプを咥《くわ》えた、スラッとしたカッコの良い初老のオトコが座っていた。

「ボンボンさん、おはようございます！」

子供たちが元気な声で挨拶すると、ボンボンさんと呼ばれたオトコは、色のついたメガネ越しにニヤッと笑い返した。

《やあ、キミたち、今日も元気だねぇ》

一番元気そうな男の子が、少しモジモジしながら話しかける。

「さっき、太鼓の音が3つしたけど、ボンボンさん、今日は機嫌がいい方なの？」

子供たちの間では、ボンボンさんの太鼓の音の数が、ボンボンさんのその日の機嫌の良し悪しの合図だと思われている。音が1つのときは、ボンボンさんは機嫌が悪い。太鼓の音が増えていくごとに、ボンボンさんの機嫌は良くなり、乱れ打ちの場合は、千客万来。ボンボンさんの大盤振舞いにあずかれるという。

《そうさなぁ、まあまあかな？　どれどれ、子供たち、まずは大道芸からお目にかけよう》

「でも、ボンボンさん、ボクたち、これから学校に行かなくちゃ。」

そのとき、公園の脇を、サラリーマン風の男性と、散歩中のお爺さん、お婆さんが通ったが、皆、ベンチに座っているのがボンボンさんだと知ってニコニコしている。子供たちが学校に行く途中で寄り道していることは知っているが、

〈ボンボンさん相手ならしょうがない。学校は遅れて行ってもいいんじゃない？〉

と云いそうな当たり前の顔で、何事も無かったかのようにとおり過ぎて行ってしまった。山の手

の住民にとって、ボンボンさんとはそういう存在なのだ。

子供たちは、それが寄り道を認められたことのように解釈して、安心してボンボンさんに視線を戻した。

ボンボンさんはカバンからコマを取り出して回し始めた。ヒモに乗ったコマはどんどん回る勢いを増し、ボンボンさんがヒモを振り上げると、コマは天高く舞い上がって、再び、ヒモの上に着地する。

「うぉぉぉーっ、すっげーっ！」

子供たちの拍手にお辞儀をしたボンボンさんは、ひとりひとりに飴玉を配ってくれる。

次の演目は、箱の組み換え芸だ。４つのカラフルな四角い箱を、ボンボンさんが横に並べて持っている。次の瞬間、ボンボンさんの振り上げた四角い箱の列の順番が入れ替わって再び並んだ。

「すっげー早業っ！」

再び、拍手が起こり、子供たちは次の演目を期待するが、ボンボンさんは自分の腕時計をジッと見て、サーカスのピエロがするように驚いてみせた。

《おやっ、もうこんな時間だっ。学校が始まっちゃうよ！》

ボンボンさんの声に、子供たちは慌てて公園の時計を見る。

「やべっ、あと10分しかねーぞっ。」

「走れーっ！」

子供たちは蜘蛛の子を散らすように学校に向かって走り出していった。

公園に残ったボンボンさんは、子供たちの後姿に手を振っている。それを見た近所のヒトがニコッと笑った。心にも金銭的にも余裕のある、山の手の住民は、皆、ボンボンさんのことが大好きだ。

◇

《ボーン、ボーン》
〽ボンボンボンキタゾ　ソレキタゾ
カゼノッテキタゾ　イマイクゾ

夜の8時過ぎ。下の手のサラリーマン2人が会社から帰ってくる頃、どこからともなく、太鼓を叩くような音と唄声が聞こえてきた。

「あっ、あれボンボンじゃねーのか?」

「今日は、太鼓の音、2つか」

「最近、ずーっと2つだなぁ」

「ちょっと、行って、今日もからかってみっか」

2人のサラリーマンが、帰り道を逸れて公園の方にだるそうに歩いていく。

公園のベンチには、ハンチング帽にボーダー柄のシャツ、白いパンタロン、色のついたメガネにマドロスパイプを咥《くわ》えた、ボテッとした肥満体系の中年のオトコが座っていた。

「よおっ、ボンボン。今日もいじられに来たんかい？」

《い、いやぁー、そんなことないよぉ。仲良くしてもらおうと思ってさぁ》

「仲良くしたいのはヤマヤマなんだけど、なぁ？」

ひとりのサラリーマンが、隣りのサラリーマンに目配せをする。

「あのさー、いつも、そんな目立つ格好してるけど、自分の体形見たことあんの？　まず、ダイエットから始めた方がいいんじゃないの？」

「ふっふっふ、そうそう。ボンボンなんだから金持ってんでしょ？　高額スポーツジムで鍛えればいいじゃん、はっはっは。」

《そ、そうかなぁ？》

「はっは、金持ちってとこは否定しないんだ。いいよなー、カネに困らねーヤツラは。」

「そっそ。こちとら、女房に給料袋を握られて、子供の給食費に塾の月謝。そんでもって、オレらは手弁当と毎日300円の小遣い持たされ馬車馬のように働かされてるんだぜぇ。」

「はぁーあ、ボンボンみたいに、たらふく食って贅肉腹になってジム通いしてみたいよ。」

「って、なんで、オマエんとこのかみさん、あんなに太ってんの？」

「ありゃ、遺伝だ、遺伝。」

「昼間、オメーのいねーときに、バリバリ、菓子食ってんじゃねーの？」

「かもな。アッハッハッハ。」

《ふふふ》

「ナニ、ヒトの話し聞いて笑ってんだよ、ボンボンよー。」

「そーだよ、オメー。山の手じゃあ、偉そうな顔してられるだろーけど、誰もが汗水流して、毎日の生活に追われてる、ここ下の手じゃあ、オマエに憧れるヤツはいても、味方はいねーんだよっ。」

《へへっ、そんなことぉ、云わないでくださいよぉ》

「ったく、オマエの、そのヘナヘナした喋り方もイラっとするんだよなぁ。」

《ごっ、ゴメンナサぁイ》

「っそ、その云い方だよ！」

　心にも金銭的にも余裕のない、下の手の住民は、ボンボンさんのことを胡散《うさん》くさがっているヒトが多い。ボンボンさんを妬む心は否定できないが、別に嫌っている訳ではない。ボンボンさんを受け入れることが出来ないほど、毎日の生活に追われているのだ。

＊

　しかし、そんな下の手の町にも、ボンボンさんを受け入れる心の広いヒトがいたようだ。

明け方の4時頃、寝静まった下の手の町を一組の老夫婦がトボトボと歩いて来る。今日も固まった足腰に鞭打ちながら夜勤のビル清掃の仕事を終えてきたばかり。

老爺と老婆の歩く姿は、誰が見ても疲れ果てている。歩く姿というよりも、2人の生きている姿に生気が感じられないような風だ。

そんなとき、どこからともなく、太鼓を叩くような音と唄声が聞こえてきた。

《ボーン》
〽ボンボンボンキタゾ　ソレキタゾ
カゼノッテキタゾ　イマイクゾ

「今日の、太鼓の音は1つねぇ。」

「ボンボンさんも、ワシらみたいに疲れておるんじゃろ。」

「あら、今日は、あそこ、消火栓のところにいるわ、珍しいわねぇ。」

そこには、ハンチング帽にボーダー柄のシャツ、白いパンタロン、色のついたメガネにマドロスパイプを咥えたオトコが立っている。歳の頃は・・・よく分からない。

「ボンボンさん、こんなところでどうしたんだい？」

《こんにちは、お爺さん、お婆さん、待ってました》

「ワシらを？　まさか、こんな貧乏暮らしのジジババを追剥するつもりじゃあるまいて。」

「ワタシらなんか、どこ叩いても何も出ませんよ、はっはっは。」

お婆さんの疲れて乾いた声が、深夜の下の手の町にかすかに響いた。

〘いや、お爺さん、お婆さんに聞いてもらいたいんですぅ〙

「ワシらで良ければ。」

老爺も老婆も、疲れ果ててはいたが、ボンボンさんの願いを聞かないわけにはいかないように思えて、しばらく消火栓の前で立ち止まった。

〘ボンボン、山の手の町では、みんな良くしてくれる。大人も子供も、みな、話しかけてくれる。でも、下の手の町じゃ、みな、ボンボンのことバカにする。嫌味云う。相手にしてくれない。ボンボン、悲しい〙

「そう。それは可哀そうねぇ。」

「じゃが、それが人間の本性だて。みんな、一生懸命なのさ。山の手のヒトも下の手のヒトも。ただ、環境が違うってだけの話だよ。」

「でも・・・それって不公平よねぇ。」

「いや、最近、ワシはそうは思わんようにしておる。そりゃ、裕福な方がいいに決まっとる。じゃがな、みんな一生懸命生きておるんじゃよ。山の手は幸せかというと、山の手にも苦労の種はある。下の手が年中不幸かといえば、下の手にも喜びの瞬間はあるはずじゃ。生きていりゃ、どこにいたってプラスもあればマイナスもあるもんじゃよ。」
「そうねぇ。ボンボンさんも、山の手の町でいい思いをして、下の手の町で嫌な思いばかりしてないで、今度は、山の手の町で良いことも悪いことも見て、下の手の町で僻《ひが》みも喜びにも目を配るようにしてみるといいんじゃないかしら。」
《山の手の町で良いことも悪いことも見て、下の手の町で僻みも喜びにも目を配る?》
「そう。そうすれば、少なくとも、いまよりは楽しく過ごせるんじゃない?」
《うん。分かった、そうする。でも、お爺さんとお婆さんは、下の手の町のヒトなのに、何でボクに優しいの?》
「ボンボンさんは、何でワタシたちに話しかけてくれたの?」
《話しかけやすそう・・・だったから》
「ありがとうね。実はね、ワタシたち、コウモリなのよ。」
《コウモリ?》
「ふっふっふ。まさにそうじゃ、ワシらはこうもりじゃ。」
《?.?.?》
「実はな、ワシらは数年前まで山の手の町に住んでおったんじゃよ。」
《えっ、お爺さんとお婆さんが?》
「そう、親の代から引継いだ小さな工場を営んでたんじゃ。その頃は羽振りも良くてな。あの頃は、金銭的にも精神的にも余裕があったもんじゃ。」

「2～3度、公園で子供たちに大道芸を披露しているアナタのことも見ましたよ。」

『えっ、そうだったの？』

「それが、バブル経済が崩壊して資金繰りが難しくなって、あえなく倒産じゃ。何の努力もせずに惰性でおっつけ仕事をしていたバチが当たったたんじゃな。あっけなかったよ。」

「そうですねぇ、あのときがワタシの人生のなかで一番苦しいときでしたね。」

『そうだったんだぁ』

「でも、問題はその後じゃ。それでも生きていかなくちゃならん。工場閉鎖の手続きを終えたワシらには何も残っとらん。仕方なく、着の身、着のままで下の手の町に引っ越してきたんじゃよ。」

「それから、色んな仕事をしたわよね。スーパーのアルバイト、日雇い作業、ゴミの収集、そして、いまのビル清掃。」

「ワシらも、もう歳じゃ。肉体的にはとっても厳しい。じゃが、もっと厳しかったのは、いままでの山の手気質が、その日その日の生活に追われて、下の手気質に乗っ取られていくことじゃった。だんだん器量が狭くなって、僻みばっかりになっていく。イヤーな人間になっていくのがヒシヒシと分かったよ。」

「そうねぇ、そう云えば、あの頃のワタシは、いつも僻んだ目で物事を見てたわねぇ。」

『でも、いまのお爺さんとお婆さんは、優しいよねぇ』

「優しい？　そう云ってもらえると嬉しいわねぇ、アナタ。」

「そうじゃな。多分、それは、さっき云った、ワシらがコウモリだからじゃないかな？」

《また、コウモリ？》

「そう、コウモリは動物と鳥類の境界線上にいる生き物じゃ。ワシらも、山の手の生活と下の手の生活を知ったという点じゃ、コウモリみたいなもんさね。」

《ふぅーん》

「山の手では妬《ねた》まれる。下の手では僻む。そんな人間の心の底が理解できるようになったら、何だか気分が軽くなってなぁ。」

「そうね。ここ数年、昔みたいに肩ひじを張らずに過ごせるようになった気がするわ。」

《山の手と下の手のコウモリ？》

「そう。ボンボンさんも、山の手と下の手、それぞれのバックボーンを見て来た訳なんだから、それぞれの良いところを見るようにして、悪いところには目をつぶるように接して行ければ気持ちが楽になるわよ。」

「そう、所詮、人間なんて単純な生き物さ。」

　ボンボンさんは、老爺と老婆の話を半分理解し、半分諦めながら考えていた。

〈お爺さんやお婆さんみたいに上手くは行かないだろうけど、明日から、ちょっと違った気持ちで、山の手や下の手のヒトたちと付き合ってみようかな！〉

ちゃらんぽらん

〽チャラントポランハ　イイヤッサ
　ミタメチャライガ　イイヤッサ

向こうから、ひとりのオトコが鼻歌を口ずさみながら歩いて来る。

一見、スーツ姿でピシッとオシャレな恰好をしているが、派手な黄色で縦横に細い格子線の入った、まるでどこかのデパートの包装紙を思い出させるような上下のスーツ。ボタンの縁にヒラヒラのフリルのついた白いシャツ。真っ赤なバラをイメージさせる、けばけばしいネクタイ。ピッカピカに磨かれた黒のワニ革の靴とベルト。そして、極めつけが、スーツ生地と同じ紋様のカンカン帽。どう見ても、チャラくて趣味の悪い成金が、左右の脚を斜め前に交互にクロスするように踏み出す独特のリズムに合わせて両肩を左右に揺らしながら歩く。まるで、ニューヨークのブロードウェイでタキシードを着た男が、ステッキを持って登場するときのような歩き方である。

自信満々の歩き方をする、傍から見れば自意識過剰なオトコは、通りすがりの紳士には大仰に立ち止まってお辞儀をし、淑女にはウィンクを投げ掛け、ご老体にはカンカン帽の縁を持ち上げてニコッと微笑み、そして子供たちには、肘を折り曲げて手首から先だけで手を振ってみせる。

しかし、大半のヒトは無視をするか、オトコから目を逸《そ》らすかのどちらかだ。

「やべっ、チャランポランさんだぜ。」

「目を合わすなよ。」

「親指、隠せ。」

「息を止めて逃げ切るぞ。」

子供たちに、そんなことを云われても何のその。チャランポランさんと呼ばれた、そのオトコは、それがホメ言葉でもあるかのように愛嬌を振りまいて、チャラい素振りで道を通り過ぎて行く。

しかし・・・丁字路を曲がり、人影のない通りに入ったとき、小さく深い溜息が聞こえた。

《はぁぁぁぁぁ〜〜〜っ》

ある家では、野球帽をかぶった少年が、元気よく飛び出して行った。

「行ってきまーすっ。」

「クルマに気を付けるんだぞっ。」

「分かってるー。」

「寄り道しないで帰って来いよっ。」

「分かってるって。」

「それと、チャランポランさんとは口きいちゃダメだぞっ。」

「了解、りょーかーい！」

また、ある家では、スーツ姿の若い女性が会社に向かった。


「行ってきます。」

「今日、帰りは何時ごろになるのー？」

「7時頃かな～。」

「帰りに牛乳とタマゴ買ってきてちょうだい。」

「えーっ。分かったぁ、忘れなければね。」

「それと、チャランポランさんに会ったら、目を合わせないことよ。」

「分かってるってぇ。ワタシだって面倒臭いのはゴメンよぉ。」


それらの会話は、日常茶飯事、大きな声でかわされている。誰もヒトに聞かれているとは思っていないし、別に、聞かれても、誰もが思っていることなので悪気がある訳じゃあない。

しかし、扉の陰で、電柱の陰で、郵便ポストの陰で、派手な黄色いスーツを着たオトコが、笑顔を引きつらせながら、その会話を悲しそうに聞いていることを誰も知らないようだ。

＊

チャランポランさんと実際に話したことのあるヒトはいない。名前も知らない。ただ、見た目がチャランポランそうに見えたから、そう呼ばれるようになっただけのこと。話したことも、接したこともないので、別に、危害を加えられるとか、悪影響を及ぼしたという事件や具体例はない。ただ、世の親の常として、一種、異様で、もしかしたら将来的に悪影響を与えるかもしれないという人物が現れると、安全策として子供を近づけさせなくなるものだ。

「あんな風にチャランポランになっちゃうよ。」

「変なことを教えられて、不良になっちゃうよ。」

「もしかしたら、さらわれちゃうかも！」

そして、子供たちは、好奇心を抑えつつも、8割がた親の云うことが正しいと思い込んでいるので、結局は、その教えを守っていくものだ。

「父ちゃんが云ってたぜ。チャランポランさんと話すと不良になるって。」

「母ちゃんが云ってたよ。チャラチャラした大人になるってさ。」

「婆ちゃんが云ってた。さらわれて、帰って来れなくなるって。」

夕方、公園のベンチの周りでメンコをしながら話してる子供たちの会話を、少し離れているところで聞いていた、派手な黄色いスーツを着たオトコが小さな声でつぶやいた。

『そんなこと、一度もしたことないんだけどな』

◇

ある日の夕方、すでに日は傾き、辺りが藍色に染まり始めた頃、黄色いスーツを着たオトコが寺の山門を前に、何か考え事をするように佇んでいた。

「これ、そなた、何かご用かな？」

いきなり背後から話しかけられ、ビクッとしたオトコが振り返ると、袈裟に身を包んだ寺の和尚らしきヒトがそこにいた。

すぐに落ち着きを取り戻したオトコは、いつものように軽いチャラけた態度で、しかし、一応、礼儀正しく和尚に答えた。

『いやぁ〜、こんな時間に申し訳ありません〜。ちと、ご相談したいことがありましてぇ〜』

その言葉を聞き、オトコの派手でけばけばしい身なりをアタマからつま先まで見たあと、和尚は山内へと歩き出した。

「ついて来なさい。」

長く続く竹林をついて行くと、直径6メートルはありそうな大きな老木に出くわした。

『ヒュー ッ、こりゃ凄いっ』

「樹齢3000年にはなる、わが寺のご神木じゃ。我々が生まれる前、もちろん、この寺が出来る前から、ここに地を張って大地にしがみついて生き続けてきた先駆者じゃ。このご神木のお陰で我々は、ここにいることが出来ておるのじゃ。」

『3000年も前から・・・』

そこからは、一層、木々の種類も量も多くなり、月明りも届かない薄暗い闇に包まれる。オトコが右手前方を見ると、そこには巨大な岩が地面に突き刺さっていた。

『こ、これも、このお寺のご神岩ですか？』

「ご神岩？　ふふふ、面白いことを云うなぁ。まあ、そう云われればそうじゃ。この岩、地上に出ているところだけでも5メートルはある。しかも、地下の部分は、さらに5メートル延びているというから、合計すると10メートルの巨大岩になる。」

『じゅ、10メートルぅ⁉』

「しかも、この岩、どこから来たと思う？」

『どこから来たって、どーゆーことですかぁ？』

「この寺の西方に、山が見えるじゃろ。その向こうに、いまも活動し続けている活火山がある。いまから1000年前の大噴火で30キロ離れたこの地まで飛ばされてきたんじゃよ。」

『1000年前っ！　30キロ離れたところからっ！』

「そうじゃ。大自然の持つ力は凄まじいモノじゃ。しかし、ワシはもっと思うのじゃ。この大岩が飛ばされてこの地に舞い降りたとき、我々の祖先がそこにいなかったことは、仏さまのご加護の賜物じゃと。」
『仏さまのご加護がなければ・・・』
「我々が、この地に生き残ることもなかっただろうて。」

ようやく境内に着き、オトコは仏間に通された。板の間に正座をしたまま、待つこと10分。和尚が袈裟をあらためて登壇し、オトコに目を向けることもなく仏前に坐して読経を始めた。

仏説摩訶般若波羅蜜多心経
観自在菩薩行深般若波羅蜜多
時照見五蘊皆空度一切苦厄
舎利子色不異空空不異色色即是空
空即是色受想行識亦復如是・・・＊

オトコは、正座のまま目を閉じて読経に聴き入った。

「お見受けしたところ、アナタはチャランポランさんではあるまいか？」
オトコは、和尚のひと声で、いきなり現生に呼び戻された。どれくらい時間が経ったのか分からない。オトコは初めて耳にする般若心経を聞いているうちに、自分がどこにいるのか、どの時間にいるのかさえ分からず、まさに時空を彷徨《さまよ》っていたように感じていた。
「お見受けしたところ、アナタはチャランポランさんではあるまいか?」
和尚が、オトコのまごついた挙動に微笑みながら同じ質問を繰り返してきた。
《あっ、失礼しました。その通りです。ワタシは人々からチャランポランさんと呼ばれている・・・よ、妖怪です》
「なるほど、確かにアナタからは普通の人間に感じるような生気は感じられませんでした。」
《あ、のぉ〜、よ、妖怪がお寺さんに伺うのは、ご迷惑でしょうか?》
「いやいや、そんなことはありませんよ。生きとし生ける者はみな平等です。御仏様もそれはご存じです。」
《ありがとうございます》
「で、山門のところで、相談したいことがあると云っておったが。」
《はい・・・》
しばらく、自分の話すことを整理しているオトコを見て、山門の前で口をきいていた、軽くてチャラい雰囲気がなくなっていることに和尚は気付いていた。
〈このオトコは、もともと真面目で正しさを知っているヒトのようだ。〉
《あのー、ご相談したいのは、ワタシと人間たちの関係と云うか、立ち位置なんですけどぉ。あー、なんて云えばいいのかなぁ・・・》

「落ち着いて。時間は、いくらでもありますから。夜通しでも結構ですよ。」
《ははは、夜通しなんて、そこまで和尚さまにご迷惑はかけませんよ》
「では、続けて。」
《はい。簡単に云うと、ワタシの呼び名からも分かることなんです。ワタシは、チャランポランさんと陰で云われています。どこから来たのか察するまでもありませんが、ワタシの衣装や言動が、いい加減な奴だと映るところからきているみたいです》
「確かに第一印象でヒトは対応の仕方を決めてしまうものですよ。」
《最初、ワタシは、何を云われようが気にしませんでした。この服装もワタシのお気に入りですし、言動もワタシの自然の現れです。でも、誰も相手にしてくれない、誰も目を合わせてくれない。おまけに、町中でワタシを避けるように云い合っているのをまじかに感じると、さすがのワタシでも・・・》
「気弱になってくる、と。」
《はい》
「なるほど。それで人間とのかかわり方を考え直したいということですか。」
《はい》
「これは、ある老和尚の説教として聞いてもらいたい。」
《はい》

「チャランポランという言葉の本来の意味をご存じか？」
《本来の意味、ですか？》
「チャランポランとは、本来、『チャラ』と『ホラ』を繋ぎ合わせた言葉に語呂の良い『ン』を加えた言葉じゃ。」
《へぇー》
「最初の『チャラ』には、出まかせやいい加減な態度というマイナスの意味もあるが、その裏には、『チャラにする』、すなわち元に戻すという意味もある。」
《そんな意味が》
「一方、『ホラ』は法螺貝のほらじゃ。ホラを吹く、要するに嘘をつくという意味に使われておるが、本来は、法螺貝を吹いて事実や伝えたいことを遠くに届けるという意味から始まっておる。」
《さすが、和尚さま。博学でいらっしゃる》
「ホラ吹きはウソつきじゃが、大ぼら吹きとは、夢語りや大きなロマンや大志を抱くヒトのことを云うものじゃ。」
《・・・『チャラ』で元に戻す。『ホラ』でロマンや大志を抱く、ですか・・・》
チャランポランさんの両眼に生気が戻って来たように見えます。
「そう云えば、ここに来るまでに、ご神木や、ふふふ、ご神岩をご覧になりましたが、どう思われましたか？」

《そうですねぇ。あの、ご神木、樹齢3000年でしたっけ。他の木々が芽吹く前からこの地に根を張ってるんですよね。和尚さまが仰っていたように、3000年もの間、大地にしがみついて生き続けてきたんですよね。ワタシも妖怪ですからヒトよりは少し長生きなんですけどね。ははは》

「あのご神木も、ここまで至るまでに、何度も辛い憂き目を乗り越えてきたはずじゃ。そして、いまでも、あそこに立ち続けておる。」

《・・・》

「ご神岩、の方はどうじゃ？」

《あの巨岩が、30キロも山の向こうから吹き飛ばされてきたんですよね。ホント、大自然の力は偉大です》

「御仏は、何故、あの巨岩をこの地に飛ばしたと思う？」

《さ、さあ？》」

「御仏は、あの巨岩に試練を与えたのじゃ。住み慣れた故郷の地から、遠い見ず知らずの地へと飛ばされ、そこでヒトや自然へ害を与えず、永住の棲み処として、この地を見守り続けることを云い渡されたのじゃ。」

《そう・・・でしたか》

「いまのオヌシに、相通じるところがないか？」

《・・・》

「ご神木の3000年、ご神岩の1000年。それに比ぶれば、オヌシの寿命はほんの一瞬じゃ。その間、ご神木の巡り合った苦難はいかほどであったろう。ご神岩の苦難はいかほどであったのか？」

《たしかに、その苦悩に比べればワタシの悩みなど米粒みたいなものでしょう》

「自分を否定することはない。すべてを受け入れるのじゃ。」

《自分を否定しない。すべてを受け入れる・・・》

「でも、大丈夫じゃ。オヌシは気付いていないかもしれぬが、オヌシがご神木を目にしたとき、ご神岩の目の当たりに立ったとき、そして、ここで般若心経を感じているとき、オヌシの瞳には生き抜く気迫が宿りつつあった。」

《ありがたき幸せ》

「これからも悩みなさい。しかし、自分を変えてはいけない。自分が周りを受け入れられる妖怪となるだけで、オヌシはいますぐにでもやり直せるはずじゃ。」

〈自分は自分。自分があるからこそ、人生はやり直せるんだ。〉

＊　般若心経の一節

なんださかこんなさか

新月の夜、寝静まった町なかに、奇妙なささやき声がこだまする。

〽ナンダサカコンナサカ

暗闇のなか、姿は見えねど、街灯の下には、その影だけが映る。逆三角形の上半身から伸びる手足はミイラのよう。

〽ナンダサカコンナサカ

慣れてきた目に映ってくるのはスーツ姿のオトコ。決して猫背ではない。背筋はシャキッと伸びている。ただ、生前のペコペコ頭を下げる癖のせいで、首だけが亀のようにヒョコンと前に折れている。正面から見える影は頭の部分が上半身の陰となり、上半身が逆三角形のジャミラ*にしか見えない。

〜ナンダサカコンナサカ

そのオトコ、生前は苦労人だった。そのオトコには、逆境に立ち向かう勇気があった。そのオトコの瞳は、いまも燃え続けていた。

◇

『ワタシ、実はもう、生きていないんです。でも、何故か、この世には居るんですよ。はっはっは、不思議でしょ？』

そのオトコは、そう前置きしてから話を始めた。

『ワタシの見た目、どう思います？　クックック、いま、薄気味悪いって思ったでしょ？　いいんですよ、本当のことですから。もう、慣れてますよ。クックック』

陰気臭い声に反して、人懐っこい話し方をしてくるので、自然、警戒心が緩む。

『ヒトは見かけが一番って云いますけど本当ですね。ワタシは生まれたときから、こんな風貌ですから、随分と遠ざけられる思いをしてきましたよ。学校では、なかなか友達も出来ず、アルバイトの面接では履歴書の写真だけで落とされました。大学受験の選考に、見た目は関係ないですから入学はすんなりできました。でも、就職活動は大変でしたね》
「随分、辛い思いをしてきたんですね。」
《辛い？・・・そうですね、ワタシも幼い頃は辛いと思っていたのかもしれませんね。でも、いまとなっては、これが当たり前になっちゃってるんですよ。変なものですね・・・クックック》
「それで、就職は出来たんですか？」
《なんとかね。お察しの通り、こんなワタシなんかを雇ってくれる会社ってブラック企業か反社会的団体くらいでしょ。まあ、運が良かったのか、悪かったのか、一応、企業として成り立っている会社ではありましたよ》
「そのブラック企業に？」
《はい。営業ノルマは厳しく獲れなければ自腹。休みは取れず、小間使いのようにこき使われるような会社でした》
「そんな会社じゃ長続きしなかったでしょ？」
《まあ、社員を将棋の駒のように採っては捨てる会社だったから、ワタシのような人間でも入社出来たわけですよ。クックック》
「でも、そんな辛い思いをしてまで・・・。」
《辛い？・・・働いてお金を稼ぐってそう云うもんじゃないですか。朝の6時半に出社して事務所の掃除をして、8時前に1日50軒の訪問ノルマリストを持って外回りの営業に出て、クルマのなかで昼飯を食べて、夜の8時に帰社して残務処理を午前0時過ぎまでに終わらせる。営業の世界ってそう云うものでしょ?』
「でも、それじゃ身体がもたないじゃないですか。」
《結構ね、『こういうもんなんだ』って思ってると、身体もついて来るもんなんですよ。結局、死んじゃったんですけどね。クックック》
「その会社、どれくらい続けたんですか?」
《さあ、死ぬまでですから・・・7〜8年でしょうか。面白いもんで、必死に仕事をしてると成績もついて来るんですよ。そうすると、いままでワタシの容姿を薄気味わるがっていた上司や同僚の見る目も変わって来てね。向こうから声をかけて来たり、飲み会に誘われるようになるんです》
「ゲンキンなものですねぇ。」
《だからね、いつも応援してるんですよ『大丈夫だ。生きるって、こう云うものさ。逃げたらダメだ。』ってね》
「誰を?」
《そりゃ、出会うヒトにですよ。もちろん、生きてるヒトですよ》
「あっ、そう云えばアナタは・・・。」
《そう。もう、生きてはいないけど、この世には居るモノです。たまにナンダサカコンナサカって呼ばれてますけど』
「それで、今日、ボクの前に現れたんですね。」
『ワタシも少し疲れてね。誰かに愚痴を聞いてもらいたくなるときもあるんですよ。それに、キミはちょっと変わってるしね』
「ボクが変わってる？」

＊

『さっき云ったように、ワタシの働いていた会社はブラック企業でした。毎年、新卒、中途入社を含めて100名以上が入社し、1年経たないうちに9割がたが辞めていきます』

「まあ、そうでしょうね。」

『でも、ワタシには彼らが辞めていく理由が分からなかった』

「分からない？　ブラック企業なら簡単に分かるでしょう？」

『でも、働くって、そういうことじゃないですか？』

「でも、限度ってもんがあるでしょ。」

『限度？　いまのヒトたちの、限度ってどこです？』

「はぁ？」

『いまのヒトたち、子供の頃から何の不自由もなく育った。食べたくないものは残しても怒られない。機嫌の悪い顔をすれば、甘やかしてもらえる。欲しいモノは泣き叫べば与えてもらえる。そんな子供たちが大きくなって大人になる。彼らの我慢の限界って、とっても低いところにあると思うんですよ》
「たしかに、そう云われれば、そうかもしれませんね。」
《辞めていこうとする後輩たちに、何度も云いましたよ。『働くって、こう云うものさ。逃げたらダメだ。』ってね。でも、ダメです。彼らには『こう云うものなんだ』っていう言葉の解釈が真反対なんですから》
「アナタは強いんですね。」
《強い?・・・ワタシにとって生きていくと云うことは、『こう云うもの』なんですよ。死んじゃいましたけどね。クックック》
「いまの若いヒトに、それを理解させるのは難しいでしょうね。」
《アナタはどうです?》
「ボク・・・ですか?」
《そう。でも、まあ、その話はあとにしましょう。ということで、ワタシは死にました。30歳半ばだったと思います》
「お若くして。」
《社交辞令はいいですよ。所詮、ヒトは、いつか死ぬものです。で、死んだあと、ワタシはこういう形で、この世に残りました。そして、いまでも、人生に頓挫しているヒト、特に若いヒトに会いに行って応援歌を歌ってるんですよ。〜ナンダサカコンナサカ　ってね』

「それで、みんな、アナタのことを、ナンダサカコンナサカさんって呼ぶんですね。」

『そうみたいです。でも、ダメですね。ワタシが生きていようが死んでいようが、みんな反応は同じです。幼い頃に植え付けられた限界のラインを超えることが出来ず、また、超えようともしないで諦めてしまうヒトばかりです』

「・・・」

『成功しているヒトがどれだけ努力しているかを知ろうともせず、自分は頑張ってるのにと愚痴ばかり云う。ヤツは顧客に恵まれたとやっかみする。休みが少ない、拘束時間が長い、サービス残業させられている。すべてがヒトのせい、環境のせい・・・』

「若さのせいですかね？」

『若いも年寄りも一緒ですよ。運もあるでしょうが、もともと一流のヒトは自分の理想や仕事や生活に対してストイックに割り切って生きています。でも、大半のヒトは一流には成れません。ってことは『人生こう云うものだ』と割り切って生きていくしかないと思うんですがね』

「普通のヒトには、ちょっとハードルが高いですね。」

『いや、さっきも云った通り、目標のハードルが高いんじゃなくて、我慢の限界のハードルが低いんですよ。負けるために土俵に立つみたいなものですかね』

「アナタは、そこで疲れてしまったと。」

《そう。ワタシは死んでから、何万人という人生に頓挫しているヒトに会い、応援歌を歌い続けてきました。でも、いまだ、一人も志あらたに、歩み始めたヒトはいません。その場から逃げ出すことしか道がないかのように》

「幼い頃から何でも与えられたヒトには、そこに立ち止まって踏ん張るという考えや、時間をかけて解決するという労力はないんですよ。」

《何故ですかね？　ワタシの云ってることは間違ってるんでしょうかね？》

「アナタは強いんですよ。」

《強い？　では、キミはどうなんです？　強い人間ですか？　弱い人間ですか？》

「さあ、どっちなんでしょうかね？　先ほど、アナタはボクのことを変わってるって云ってましたけど、アナタにはどう映りますか？」

＊

その少年は孤児だった。父親が誰か分からないまま、母親は子供を産み、そのまま産婦人科病院の門前に子供を置き去りにして行った。もちろん、いまだに誰が父親なのか母親なのかは知らない。その後、その少年は孤児院に預けられ、小学生の途中で里親のもとに引き取られていった。

孤児院にいたときはよかった。周りの子供たちは、みな、身内のいない孤独な少年少女しかいない。子供どうしの喧嘩や若干のいじめはあったろうが、お互いが心の弱さを共有していたので、エスカレートすることはなかった。しかし、里親に引き取られ、一見、普通の子供と同じような姿で小学校へ通い始めると状況は一変した。

子供は仲間意識が強い。ましてや、途中で転入してきた子供に対して、敵となるか味方となるかは重要な問題だ。それに、その少年には大きなハンディキャップがあった。噂と云うものは千里を駆ける。瞬く間に、少年には両親がおらず孤児院で育ったということが子供たちに広まってしまう。マウントをとるきっかけをつかんだ少年たちは、その少年を格下とみなし、それまで仲良くし始めていた子供たちを、その少年から引き離していく。

そんな逆境のなか、その少年は、小学校、中学校と我慢の限界を感じながら過ごした。その頃から、その少年は『生きるって、こう云うものだ』と自分に言い聞かせるようになっていた。

里親が親切に面倒を見てくれたおかげで、その少年は中学を卒業すると、定時制の夜間高校に通いながら地元の工場で働くようになる。夜間高校ではお互いの素性を話すこともなく、昔のように冷ややかな目で見られることもなくなったが、仕事先ではそうはいかなかった。どの時代にも、いっぱしに働くようになると、理想と将来と現実の違いに燻《くすぶ》って、はけ口を探すような輩がいる。その少年は、そんな先輩に目をつけられた。

「おい、オメェん家にいる爺さんと婆さん、何もんだ？　オメェの親じゃねーべ？」

「世話になってるオジサンとオバサンだよ。」

その会話をした次の日から状況が変わっていく。

「おい、オメェ、コンビニでコーヒー牛乳買ってこいや。」

「タバコがねーぞっ。」

そして、遂に事件が起こった。

「おい、オメェ、今日、給料日だよな。ちと、貸してくれんかのぉ。」

「いや、それは・・・。」

「んなにぃっ、口答えするんかぁっ！」

先輩が胸ぐらをつかんできたとき、思わず、その少年は右手に鉄パイプを握っていた。

気がついたときには、工場の前にパトカーが赤橙を回して停まっていた。そのまま、その少年は警官に肩を支えられながらパトカーに乗り込んだ。

〈生きるって、こういうことなのかぁ。〉


すでに、その少年は36歳の立派な大人となり、なんとか就職して働いている。カレの働いている会社は俗に云うブラック企業だ。営業ノルマは厳しく獲れなければ自腹。休みは取れず、サービス残業の繰り返し。騙されて入社してくる社員の9割は1年内に退職をするような会社だ。

同僚や辞めて云った後輩たちは口をそろえて云う。

「よく、あんな会社で働いてますねぇ。」

しかし、大人になった、かつての少年は下をうつむくだけ。

〈生きるって、こう云うもんだ。〉

*

『さっきの質問ですけど・・・』

ナンダサカコンナサカさんが、オトコの目をのぞき込みながら話を続けた。

『アナタは変わってますねぇ。おそらく、アナタは・・・強いヒトでしょう』

「クックック、ボクが？　強い？　クックック。」

『ワタシには見えるんですよ。アナタの瞳の奥に、自分の信念を信じ続けている炎が。その炎が『生きるって、こう云うもんなんだ。』って訴えているのが』

「そうですかねぇ。ボクなんか、アナタと比べると、ごくごく普通の人間だと思うんですがねぇ。」

『いえいえ、そんなことはありませんよ。アナタの両眼はワタシにそっくりです』

「ワタシの両眼が？」

そう云って、ナンダサカコンナサカさんの両眼をジッと見つめた。ナンダサカコンナサカさんの瞳は、黒目が9割以上を占めていて、どこか、引きずり込まれそうな光を放っていた。

『実を云うと、ワタシ、アナタに会えることを楽しみにしていたんですよ』

「ボクと会うことを？」

『そうです。遂に念願の同じ信念のヒトに出逢えるんですから。そう。36年も前から、この日を、指折り数えて待ってたんですよ』

＊　ジャミラ　特撮テレビドラマ『ウルトラマン』をはじめとするウルトラシリーズに登場するウルトラ怪獣。

いじっぱり

《シャキ、シャキ、シャキ》
授業中の教室で何かを削っているような音がします。黒板に算数の問題を板書していたセンセイが振り向いて、音のする方向に目を向けます。大方の予想通り、音の出処は廊下側の一番後ろの席のようです。
センセイは溜息をついて板書中の問題を中断し、チョークを手のなかでカタカタさせながら目指す席に歩み寄ります。
《コツ、コツ、コツ》
《シャキ、シャキ、シャキ》
センセイの靴の音とマルヤマくんが鉛筆を削る音がかぶさるなか、生徒たちは、また、いつもの云い合いが始まることにワクワク、ソワソワしだしています。
「おい、マルヤマ。ナニやってんだ？」
《シャキ、シャキ、シャキ》

「おいっ、マルヤマ、聞いてんのかっ。」

センセイの声が少しずつ険しくなっていくにつれて、他の生徒たちがニヤリと笑い出します。

「おいっ、マルヤマっ！」

「鉛筆を削ってます。」

「だから、何度も云わせるなよぉ。手回しの鉛筆削りが教室にはあるだろっ。それを使えっ。」

「こっちの方が上手く削れるんで。」

「だいたい、その切り出しナイフは誰が持って来ていいって云ったんだ？　学校に危険物の持ち込みは禁止だろがっ。」

「ボクは、昔っから、切り出しナイフで鉛筆を削ってるんで。」

「だいたい、いまの時代、ほとんどの学生はシャーペンだろが。周りを見てみろ、鉛筆なんか使ってるトモダチはいないぞ。」

「ボクは鉛筆派です。」

センセイとマルヤマくんの、いつもの云い合いに、周りのトモダチがクスクス笑い出します。それを気にしたのかセンセイが行動に出ました。

「その切り出しナイフは没収だ。返して欲しければ、ご両親に云って、もう切り出しナイフは使いませんって署名をもらってこいっ。」

センセイはプンプンしながら、マルヤマくんの切り出しナイフを没収し、教壇に戻って行きます。

生徒の間からは皮肉な薄笑いが聞こえてきています。切り出しナイフを取り上げられたマルヤマくんは、そのまま身動きもしなくなってしまいました。

翌日、授業は、いつものように普通に始まります。マルヤマくんも昨日のことは忘れたかのように普通に授業を受けていました。

国語の授業が始まってから数十分経った頃でしょうか、何かを感じたのでしょうか、センセイが振り向いて、廊下側の一番後ろの席の方に目を向けました。生徒たちも、一斉に同じ方向を見ます。

「マルヤマ、どうした？　ノートをとらなくていいのか？」

どうやら、マルヤマくんは少し前からセンセイが板書するのをノートにうつしていないようでした。

「鉛筆が丸まっちゃったんで。」

「じゃあ、手回しの鉛筆削りで削ればいいだろが。」

「いえ、ボクは、昔っから、切り出しナイフで鉛筆を削ってるんで。」

「だから、切り出しナイフで鉛筆を削るのはダメだっていっただろうが。」

「じゃ、いいです。ボクに気にせず授業を進めてください。」

「ふぅーーーー。」

センセイの溜息とともに、生徒たちが、また、クスクス笑い出します。

それから、一週間くらいでしょうか、マルヤマくんは家で削って来た鉛筆が全て丸くなってしまうと、ノートをとるのを止めていたようです。まるで鉛筆削りストライキです。

＊

《キミの頑固さは立派なモンだねぇ、はははは》
マルヤマくんは、自分のウチの自分の部屋の自分の勉強机に向かって、切り出しナイフで鉛筆を削っている。
《はっはぁー、考えたねぇ〜。授業中、ノートに書き留められるように、鉛筆を1ダースも削って用意していくとは、まいった、まいった。はははは》
「ボクは、一度決めたことは曲げないんだ。」
《小学生で、そこまで割り切れるなんて凄いね》
「でも、イジッパリさんも、昔はそうだったんでしょ？」
《まあねぇ〜。でも、オッちゃんの場合は、意固地になってただけだったんだけどね》
「頑固と意固地ってどう違うの？」
《そうさなぁ・・・ま、頑固ってのは自分のなかに、シッカリとした信念というか芯があって、それを譲らないっていう姿勢だよね》
「意固地は？」

《いろんな見方があるだろうけど、オッちゃんは、ほら、天邪鬼だから》
「アマノジャクぅ？」
《っそ。みんなが、ジャイアンツを応援してればオッちゃんはアンチジャイアンツ派になるし、みんながメロンが大好きって云えばオッちゃんはメロンを食べなくなるし、みんながマクドナルドに行こうって云えばオッちゃんはひとり牛丼屋に行くみたいなもんさね》
「はっはっは、変なヒトだね。」
《キミに云われたくないわっ。ふふ》
「他にはぁ？　他にはぁ？」
《焼き肉よりステーキ。マグロよりヒカリモノ。動物園のパンダより水族館のエイ》
「えーっ、絶対パンダでしょ。」
《そこが、まだまだ子供だねぇ。そんでもってベッドより布団。洋式便所より和式便所》
「キャハハハハ、和式便所ぉ？　ナニそれ。」
《ったく、キミらの世代じゃ和式便所も知らないのか。情けない》
「そんじゃあ、ボクもいい？」
《どーぞ》
「アニメよりミステリー。格闘技より大相撲。玩具屋より文房具屋。ディズニーランドよりキャンピング。1番より2番。」

《なんか渋いねぇ。普通、子供は、もっとチャラチャラしたモンが好きなんじゃないの？》
「ボクはまだ子供だけど、ほかのトモダチみたいに、子供こどもしたくはないんだ。」
《そこが、キミの頑固さの所以なんだね。で『1番より2番』っていうのはどういうこと？》
「だってさー、1番って誰でも出来るじゃん？」
《誰でもできる？》
「そーさ。何でも最初にやっちゃえば1番じゃん。でもさ、ボク、思うんだ。どんなに凄いことを1番にやったとしても、それを繋いでいかなきゃ、それで終わりでしょ？　重要なことは、次にそれを上手く発展させることなんじゃないかな。」
《それって、難しい役割だね。》
「そういうヒトになりたいんだ、ボクは。」
《でもさ、学校でもそうだけど、キミ、そんなに気ぃ張ってて疲れないかい？》
「・・・疲れる。ボクのこと分かってくれるトモダチもいないみたいだし。」
それまで自信満々に受け答えしていたマルヤマくんは、少し寂しそうだった。

＊

〜イジッパリ　ノッケモン
イジヲトオセバキュウクツダ＊

イジッパリ　ノッケモン

幼かった頃、3歳か4歳くらいだったと思う。親戚が集まって上野公園に行ったんだ。そこで、動物園に行こうか水族館に行こうかで希望が分かれたんだよ。

親戚のほとんどはパンダが見たいって思ってた。でも、ボクはそんな多数で当たり前の考えは嫌だったんだ。そこでボクはひとりで水族館に行きたいってダダをこねたんだ。あまりにもボクが泣くんで、仕方なく、ボクと数人の大人だけが水族館に、他の親戚たちは動物園にと別れたのを覚えているよ。

水族館は、それなりに面白かった。大きな水槽に泳ぐエイやサメは壮観だったし、群れで泳ぐイワシなんかの群れは光に輝いてキレイだったよ。

でもね、そんな魚たちに満足しながらも、ボクは心の隅で愛嬌のあるパンダを見たかったって思ってたんだ。そのときの複雑な気持ちはいまでも覚えているよ。

小学生になると、ボクは野球少年になった。関東地方に住んでいたんで、周りのトモダチは、みんな、ジャイアンツの帽子をかぶっていたっけ。

その頃からボクは、多数で当たり前の考えは嫌だったんで、ひとりでドラゴンズの帽子をかぶってた。トモダチから「なんでドラゴンズが好きなの？」って不思議な目で見られたけど、さすがに面と向かって「オマエらみたいに、右向け右でジャイアンツを応援するほど、ボクはバカじゃないんだっ。」とは云えなかったけどね。

そんなこんなで、多数のジャイアンツ派と少数のタイガース派と、ボクひとりのドラゴンズ派で、ときには云い合いになったりしたものさ。ドラゴンズのスタメンが目をつむっても云えるのと同じくらい、ジャイアンツのスタメンも暗記していたんだけどね。

中学生の頃、トモダチと喫茶店に入って、キャンペーン中のメロンパフェを、みんなが頼んでるとき、甘いものが好きじゃないと言い張って、みんながメロンパフェを美味しそうに食べる横でホットコーヒーをすすってたっけ。メロンパフェと、コーヒーカップじゃ見た目の豪華さに差をつけられたと寂しい思いをしたっけ。

部活の帰りに小腹が空いたと、トモダチたちがマックに向かう途中、「牛丼が食いたいから、隣りにするわ。」と、ひとり牛丼屋に行ったたっけ。翌日の部活で、マックに行った連中と話題がかみ合わず、ひとりだけ宙に浮いてたね。

高校生になり、色気づいたボクらは、新宿の街中でナンパして、3対3の組み合わせでカラオケに行ったよ。その頃、オンナの子たちの流行りはだらしなくカールした茶髪のロン毛に濃い目の化粧だったっけ。

ボクには、これといった見た目の好みはなかったけど、安易に流行に流されるヒトを、一種、軽蔑していたところがあってね。流行りに合わせて黒髪を茶髪にするような子より、もともとが赤毛で流行に歯向かうように黒く染めるような子にリスペクトを感じていたんじゃないかな。

ボクはカラオケのなかで云っちゃったんだよ、「どいつも、こいつも茶髪にして個性がないね。」って。そしたら、オンナの子が泣き出しちゃって。それで、おじゃん。そのあと、オトコトモダチには、散々、文句云われたっけ。


まあ、ボクが悪いって云やあそうなんだけど、その都度、トモダチはボクの前からいなくなっていったよ。小学生のトモダチも、中学生のトモダチも、高校生のトモダチも。

やっぱ、頑固と意固地ってのは違うんだよね。それに、ボクの場合は天邪鬼的な意固地だからタチが悪かったんだろうね。ははははは。

＊

「そうなんだ。イジッパリさんもトモダチがいないんだ。」
《そうだったね。自分で云うのもなんだけど、学生の頃は、面倒くさいオトコだったからね。ははははは》
「ボクも面倒くさいオトコと思われてるのかなぁ。」

《でもな、オッちゃんの話には続きがあるんだよ》
「続き?」
《そう。働くようになってからの話さ》
「働くようになって、何か変わったの?」
《うんや、なんも変わらない。社会は相変わらず多数派が優位を占めてるし、イエスマンが出世するようなところさ》
「じゃ、ダメじゃん。」
《でもな、どんなに意固地だろうと、どんなに天邪鬼だろうと、貫き通してると、それがポリシーに変わってくるんだよ。そんで、ポリシーは、ときにはヒトを動かす》
「ポリシーって?」
《頑固ってのは自分のなかに、シッカリとした信念というか芯があって、それを譲らないっていう姿勢だって云ったの覚えてるかい?》
「うん。頑固と意固地の違いだよね。」
《そう。キミは最初からポリシーを持った頑固モンだった。でも、オッちゃんはポリシーも何もない意固地モンだったんだよ。でも、意固地や天邪鬼も頑固モンに変わることがある》
「意固地が頑固に? 天邪鬼が頑固に?」
《会社勤めをするようになって気付いたんだ。少数派が多数派に勝つこともあるし、否定派の意見

がイエスマンの意見より重く見られることもあるってこと》
「大逆転だね。」
《そう。大どんでん返しさ》
「でも・・・ボクは、まだ、働いてないし、学校では、トモダチも話しかけてきてはくれないよ。」
《そうかな？》
「そうさ、そうに決まってる。」
《誰かがキミにそう云ったの？》
「ううん、直接、云われたことはないけど・・・そうに決まってるよ。」
《そうかなぁ。オッちゃんには、トモダチがキミを見る目は、軽蔑したり、蔑んでいるようには見えないけどなぁ》
「そ、そう？」
《逆に、みんな、キミのポリシーを尊敬しているように思えるよ》
「ボクのポリシー？」
《トモダチもキミと同じように学校のセンセイや、規則や、お父さんお母さんに疑問や不満を持ってるんじゃないかな。でも、怒られるから口や態度には出せない。そこに、キミがカレらの思いを代弁してくれる。みんな、キミに同調してるし、憧れてるんじゃないかなぁ》
「そんなこと、誰も云ってくれないよ。」

『それは、まだ、トモダチが、キミみたいにポリシーを持ち切れていないからだよ。自分に自信がないのさ』

「そんな・・・ぼくだって・・・。」

『あと数年、そのまま我慢して貫き通してみなさいな。きっと流れは変わってくる。少しずつ、トモダチがキミに歩み寄ってくるはずさ。キミは間違っていないし、誰もキミを嫌っちゃいないよ』

「ボクは間違ってない？　誰もボクを嫌ってはいない？　このままの自分でいればいい？」

『そう。誰もキミを責めやしないよ』

「そうかぁ・・・ボクは、ボク・・・なんだ。」

＊　意地を通せば窮屈だ　『草枕』（夏目漱石）中の一節

つっけんどん

「オカムラさん、会議資料に過去5年のデータを添付しといてくれる？」

「〈ムスッ〉・・・」

課長の指示にムスッとして頷くだけで返事をしない彼女に、職場内の雰囲気が澱みだす。

「オカムラさん、オカムラさん、返事くらいした方がいいんじゃない？」

隣りのデスクの後輩が、小声で彼女に声をかける。

「〈ムスッ〉・・・」

課長はいつものことと、気にもかけない様子で、そのまま別の部下にもいろいろと指示を出し続けている。

デスクの島の上座に座って彼女を見ていた係長が溜息をついて立ち上がった。

「ちょっと、オカムラ主任、手が空いたら会議室に来てちょうだい。」

彼女は黙ったまま係長を見上げると、スクッと立ち上がり、係長のあとに続いて会議室に入って行った。

「オカムラ主任、私はアナタの仕事っぷりを買っているわ。アナタの作る資料に間違いはないし作業も早い。ときに、私の気付かなかった問題点を指摘してくれているときもあるわ。」

「〈ムスッ〉・・・」

「正直、ここ数年、毎年、春の昇進時期になると、アナタを推薦しようか迷ってるわ。」

「〈ムスッ〉・・・」

「でも、それよ。アナタ、仕事は出来るけど、自分が社交性に欠けているということは感じているわよね。話しかけられても、いっつも、ムスッとしていて、つっけんどんなのよ。社会では仕事が出来ることと同じくらい、周囲とのコミュニケーションも大切なのは分かるでしょ？　このままでは、アナタに部下を持たせるわけにはいかないのよ。分かって？」

「〈ムスッ〉・・・」

「・・・まあ、いいわ。三つ子の魂百までとも云うし、今日や明日に直せと云っても無理な話よね。ただ、心掛けておいて欲しいのよ。アナタ、もったいないわよ。」


その日の仕事も終わり、彼女は、コンビニで春野菜のパスタとミニサラダと最近覚えたピーチハイを買って家に帰った。

「ただいまー。」

ひとり暮らしの家に帰って返事をしてくれるヒトがいるはずもないと思いつつ、やはり、いつものように「ただいま」と云ってしまってから、彼女は少し寂しさを感じた。

スーツをジャージに着替え、洗顔フォームで顔を洗う。最近、暖かくなってきたせいかジャージが少し汗くさい。

「このジャージ、1週間くらい変えてないなぁ。」

ひとり暮らしをして3年。最初の頃は、こまめに掃除、洗濯、季節ごとに部屋の模様替えなどして、規則正しい生活を心がけてきたが、3年もすると、ところどころに、ほころびが出てくるものだ。実家の母親がこの生活を見たら、何と云うだろうか予想がつく。

《チーン》

電子レンジの音とともに、プシュッっとピーチハイのプルタブを開け、消音のままのテレビをつけてスマホをのぞく。今日も、着信なし、ラインなし、勧誘メールが数件。スマートニュースをくりながら、春野菜のパスタとミニサラダをつつき、ピーチハイで流し込む。最近、コンビニのメニュー選択以外、中年オトコと何ら変わりのない生活に、焦りを感じなくなってきている自分が自然体に思えるようになってきた。

パスタを半分食べた頃、彼女はふと思った。

〈今日も、係長にお説教くらっちゃったなぁ。ふふふ。なんか、係長に云われると、子供の頃、お母ちゃんに『宿題先にやっちゃいなさい！』って云われたこと思い出しちゃうんだよねぇ。『いま、やろうと思ってたのにぃー』って感じでさ。はぁ〜、ワタシだって分かってるのになぁ。〉

「オカムラせんぱ～い、課長に云われた社内通達文、作ってみたんですけど、見てもらえますかぁ?」

「〈ムスッ〉起承転結がバラバラね。ココとココは、要らない。ここは敬語が重複してる。」

云い終えて顔を上げると、係長が困った顔でこちらを見て、首を横に数回振っている。ハッとなって、横に直立不動で立っている後輩社員を見ると涙ぐんでいる。

〈な、ナニ? これくらいで泣いちゃうの? 普通に教えてあげただけなのに。これじゃ、ワタシが意地悪したみたいじゃないの。〉

彼女の元を離れた後輩社員がデスクに戻ると、数人の女子社員が彼女を取り囲み、なにやら慰めているみたいだ。ときどき、そのうちのひとりが厳しい目で彼女を睨んでくる。男子社員は『触らぬ神にたたりなし』のごとく知らぬ存ぜぬの態でパソコンの画面から目を逸らさない。

〈ふぅーーーーー。今日はペペロンチーノにグレープフルーツサワーかな。〉

＊

彼女が、コンビニで買ったペペロンチーノとグレープフルーツサワーの入った袋を肘から下げて歩いていると、遠くで酔っ払いの鼻唄歌が聞こえてきた。
〽ツッケンドン　ツッケンドン　ツッケンドンドンドンドン

ホンイトウラハラ　ツッケンドンドンドン
ウソガツケナイ　ツッケンドンドンドンドン

いつものように、彼女は、返事を期待せずに部屋の鍵を開けた。

「ただいまー。」

《お帰りー》

思いもよらぬ返事に、彼女はビクッとする。

「なに、お母ちゃん？　来るなら来るって云ってよ、もー。ワタシにだって都合があるんだからぁ。」

半分、嬉しさ、半分、勝手な母の訪問に腹を立てつつ、台所と居間兼寝室を区切る暖簾をかき分ける。しかし、そこは、いつも通りの部屋でベッドの脇に小さなガラステーブルがあるだけだった。

母親の姿はもちろん、ヒトの居る気配すらない。

「えっ、誰も居ない。ワタシの聞き違い？」

そのとき、閉めておいたはずの窓ガラスから隙間風がレースのカーテンをはらませ、また、あの鼻唄が聞こえてきた。

〽ツッケンドン　ツッケンドン　ツッケンドンドンドンドン

「な、なに？　だ、誰かいるの？」
少しの間、沈黙。すると、聞き覚えのある声が聞こえてきた。
〔オカムラ主任、私はアナタの仕事っぷりを買っているわ〕
〔正直、ここ数年、毎年、春の昇進時期になると、アナタを推薦しようか迷ってるわ〕
〔でも、それよ。アナタ、仕事は出来るけど・・・〕
「えっ、係長？　うそ。」
少しの間、沈黙。すると、また聞き覚えのある声が聞こえてきた。
〔オカムラせんぱ〜い、課長に云われた社内通達文、見てもらえますかぁ？〕
「えっ、今度は、後輩のリエちゃん？　なにこれ？　どーなってるのよぉ。」
《うふふふ》
「えっ、今度は誰？　聞き覚えのない声ね。」
彼女は狭い部屋のなかをぐるりと見渡した。そういえば、まだ電気も点けていない。ようやく目が暗闇になれてくると、ガラステーブルの横に、何やら人影のようなモノがヒョコんと座っている。何となく女性のようだ。
「ど、どなた？」
普通の若い女性なら叫び声をあげそうなものだが、彼女は妙に落ち着いていた。と云うより、すでに予感していたような雰囲気だった。

「アナタ・・・ツッケンドンさん、でしょ？」
だんだんとガラステーブルの横に座る女性の姿がはっきり見えてくる。
「そうなんでしょっ？」
《ええ、そうよ〈ムスッ〉》
「ワタシに何の用なの？」
《〈ムスッ〉・・・》
「ちょっとぉ、答えなさいよぉ。」
《そんなこと、アナタが一番知ってるでしょ〈ムスッ〉》
そう答えると、ツッケンドンさんは、いままでの受け答えとは打って変わってニコッと笑いかけてきた。
《どう？　つっけんどんにされた印象は？》
「そ、そりゃ、あんまり良い気はしないわよ。」
《でも、アナタがいつも取ってる態度よ》
「よく、そうは云われるけど・・・。」
《そうは、ってどういうこと？》
「よく分かんない。自分では、そんな風に思っていないのよ。みんなから、ワタシはいっつも怒ってるとか、態度が大きいとか、話しかけ辛いとか云われるけど、ワタシ、怒ってる訳でも、機嫌が悪い訳でもないのよ。ただ、普通に受け答えしてるだけなのに。」
《おんなじね》
「おんなじ？」
《いいから続けて》
「自分で云うのも何だけど、ワタシ他の女子社員より、しっかり仕事をこなしてる方だと思うの。その分、任される仕事の量も多くなるわ。自分の性格上、ながら仕事は出来ない性分だから、必死に熱中して仕事に没頭するわ。そんなとき、頼みごとをされるの。それでも、ワタシは頼まれることを嫌だとか面倒臭いとかは思わないわ。優先順位をつけて頼まれ仕事もやるつもりで返事をするの。すると、周りのヒトは横柄だとか、つっけんどんだとか云うのよ。」
《で、アナタは自棄《やけ》になって開き直る？》
「ふふふ。もう、そんな時期は過ぎたわ。いつものことよ。何と云われようが、何と思われていいようが、やるべきことをちゃんとやってれば文句は云われないわ。そうやって、仕事を終えて、こうやってコンビニのパスタと缶酎ハイで一日を〆るのよ。ははは、オッサンね。」
《それでいいの？》
「良いも悪いも、しょうがないじゃない。負のスパイラルね。ふふふ。」
《私もね、むかし、アナタとおんなじだったの》
「そんな気がした。」

《えっ、分かってたの？》

「ええ、最初に見たときから、同じようなオーラを感じてた。だってアナタ、ツッケンドンさんでしょ？　同じような性分のところにでる妖怪さんでしょ？」

《アナタ、さすがに頭が良いのね。仕事ができるのも分かるような気がする》

「で？」

《そうそう、本題に戻さなくっちゃね。むかしの私はアナタそっくりだった。いえ、もっとひどかったかもしれない。だって、最終的にはみんなから総スカン喰らって追い出されたほどだもの》

「そんなにぃ。上には上がいるものね。」

《それって、ホメてくれてる・・・んじゃないわよね。ほほほ。》

「で、そのあとは？」

《それがねぇ、驚いたことに、次に出会ったヒトたちの間じゃ、私、中心的な人物になっちゃって、みんなが、私を慕ってくれるようになったのよ。》

「なんで？　まさか、自分を押し曲げて、周りにペコペコ頭でも下げて回ったわけ？」

《まさかぁ。人間、そんな簡単に性格は変えられないものよ。》

「じゃあ、どうして？」

《聞きたい？》

「別に、聞きたくはないけど・・・。」

《その性格は直した方がいいわね。聞きたいの？　聞きたくないの？》
「聞いても、いいかなぁ。」
《ふふふ、本当に素直じゃないんだから。まあ、いいわ、教えてあげる》
彼女は眉を寄せ、ツッケンドンさんは上目遣いに彼女を見つめる。そしてニヤッと笑った。
《おまじない、があるのよ》
「おまじない？　アブラカダブラみたいな？」
《ふふふ。まずは深呼吸。そして相手の目を見てニコッと笑う。そして、大きく『ハイッ』って返事をする》
「それが、おまじない？」
《っそ。ま、アナタの場合、ニコッと笑うのはまだ無理でしょうから、当分、省いていいわ。」
「深呼吸。相手の目を見てニコッと笑う。大きく『ハイッ』って返事・・・。」
《そう。このおまじないをやるかやらないかはアナタ次第。でも、私はこれをやって人生が変わったわ》
「本当かしら。」
《ま、無理にとは云わないわ。アナタの人生ですもの。でも、ひとつだけ。これから近い将来、アナタの前にアナタと同じような悩みを抱いた後進が現れてくるはず。そういう子を見かけたら、私が云ったことを教えてあげて欲しいの》

「ワタシにツッケンドンさんになれってこと?」

『まあ、そういうこと。作り笑顔が苦手なアナタが『笑顔を』って云っても、誰も従ってくれないでしょうけどね。ホッホッホ』

「深呼吸。相手の目を見てニコッと笑う。大きく『ハイッ』って返事・・・か。」

ツッケンドンさんが来たときにレースのカーテンをはらませた隙間風が止み、部屋の中は夜の静寂を取り戻した。遠く消防車の通り過ぎるカーンカーンという警笛がより、闇夜を引き立たせているようだ。

ようやく彼女は部屋の明かりをつけた。

「あーあー、ペペロンチーノ冷めちゃったなぁ。グレープフルーツサワーも氷入れなきゃ。」

彼女がコンビニの袋に手をかざすと、ペペロンチーノはアツアツ。グレープフルーツサワーはギンギンに冷えている。

「ツッケンドンさんにしては気が利いてるね。」

彼女は急いで顔を洗い、ジャージに着替えてガラステーブルの前に座った。向かい側には、まだ、ツッケンドンさんが居るような気がした。

「ツッケンドンさん、いっただきまーす!」

今日のペペロンチーノは、ここ数日に食べたパスタより、辛く、塩ょっぱく、美味だった。

＊

「オカムラさん、この会議資料だけど、午後イチまでに、この部分、修正できる？　申し訳ないんだけど急に訂正が入っちゃってさー。」

彼女が深呼吸をする。時間は11時。どう考えても昼食をとっている時間はない。周りの社員誰もが、彼女の反論を予想していた。

彼女が課長の顔を見上げる。男性社員も女性社員も不安げに横目で彼女の行動を追う。

突然、彼女は課長の目を見てニコッと笑った。誰もがオヤッっと思ったに違いない。

そして、オフィスのなかに、少し引きつった笑顔の彼女の『ハイッ！』という大きな返事が響いた。

おべんちゃら

「いやぁー、さすが課長。さ、さ、さ、もう一杯。」

「うむ、悪いなぁ。」

《トクトクトク》

「でも、あのプレゼン、最高でしたよ。数字も具体的だったし、とってもイメージしやすい説明でしたね。部長も頷きながら聞いてましたよ。」

「んん～、そうかぁ～？　ふふふ。」

「これで課長の企画は通ったも同然ですよ～。さすが、出世頭ぁ～っ。」

「むふふふふ。出世なんて、そんなことは、どーでもいーけど、むふふ、今度の企画は気合入れて練ったからなぁ。うふふ。」

　居酒屋の店員が、会計をもって宴会の終了時間を告げに来た。

「えっ、もう時間なの？　しゃーないなぁ、課長、次、カラオケ行きましょー。課長の十八番『ギンコイ』で、世の女たちを足腰立たないようにしてやりまっしょい！」

その横で、2時間ずっと、オトコのおべんちゃらを聞かされていた後輩たちが、半分、呆れ顔で顔を見合わせている。課長との飲み会に誘われたときには、こうなることは予想していたので、今日の帰りが午前さまになることは覚悟の上だ。

2次会のスナックに入るなり、オトコがママにカラオケの予約をすぐさま頼む。

「さあ、これから課長が渋い唄声で、十八番の『ギンコイ』を歌います。さあ、さあ、マキちゃん、デュエット、デュエット。皆さん、課長にご注目くださ〜い。」

♪ぎーんざーの　こーいーの　もーのがぁたり〜

「さすが、課長ーっ。よっ、ユージローっ！　皆さん、拍手、拍手っ。」

にこやかに黄色い声で拍手しているのは、店の女の子とママだけ。会社の連中はというと、お互い、隣り同士で話し合っているか、店の女の子の膝をさすってニヤニヤしているかだ。

小1時間が経ち、課長がトイレに向かった。トイレ脇にはカウンターがあり、そこで2人の後輩社員が話し合っている。酔ったせいで少し声が大きい。課長が近付いて来るのに気付かずに話し続ける。

「主任も、よくやるよな〜。あんなに、あけすけに課長におべんちゃら使ってさ。」

「ホント、ホント。でもって、その課長が真に受けてご機嫌上々だもんな。単純だよ。」

「でも、オマエ、本当に課長のあのプレゼン、通ると思うかぁ？」

「ムリムリ。説明はカミカミだし、数字は間違ってるし、企画案自体ありきたりだもん。」

「ってか、オマエ知ってた？　あのプレゼン、出来レースだって。」

「えっ、じゃあ、あの、ありきたりな課長の企画が通っちゃうの？」

「逆、逆ぅ。もう、この案件、2課の係長に決まってるらしいぜ。」

「えっ、じゃ、課長は噛ませ犬ってこと？　しかも、格下の係長相手の？」

そのとき、話し合う2人の真横で課長の大声が響く。

「主任、しゅにーんっ。明日もあるし、今日はこのくらいで解散にしよう。」

どことなく、棘のある嗄れ声に、2人の平社員は顔をあげずに、元の席に戻って行った。

「えーっ、まだ、課長のウタ、聞きたかったのにぃ～。」

わずか数分前に、場の雰囲気が変わってしまったことに気付かないオトコが、しつこく、おべんちゃらをかぶせてくるが、課長の険しい顔つきは元に戻ることはなかった。


別の日。オトコは部長のゴルフの運転手として、休日返上でクルマを走らせていた。

「いやぁー、ホント、惜しかったですね。1打差の2位ですもんね～。」

「まあ、勝負とはこんなもんじゃよ。」

「でも、あの17ホール、凄かったですね～。」

「ああ、あのイーグルね。たまたまだよ。ふふふ。」

「いえいえ、たまたまじゃ、出来ませんよぉ。しかも、あのホールでイーグルをとって、プレーオフにしたんですから、さすが、部長は勝負師だ。いやぁ、凄い、凄い。」

「で、18ホールで、ボギーじゃな。ははは。」

「いえいえ、見せ場を作ることが難しいんですから、やっぱり、部長は何か持ってますよ。」

「そうかぁ？　ハッハッハ。」

「あっ、そこの角を曲がったところがお宅でしたよね？」

「うん、そうそう。貧相な我が家がね。」

「何を仰います。うぉ〜っ、豪邸じゃないですかぁ〜。」

「いやいや、見た目だけの貧乏住宅だよ、ハッハッハ。主任、今日は休みのところご苦労だったね。お茶でも飲んでいきなさい。」

クルマを車庫にいれ、ゴルフバッグを肩に背負い、オトコは部長の後からお宅にお邪魔した。玄関を開けると、正面にミロのヴィーナスのレプリカ像。天井には豪華なシャンデリア。しばらくすると、ドレスを身に纏った奥様が出迎えてくれた。

「主任さん、悪いわねぇ、お休みに、このバカ亭主に付き合わせちゃってぇ。さあ、さあ、何もないけどあがってぇ。」

口では何もないと云いながら、〈どう？　この豪華な邸宅。見て、見て、見てぇ〜〉と自惚れの視線が送られてくる。

応接間には、大きな中国製の壺。食器棚には金で縁取られたイギリス食器。大きなアンティークの振り子時計。床にはトラの絨毯がこちらを睨んでいる。

「さ、さすが部長。こんな豪勢なお宅は初めてですよ。」

「なーに、みんな安ものさ。ハッハッハ。」

　豪華なドレスの裾を引きずりながら、奥様がお茶を運んでくる。さっきはしていなかった、真珠の首飾りがさりげなく揺れていた。

「主人ったら、要らないものばっかり買ってきて、ホント、困ってるのよぉ。」

「要らないものとはなんだ。れっきとした骨董品ばかりじゃぞ、ホッホッホ。」

「そうですよね。部長の骨董品コレクションは社内でも有名ですもんね。」

「えっ？　骨董品コレクション？」

「そうなんですよぉ。部長室には、やれ絵画だの銅像だの掛け軸だの、しまいには阿弥陀如来像まであるんですから。」

「ナニ？　それらは会社の所有物ですよねぇ？」

「ウ、ウォッホン！　主任、このチョコレートは美味いぞ。ベルギー土産だ。」

「まさか、主人の個人物じゃないでしょうね？」

《モグモグモグ》「そうですよ。みんな部長の所有物ですよね。」

「アナタっ！」

「ウ、ウォッホン！　ゴホゴホ。」

＊

「はぁーあぁ、どーして、いつもこうなんだろ。」

家の近くの中華料理屋で、会社の帰りにオトコが夕飯を食べながらぼやいている。テーブルにはレバニラ炒めと焼き餃子。そこに、不釣り合いなオレンジジュース。

そのとき、店の自動ドアが開いて、小学生くらいの男の子が唄いながら入って来た。

〽オベンチャラチャラ　オベンチャラ
イイキニサセテヨ　オベンチャラ

男の子は、空いてる店内を、そのまま進んで、オトコのテーブルの前で立ち止まり、オトコの向かいの席に座った。

『オッちゃん、オレにもオレンジジュース』

そして、さも当然な様子で、ひとこと目に、いきなり、ジュースをねだってきた。

「な、なんだ、ボウズ。なんでいきなり、奢らなきゃならないんだよ。」

『相談事を聞いてやる代わりさ。聞いて欲しいんだろ?』

なんだ、このガキは?　と思いつつ、気が付くとオトコはオレンジジュースを頼んでいた。

〈そうだった。オレは、このボウズに話を聞いてもらいたかったんだ。〉
《で、どんな話？》
当たり前のように、男の子はゴクリとジュースを飲んでから、オトコに話しかけてくる。
普通なら、この横柄な態度の初対面の男の子に腹を立てるところだが、不思議に、そんな気になれないまま、オトコは話し出した。
「最近さぁ、思うように仕事が回らなくてね。いままではさぁ、上司や勢いのある先輩たちにお世辞やおべんちゃら云って、上手くやってきたわけよ。」
《へぇー、オッちゃんもおべんちゃら遣うんだぁ。オレの名前もオベンチャラっていうんだぜぇ》
「あっ、そうか。キミがオベンチャラくんか。噂では聞いてるよ。」
《んでんで？》
「でもさぁ、最近、途中までは上手くいくんだけど、途中からヨコヤリが入ったりしてね。」
《誰かに恨まれてるんじゃゃないの？》
「いや、悪気はないんだよ。たまたま、飲み会の席で、後輩が噂話をしていたのを課長が聞いちゃって、機嫌が悪くなったり。」
《なったり？》
「部長の家で、あんまり触れちゃいけなかったことを、つい口走って、奥様の逆鱗に触れちゃったりと、いった感じさ。ま、不可抗力かな？」

《でもさー、オッちゃん、故意とか意図的に意地悪されたんなら、何とでもなるけど、オッちゃんの運気がマイナスに働いてるとなると、厄介だぜ。あっ、オバチャン、今度はコーラちょうだい》
「なんだよ、オベンチャラくん、怖いこと云うなよ。」
《だって、オレ、同じようなヤツ知ってるもん》
「同じようなヤツって？」
《太鼓持ち爺さんとか、オオカミ少年とか》
「オオカミ少年って、ウソつきだろぉ？　一緒にすんなよ。ま、太鼓持ちってのは、ワタシと似たようなもんだけど。」
《でも、その2人だって、もともとは普通のヒトだったんだぜ。太鼓持ち爺さんは、オッちゃんと一緒。普通のサラリーマンだったけど、宴会の席で太鼓持ちやってたら、それがはまっちゃって、太鼓持ち一本でシノギを稼ぐようになったんだ》
「へぇー、そうだったのかい。」
《オオカミ少年だって、もとは素直な子だったんだ。最初は小さなウソだった。だって、誰も少年のことをかまってくれなかったんだもの。その、小さなウソを、も少し大きなウソ、もっと大きなウソで塗り替えてくうちに、ああなっちまったんだよ。可哀そうなヤツさ》
「へぇー、オベンチャラくん、色んな知り合いがいるんだなぁ。凄っごいなぁー」
《もっと知ってるぜぇ。あっ、オバチャン、今度はバニラアイスね》

「まあ、遠慮なく飲んで食べて。」
《あははは、オッちゃん、オレにおべんちゃら遣ってどーすんのさ》
「この際、歳の差なんて関係ないって。人生経験の多い方が上ってことさ。」
《ま、いいや。で、太鼓持ち爺さんが、その後どうなったか知ってるかい？》
「パトロンに気に入られて囲われて、大富豪になったとか？」
《ふははは、オッちゃん、甘いなぁ。その逆だよ》
「逆ぅ？」
《そう。最初はオッちゃんの云うとおり上手くいってたさ。でも、景気が悪くなって、色んな会社が倒産してってた。どこの会社の社長も、宴会場に足を運ばなくなる。だんだん、太鼓持ち爺さんの稼ぎが少なくなっていった。儲かってたときに蓄えてれば良かったんだけど、そんなことする柄じゃない。そいで物貰いにまで身を落として、最後は昔の呑みすぎが祟って肝臓をやられてバタンキュー》
「・・・お、オオカミ少年の方は？」
《聞きたい？　もっとショックかもよぉ～》
「別に、聞きたいワケじゃないけど・・・は、話したいなら、聞くよぉ。」
《ははははは、無理しちゃってぇ。オッちゃんの知ってる昔話だと『オオカミ少年は心を入れ替えて、真面目に暮らしました。オシマイ、オシマイ。』だろうけど、ウソをつくってことは博打と同じなんだよ》

「博打？　ウソと博打とどういうつながりがあるんだい？」

『オッちゃんもウソのひとつやふたつ、ついたことあるだろ？』

「そりゃ、長く生きてりゃ、ウソもつくさ。」

『そのときの状況を思い起こしてみなよ。ウソを云う。心臓はバク。ウソが見破られないかどうか心配になる。心臓はバクバク。ウソがウソを呼んで話が大きくなっていく。心臓はバクバクバク。取り返しのつかないとこまで行って逃げるしかなくなる。心臓はドクドク、バクバク』

「確かにそうかも。」

『このときの心臓の脈拍が、賭場《とば》に入って、博打《ばくち》を打って、勝った負けたを繰り返し。最終的に大穴を開けて死に物狂いで逃げ出すときとそっくりなんだってさ』

「へぇー、そういうもんですかぁ。」

『で、オオカミ少年の、その後はここから。博打で道を外したモノは、そのときの刺激を忘れられなくて、何度も同じ過ちを繰り返すって云うだろ？　まさに、オオカミ少年もそうだった。一度は、更生したかのように見えたオオカミ少年は、また、もとのウソつき少年に逆戻り。堪忍袋の緒が切れた善良な市民たちに袋叩きにされて死んじゃったとさ。オシマイ、オシマイ』

「やっぱり、結局・・・。」

『ふふふ。オッちゃん、どーした？　顔色悪いでぇ』

「いや、別にぃ・・・。」

《で、オッちゃん、この話し聞いて、どう思った？》
「どおって・・・やっぱり、性格って変えられないんだなって。このままだと、ワタシも太鼓持ち爺さんやオオカミ少年と同じように・・・。」
《ナニ云ってるのさ。そんなことないってぇ。たまたま、2人の話を知ってたから教えてあげただけだってぇ》
「でもぉ・・・。」
《大丈夫。オッちゃんは、この2人とは違うって。小遣い稼ぎで、おべんちゃら云ってきたワケじゃないじゃん》
「うん、まあ、そうだけど。」
《別にウソついてきたワケじゃないじゃん》
「そりゃ、ウソをつかないのはワタシのモットーだから。」
《一生懸命、職場を活性化させようと頑張ってきたじゃん》
「ま、まあね。上手く職場を盛り上げてきたのは、ワタシの力だよ。ははは。」
《ふふふ・・・あはははっ。オッちゃん、単純だなぁ。オレの名前がオベンチャラっての忘れたの？　お世辞、社交辞令、美辞麗句を云うプロだぜぇ》
「えっ、じゃあ、いまのは・・・。」
《っそ。生まれ変わらない限り、オッちゃんが最初に云った通り性格を変えるってのは至難の業なんだよ』

「じゃ、やっぱり、ワタシは、このまま・・・。」

『ったく、泣いたり笑ったり、忙しいヒトだね。じゃ、オレンジジュースとコーラとバニラアイスのお礼に、これだけは、教えてやるよ』

「何を」

『オレ、生前はオオカミ少年って呼ばれてたんだぜ！』

ずけずけ

「ええーっ！　アンタ何やってんのっ、肉じゃがのニンジンは乱切りでしょっ。」

「いーのっ、私がやってんだから、黙っててよっ！」

「だって、そんなの当たり前でしょうがっ。」

「いーじゃない、私には私のやり方があるのっ。」

「やり方も何も、常識ってものを考えなさいよ。」

「（ムスッ）」

「アナタの為を思って云ってあげてるんじゃないっ。」

「（無視、無視）・・・」

「人前で恥をかくのはアナタよっ。」

「・・・」

「・・・ちょっとぉ、聞いてるのぉ？　そんなことじゃ、損をするのは自分よっ。」

「・・・」

「・・・せっかくアナタの為に云ってるのに、何をプンプンしてるのよっ。」

「母さん、しつこいのよっ！」

「ナニよそれ。アナタのその性格、損ヨ。治しなさいっ。」

「はい、はい、はい。」

「その云い方はナニよっ。」

「んもーーーーっ！」


最近、母は、私の将来を思ってか、自分から台所に立たない。私が午後5時半まで部屋でテレワークをしている間、母は夕方のワイドショーを見ている。そして、私が夕飯の支度を始めると、母は台所をのぞき込んできて、ああだこうだと、こと細かく説教をしてくる。それを素直に受け入れられない私も悪いとは思うが、あらゆることに対する、否定的かつ、上から目線でズケズケとモノを云う母が、妙に癇に障ってしまうことが、最近、増えたような気がする。

夕食後も、母親はテレビを見続けており、後片付けをするのは私だ。それはそれでよい。お皿を洗い、片付け、食後のデザートを用意して母親のテーブルに置く。

「これナニぃ？」

「ババロア。」

「甘っまー。これ、甘すぎない？」

また、始まった。私は、聞かなかったように無視をする。

「なに、これ、どこで買って来たのぉ？　こんなに甘いババロア、なかなか喉に通らないわ。」

なんだかんだ文句を云いながら、母親がデザートを食べ残すことはない。

〈せっかく買って来たんだから、『ありがと』って素直に食べればいいのに。〉

私は、心のなかで荒れ始めた波を必死に鎮める。

テレビでは、最近、流行りの大食い番組をやっていた。

〈また、母の云いぐさが始まるわ。〉

「なんで、こんな大食いの番組ばっかりなのかねぇ。見てて気持ち悪くなるわ。」

〈自分でつけた番組じゃないの。ナニ云ってんだか。〉

「あー気持ち悪い、チョット番組換えてよ。」

私は無言でテレビのリモコンを母親に手渡す。母親がザッピングしてチャンネルを次々と変えていく。特に私の見たい番組はない。

「あっ、コレコレ。」

母親が、いつものクイズ番組を選んだ。最近は、大食いの番組同様、クイズ番組も多くなってきた。私から云わせれば、各局、横並びで、やっつけ仕事的に作っているクイズ番組も、低俗にすぎないのだが、母に云わせれば、クイズ番組は脳の活性化につながるようだ。テレビをつけながらコックリコックリしている母親を見ていると、そうは思えないのだが。

夕食の準備の際の、母との剣呑な雰囲気がまだ続いていたので、私は気を取り直して、とぼけた様子で母に話しかけてみた。

「あれっ、このお城、松本城だっけ？」

すると、予想外れと云うか、予想通りの母の返事が聞こえてきた。

「なにバカなこと云ってるのよっ。最近、地震の被害を受けたってヒントがあるんだから、熊本城に決まってるじゃない。アンタ、そんな常識もないの？」

またこれだ。まず最初に、あらゆる言葉を否定的に発する。そして、それは次第に、ヒトを小馬鹿にしたような上から目線の言葉と変わる。そして、４回も５回も同じ小言を繰り返してしつこく云う。

私は、空になったデザートの小皿を流しに運び、簡単に洗って、そのまま自分の部屋に直行した。

＊

「お母さま、今度は緑茶にしましょうか。」

「そうねぇ、コーヒーとケーキをいただいたら、のどが渇いちゃったわ。」

「すぐ、ご用意しますね。」

嫁が立ち上がって、食器棚から急須とお茶碗を取り出してテーブルの上に置いた。

「ちょっとぉ、マリさん？　まず、コーヒーカップとケーキのお皿を、お台所に片付けてから、お茶の準備をした方がよろしくてよ。」

「あっ、はい。気が付きませんで。」

「そうじゃないと、テーブルの上がごちゃごちゃしちゃうでしょ？」

「そ、そうですよね。」

「ひとつのことを終えてから、次にかかることね。」

「は、はい。お勉強になります。」

「そうでないと、すべてが中途半端になるからね。」

「・・・」

「最近の若いヒトは、そこのところ気付かないからねぇ。気をつけないとね。」

「・・・」

「どうしたの、マリさん？　アナタ、顔色が良くないわよ。」

嫁の顔色は青くなり、コーヒーカップを持つ手が少し痙攣している。そこで、ようやく旦那である息子が助け舟を出した。

「まあまあ、マリ、さっさとコーヒーカップをさげて、お茶の用意をしてくれや。」

「は、はい。」

俯きかげんに返事をした嫁の返事は涙声になっている。嫁が台所に立ったとき、姑が自慢の息子に大きな声で、ずけずけと話しかけているのが聞こえた。

「最近の娘さんは、常識と云うかマナーを知らないで育っているから、いろいろと教えてあげないと。あーあぁ、この歳になっても、楽にさせてくれないのかねぇ。」

「あっ、マリさん。今日はいいお天気ねぇ。お洗濯モノ？　どれどれ、干すのをお手伝いしましょうかねぇ。」

「いいえ、お母さま、私がやりますから。」

「いいの、いいの。これくらいお手伝いさせてくださいな。」

「でも、お母さま、今日は天気予報で花粉が多いって云っていたので・・・。」

「花粉が何ヨ。こんな天気のいい日は、昔からお天道様の下で外干しするのが当り前よ。花粉だって、今に始まったことじゃないでしょ？」

「そ、そうですけど・・・お医者様にもケンスケの花粉症はヒドイって云われて・・・。」

「花粉なんて慣れよ。花粉を避けて温室育ちみたいなヒトたちが苦しむのよ。ケンスケもいまのうちから花粉に慣らしておけば心配ないわ。」

「・・・」

《パンッパンッパンッ》

「マリさん、薄手のモノを干すときは、こうやって叩いてシワを伸ばしておけば、あとでアイロンをかける必要もないのよ。」

「でも、お母さま、いまは柔軟剤がシワも伸ばしてくれるんですよ。」

「柔軟剤？　もったいないっ。そんなもの使わなくたって、こうすれば十分なのよ。《パンッパンッパンッ》これが母親の愛情よ。」

「でも、いまは、他のお母さん方も・・・。」

「ヒトはヒトっ。無駄なお金を使うよりも、自分の愛情を注ぐこと。何でもヒトやモノに頼ってばかりいると、家族への愛情が疎かになるものよ。」

「・・・」

「ご自分の為よ。」

「・・・」

「マリさん？　分かった？」

「・・・は、はい。」

＊

ある晴れた日曜日。公園の広場でバザーが開かれていた。そこで、２人の女性が立ち話をしている。

「まったく、歳をとると厄介よねぇ。なんだか、ウチの母親、日ごとに口うるさくなってくわ。ふふふ、あーやって『いじわるばあさん』が生まれてくるのね。」

「私のとこの姑も、最初は何も云わなかったけど、なんやかんやと口を挟んでくるようになったわよ。しかも、上品な云い方で、遠巻きに遠巻きに、私のやることを否定してくるの。何だか針の筵だわ。」

そのとき、どこかで、ささやき声だか唄声だか分からないような物音が聞こえてきた。

〽ズケズケ　ギスギス　ズケギスギス
エンリョシラズノ　ズケズケズケ
エンリョアッテモ　ギスギスギス

いつの間にか、2人の女性が3人になっている。3人目の女性は、パーマ頭でピンクのブラウスに白い襟。腰のところで結ぶ前掛けをした昭和時代の若奥さん風の女性だった。

《ウチなんか、姑だけじゃなくて小姑もいたからねぇ》

昭和時代の若奥さんが云う。

「それは厄介ねぇ。」

《そう。小姑は姑の元で育ってるから洗脳されててね。まるで、姑の子分みたいな存在よ。ワタシに対する姑の文句に輪をかけたように茶化したてて大きくするのよ》

「まあ、怖い。」

『でもって、都合が悪くなると『私は関係ありませんわ』って顔で知らんぷりよ』

「結婚って、それが怖いのよねぇ。自分以外は、みんな敵、みたいなんでしょ？」

『そうね、ある意味、そうね。でも、アナタも実の母親相手じゃ逃げられないでしょ』

「そうなのよ。たまに、優しくしてあげた方がいいかなって思うときもあるんだけど、『そんなことも知らないの？』とか『アナタの為に云ってあげてるんじゃない』とか『損をするのはアナタよ』なんて、繰り返し繰り返し言われると、優しさなんて吹っ飛んじゃうわよ。」

「そーそー。私も実家にいたとき、母親に対して同じように思ったときがあったわ。」

「自分は云ってることと、やってることが全然違うのに、あーだこーだってねぇ。」

「ふふふ。料理は見た目も調味料なんだから、キレイによそわないと。なんて云っときながら、沢庵が切れずに連なってたりしてねぇ。」

「サンドイッチに挟むキュウリの千切りが、7〜8ミリあったのには驚いたわ。これって浅漬けキュウリ？　って感じ。アッハッハッハ。」

そのとき、昭和時代の若奥さんが寂しそうに云った。

『むかしは、ちゃんとできてたのよねぇ』

「・・・」

「・・・」

『そりゃ、いい加減なところはあったわ。手を抜いていいところは、やっつけ仕事で、あとは要領

でゴマかしたりして。むかしはそれで何とかなったのよ》
昭和時代の若奥さんの瞳は遠い昔を思い出していた。
《でも、歳をとって、少しずつ何かがズレ始めていったの。自分で云うのもなんだけど、ワタシ、感は鋭い方だったわ。だいたい予想通りに事は進んだの。そりゃそうよね。当時、時代の真っ只中にいて、時代とともに歩いていたんだもの。そう、自信満々に、その時代を突き進んでいたわ》
何故かしら、実家暮らしの女性にも、嫁いだばかりの女性にも、昭和時代の若奥さんの観ている時代が見えたような気がしていた。
《でも、いつの頃からか、時代はワタシの前を進むようになっていったわ。少しずつワタシの予想はズレだし、ワタシより若い世代のヒトたちに歩調を合わせているように思えてきたの》
「最近、私もそう感じるときが増えてきたわ。」
《肉体的にも衰えを感じるようになってきたし、何より、手先が自分の思うように動いてくれないのよ》
「それって・・・。」
《そう。これが歳をとるってことなのね。肉体も思考も予測も少しずつ、若かった頃よりもズレてくるの。多分・・・。》
「多分?」
《歳をとるってことは・・・世代交代ってことなんじゃないかしら》

「世代の交代。」

《そう。薄々、私も、そうなんじゃないかなって思ってはいたわ。でも、なかなか受け入れられなかった。自分の存在がかき消されてしまうようで。だから、身近なヒトに遠慮のない云いぐさや、遠巻きな嫌味を云って自分の存在を残そうとしていたのね》

「母も、そう思い悩んでいるのかしら？」

「ウチの姑も？」

《歳をとると、みんな、そんな悩みと向き合ってるんじゃないかしら》

「そうね、ずけずけモノ云いをして、お互いの関係をギスギスさせて何が楽しいんだろうって思ってたけど、そうじゃないのね。」

《知らず知らず、必死に、自分の存在を主張していたのかもしれないわね》

「あーあぁ、そんなこと云われちゃ、いままで通り口喧嘩も出来なくなっちゃいそう。何も、いま、そんなこと教えてくれなくてもいいのにぃ。ねえ・・・アレ？　ズケズケさんは？」

　横に立っている嫁いだばかりの女性が私の目を見て頷いた。

「云うことだけ云ったら、帰っちゃったみたい。」

「ふふふ。気付かないうちに、私たちの会話に加わって、気付かないうちに、いなくなっちゃうなんて、さすがズケズケさんね。」

「うふふ。そうね。でも、あのズケズケさん、私の姑みたいだったな。」

「えっ？　私も母みたいって思ってたとこ。」

「多分、世界中の母親ってズケズケさんみたいなヒトたちなんじゃないかしら。」

「そうね。世の中の女性は結婚して子供を産んだときから母親になって、自信満々に子供を育て上げたところで『いじわるばあさん』になって、最後はズケズケさんになるって流れかな。」

「なんだか、悲しいようだけど、いいズケズケさんになれることに期待したいわね。」

「って云うか、ズケズケさんってどんなヒトだったか覚えてる？　自然に私たちの会話に入ってきて、気付いたら帰っちゃったじゃない？　どんな姿かたちだったか記憶にないのよねぇ。」

「私も。でも、多分・・・私たちみたいな感じだったんじゃないかしら。」

＊　いじわるばあさん（長谷川町子）毎日新聞社発行の週刊誌『サンデー毎日』に掲載された4コマ漫画

妖怪たちの棲むところ２

おなかまさん

頓、珍、漢

《チーン、チーン、チーン、チーン》

夕暮れどき、踏切の音が鳴り出しました。線路のコッチにも向こうにも人影はありません。辺り一帯には広大な畑が広がっているだけです。

《トンチン、カンチン、トンチン、カンチン》

「んん？」

誰かが聞いていたら、おそらくこう云ったでしょう。少しずつ微妙に踏切の音が変わってきているような気がするのです。遮断機が降りてから、ずいぶん時間が経ちますが、一向に電車は来ません。

するとどこからか、踏切の音に合わすかのように唄声が聞こえてきたんです。

〽トンチン　カンチン　トンチン　カンチン
踏切近くで音がする

トンチン　カンチン　トンチン　カンチン
とうとう　ヤツらがやって来た

そのときです。一陣の嵐のように電車が駆け抜けました。踏切の音が止み、遮断機が起き上がります。すると、線路の向こう側には・・・3人の子供たちがこちらに背中を向けていました。

「んんーん？」

そう。普通のヒトならそういう反応をするでしょう。踏切の向こう側に、突如、現れた子供たちが『踏切を渡って来る』のではなくて、踏切の向こうに向かって歩いて行ったのですから。それはまるで、駅でもない踏切で走行中の電車から降りた子供たちが、線路向こうの町の方へ歩いて行くようでした。

残念ながら、その姿を見たヒトはいませんでした。3人の子供たちは、誰にも知られずに、この町にやってきたのです。

〽トンチン　カンチン　トンチン　カンチン
踏切近くで音がする
トンチン　カンチン　トンチン　カンチン
とうとう　ヤツらがやって来た

＊

公園の広場には、学校帰りの子供たちが、あちらこちらを駆けずり回っています。

でも、よくみてみると、どうやら3つのグループに分かれているようです。眼鏡をかけたガリベンタイプのオトコの子やオンナの子。比較的小柄な体形の子供たち。スポーツ大好きなオトコの子。

ときどき、それぞれのグループを取り巻く子供たちから歓声が上がってきます。


「じゃあ、トンさん、いくよーっ。」

「こいこい。準備万端よっ。」

「願いましては〜、158670ワル〜、430タスコトノ〜、231ヒクコトノ〜、147カケルコトノ〜258デハッ?」

トンさんが瞬時に答える。

「116874ナリィッ!」

「ゴメイトウ!」

「おお〜っ、すげ〜!」

眼鏡をかけた子供たちが、興奮して歓声を上げてときにズレた眼鏡のレンズを、鼻の頭でもとの位置に戻します。すかさず、別の子供が続けて、

「トンさん！　買い物で橋を渡って隣り町まで行きたい。しかし、橋のたもとに『コノハシ、ワタルベカラズ』と禁止令が示されていた。トンさんなら、どうするかっ。」

「セッパ！　端を渡らずど真ん中を渡れば良し。」

「おっ見事ぉっ！」

「すっげ〜っ！　トンさんって何でも知ってるなぁ〜。」

周囲の子供たちの瞳は崇拝に変わっていきました。


「おっおおぉ〜っ！」

「キャッ！」

こちらのグループからは、先ほどのグループより悲鳴のような奇声が聞こえてきます。

「チンさん、やめて、やめて。ワタシ怖いっ。」

「大丈夫、ダイジョーブですよ。心配ないよ。よ〜く見ててね。」

そう云うとチンさんは、おもむろに剣を取り出し、真上を向いて口を大きく開きました。そして、その剣をゆっくりゆっくり、真っ直ぐに喉の奥の方に飲み込んでいきます。

「うっ、うぉぇ〜っ。」

見ているオトコの子が、それを見て、えづいてしまいました。オンナの子は涙目で、

「お願い、チンさん死なないでぇ〜。」

すると、口から剣を飲み込んだまま上を向いていたチンさんが、何もなかったかのように、喉奥から剣を引き抜いて・・・ケロリ。そして一同にお辞儀をします。一斉に大拍手です。

その後も、チンさんは火をつけたゴザの上を素足で歩き回ったり、『ニンゲンポンプ』と称して、一度飲み込んだ金魚を生きたまま吐き出して水槽に戻したり、奇妙奇天烈なことばかり。そのたびに、子供たちの瞳は輝いてきます。


最後のグループは、オトコの子9割、オンナの子1割くらいでしょうか。

カンさんが、ベンチの傍らに立ち、両手を上下に動かして勢いをつけ、イチ、ニノ、サン！で、ベンチを飛び越えます。

「すっげーっ、助走なしだぜぇっ。」

お次は、少し離れたところまで下がり、カンさんは、ゾウの置物めがけて勢いをつけて走り出しました。

「今度はナニするの？」

「まさかっ！」

すると、カンさんは助走をつけて、ゾウの置物に両手をついて跳ね上がり、側転をしながらクルクルと前後左右に回転して飛び上がり、向こうの砂地に着地しました。

「す、すっげぇーっ！　見たか？　いまの。ウルトラCだぜっ、ウルトラC！」

「あれ、ツカハラ跳び*だぜっ。オレ、テレビで見たことあるっ。」

その後、チンさんが鉄棒を使って大車輪*を披露したり、子供たちの目の前で何十回となくバク転を繰り返すたびに、オトコの子たちは、ひきづり込まれていきます。オンナの子たちは・・・カンさんの腕や脚の筋肉にウットリです。


こんな感じで、トンさんも、チンさんも、カンさんも子供たちの間で、瞬く間に有名なヒーローになっていきました。

でも、子供たちの前で笑顔を見せつつも、ときどき、カレらは悲し気な表情をすることがありました。もちろん、子供たちはそれに気付いていません。

でも、ただ一人、ソレに気付いていたヒトがいました。それは・・・公園の向かい側にあるアパート２階の窓から、トンさん、チンさん、カンさんの披露する技をジッと見つめていた老婆でした。

*

その老婆は、２０３号室に一人で住んでいます。人付き合いもなく、年齢も何をしているのかも隣近所に知られてはいませんでしたが、その姿恰好から、影で『占い師』とも『魔女』とも云われていました。

一年中、身体中を覆っている黒い布。アタマにはインド人がかぶっていそうな黒い帽子。つま先の丸くカーブしたアラビア風の黒いパンプス。あるヒトは中肉中背だと云い、また、あるヒトは身長2メートルはある老婆だとも云います。

昼間は寝ているかのように静かですが、夜になると、どこかの異国の言葉で書物を読み上げる声が部屋から聞こえてきます。たまに、買い物にでも出掛けたあとには、決まって、グツグツ煮込む鍋の音と、これまた異国のスパイスのにおいが部屋から漂ってくることがあるそうです。

そんな老婆が、昼間、アパートの窓辺に見られるとき、彼女は、いつも公園で遊ぶ子供たちをながめていました。その老婆が、初めて、トンさん、チンさん、カンさんを見たとき、ふと、眉間に皺を寄せたのです。そして、ひとこと、

「フンッ。」

と云って、部屋の書棚から一冊の本を探し出し、また、窓辺の定位置に座って本を読み始めます。それは、何かを調べているようでもありました。

子供たちが学校から帰ってくるまで、やることのなかったトンさん、チンさん、カンさんはそろって公園のブランコに揺られていました。

「チンさん、最近、どーよ？」

「どーって、子供たちが喜ぶ顔はいいよな。こっちまでキレイな心になったような気分になるよ。」

「キレイな心？」

カンさんがチンさんの答えが意外だったように聞き返します。

「だから『なったような気分』だってぇ。」

「いんや、否定したんじゃないよ。意外だったからさ。」

2人の話を上の空で聞いていたトンさんが、いきなり話題を換えます。

「あのさー、最近、何か妙な視線を感じるんだよなぁ。」

「えっ、トンさんも?」

「オレもそうよ。」

「えっ、カンさんも?」

「じゃ、みんな?」

「別に邪気を含んでる視線じゃないんだけど、ジィーッと睨まれてるようでね。」

そのとき、突然、干からびたような老婆の声がして、3人はビクンとします。

「アンタら、妖怪じゃやな?」

3人が視線を声の主に向けると、そこには、体中を覆っている黒い布、インド人がかぶっていそうな黒い帽子、つま先の丸くカーブしたアラビア風の黒いパンプスを履いた小柄な老婆がこちらを睨んでいました。

「はい、そうです。ボクら妖怪です。アナタさんは?」

〈むむっ、ウソをついたり、誤魔化そうとするかと思うたが、案外、素直な妖怪のようじゃ。ならば、ワシも・・・〉「わしも妖怪じゃ。」

「えっ、お婆さんも？」

「そうじゃ。」

「あ、あのぉ、もしかしたら、ボクらのことジーッと見てたの、お婆さんじゃ？」

「そうじゃ。ワシは、一目でアンタらが妖怪だと分かった。じゃが、どの妖怪辞典で調べても、アンタらのことは載っておらんかった。それで、しばらく監視しておったのじゃ。」

「なるほど。多分、妖怪辞典に乗ってなかった理由は分かりますよ。」

「なぜじゃ？」

「ボクらの名前は頓と珍と漢。3人合わせて、初めて頓珍漢という名になるんですよ。」

「頓珍漢・・・なるほど、そうかっ。たしかに、その名だったら載っていたぞっ。」

「ふふふ。」

「よし、そこまでは分かった。じゃが、アンタらは邪気もなさそうだし、子供たちとも上手くやっとる。何故に、この町に来た？」

「それは・・・。」

「なんじゃ、やましい気があって、云えんのか？」

「いいえ、やましくなんて。」

「正直、何故、妖怪列車から、この町に降ろされたのか、ボクたちも分からないんです。」

「分からない？　そりゃ変じゃのぉ。」

「でも、いま、何となく分かったような・・・。」

「ふむ。聞かせぇ。」

「ボクたち、それぞれ同じ悩みがあって、ずーっと思い悩んでたんです。で、お婆さんも妖怪ですよね。多分、妖怪列車はボクらをお婆さんに合わせるために、ここに導いたんじゃないかって。」

「云ってることが、よう、分からんが。それに、アンタらの悩みとは何ぞや？」

「それですっ。ボクらの悩みを、お婆さんに聞いてもらって解決してもらうことが妖怪列車の導きだと思うんです！」

「ふんっ、勝手なことを云いおって。じゃが、まあよい。ここで会ったが何とやらじゃ。アンタらの悩みを聞かせぇ。」

「実は・・・。」

＊

「こう見えても、ボクら、それぞれの分野ではプロ並みの技を持ってるんです。」

「ああ、それは、いつも見てたから知っとるよ、大したもんだ。子供たちも大喜びじゃないかい。」

「昔から、トンは頭が良くて、チンは大道芸が得意で、カンはスポーツ万能でした。」

「あれだけヒトを興奮させることが出来るなら、悩みなんてないように思えるがねぇ。」

「でも・・・ボクたちは、昔っから、とっても仲が良いんです。」

「そりゃ、いいことじゃないか。」

「最初は、お互いに尊敬もしていましたし、相手の技を憧れて観ていました。」

「あの子供たちと同じだね。」

「そう。でも・・・あるときから、お互いのプロ級の技が憧れから妬みに変わっていったんです。というのも・・・。」

「ボク、トンは、頭脳には長けていますが、どんな問題が出されるか、いつもビクビクしてるビビリなんです。」

「ボク、チンは、度胸があってヒト前で大道芸を披露してますが、実は根っからの相当な運動音痴なんです。」

「ボク、カンは、スポーツなら何でもござれなんですが、ちょっとアタマが弱くて、たまに会話が成り立たないときもあるんです。でへへへへ。」

「へぇー、天は二物を与えずってとこか。ま、アンタらの場合、地は二物を与えずだけどね。」

「それで、最初は尊敬しかなかったお互いの思いが、トンはチンを、チンはカンを、カンはトンを妬むようになってることに気付いて・・・。」

「ぎゃっはっはっは。それを、どうにかして欲しいってことかい。」

「はい。笑うことじゃないと思うんですけど。」

「わるい、わるい。申し訳ない。そんなつもりじゃなかったんじゃが、贅沢な悩みだったもんでのぉ。簡単じゃ。解決策は2つある。」

「えっ、どうすれば？」

「そりゃ、お互いの技を見るから妬むんじゃ。なら、お互いの技を見るな。今後、子供たちの前で、アンタらの技は披露禁止じゃ。ふっふっふ、宝の持ち腐れじゃのう。」

「そんなぁ、そしたら、ボクらが存在する意味がないじゃないですかっ。」

「じゃろ？　そりゃ寂しいわなぁ。じゃ、どうしたらいいと思う？」

「だから、それを聞いてるんですよっ。」

「ふむふむふむ。アンタら、ブー・フー・ウー*って知っとるか？」

「あの『3匹の仔ブタ』のブー・フー・ウーですか？」

「そうじゃ。1番目の仔ブタは藁で家を作った、2番目の仔ブタは木で家を作った。そこにオオカミが襲ってきて、藁の家も木の家も吹き飛ばしちまった。3番目の堅実な子豚はレンガの家を作った、そこに2匹の子豚が逃げ込んで助かるという話じゃ。」

「それが？」

「1番目の仔ブタも、2番目の仔ブタも考えの甘さが弱点じゃった。では、3番目の仔ブタは完璧か？」

「そりゃ、オオカミを撃退して、他の2匹を救ったんですから完璧でしょう。」

「ふっふっふ。アンタら、その先の話を知らぬようじゃな。」

「その先の話？」

「そう。こうじゃ。オオカミが諦めて逃げて行ったあと、3匹の仔ブタは3番目の仔ブタの家で一緒に暮らすようになった。じゃが、三つ子の魂百まで。性根はすぐには変わらない。しばらくすると、1番目と2番目の仔ブタはダラケだして働かなくなっていった。それで3番目の仔ブタは2匹の分まで一生懸命働いた。で・・・。」

「で？」

「死んじまった。過労死さ。」

「そんなぁ、むごい。」

「人生、そんなもんさ。完璧と思われていた3番目の仔ブタにも弱点はあったのさ。優し過ぎるという弱点がな。ふっふっふ。」

「・・・」

「ニンゲン、いや、アンタらは妖怪かぁ。まあよい、完璧なモノなど存在しないものよ。自分に足りないものがあることを知っとるだけで、世の中は上手く過ぎていってくれるもの。アンタらも、そうは思わぬか？」

〈自分に足りないものがあることを知っているだけで、世の中は上手く過ぎていく。〉

トンさん、チンさん、カンさんが、それぞれ、口のなかでつぶやきます。大丈夫。この3人なら、何でも乗り越えていけるはずです。
ところで、このお婆さん、いったい何者なのでしょうか？

＊ツカハラ跳び　側転跳び1／4ひねり後方抱え込み宙がえり。1968年のメキシコオリンピック団体総合で塚原光男が実演し金メダルを獲得した技。

＊大車輪　体操競技の回転技。身体を一直線にして円を描くようにバーを軸に回転する。

＊ブーフーウー　NHK総合テレビ放映の着ぐるみ人形劇。西洋の昔話『3匹の仔ブタ』を題材にしていた。

二進、三進

〽ニィワルニィは、ニッチモ、ニッチモ！

サンワルサンは、サッチモ、サッチモ！

オイラはいつでも割り切れる、ニッチモ、サッチモ！


真昼間の町中で、そんな元気な唄声が聞こえてくるような気がする。唄っている子供たちの姿は見えない。でも、商店街の八百屋、魚屋、お肉屋、雑貨屋などの亭主が、その調子に合わせて、知らず知らずに「ニッチモ、サッチモ！」と口ずさんでくる。

公園で子連れのママ友たちが井戸端会議を始めると、子供たちが唄声のする方向をじっと見据えている。すると、子供たちの目に、通りの向こうから肩を組んで唄声をあげながら歩いて来る2人兄弟の姿が、少しずつ見えてきた。

「ママ、ママ、あれ。」

子供が2人兄弟の方を指差すが、

「どうしたのボク？　あっちに何かあるの？」

母親に2人兄弟の姿は見えない。2人兄弟が堂々と歩く姿を見つめて、子供たちの顔に赤みが差し、だんだんと笑顔が浮かんできた。そして、2人兄弟と一緒に聞いたこともない、意味も分からない唄がこぼれ始めた。


〽ニィワルニィは、ニッチモ、ニッチモ！

サンワルサンは、サッチモ、サッチモ！

オイラはいつでも割り切れる、ニッチモ、サッチモ！


「どおしたの？　ボクぅ？　その唄なあに？　どこで覚えたの？　まぁ、上手に歌えるのねぇ。」

感心した母親が跪《ひざまず》いて、子供に話しかけるその横を、2人の兄弟は通り過ぎて行った。子供の目線が、2人兄弟と会って「キャッ、キャッ。」と声を上げる。もちろん、母親はその理由に気付いていない。

＊

八百屋の亭主が云う。

「はぁ〜、日照り、台風、雹《ひょう》害。おまけに暖かいところが寒くて、寒いところが暖かいじゃ、農作物も偏っちまって、収穫のないとこはない。穫れ過ぎるところは廃棄処分だなんて、お百姓さんも可哀そうなもんだ。って、ヒトの心配してる場合じゃねぇや。ウチだって仕入れが出来なきゃ商売が出来ねぇや。どーにも、こーにもならねぇなぁ。ここんとこ、何から何まで上手くいかねぇよ。二進も三進も行かねぇや。」

それを聞いて、電信柱の2つの影が足早に去っていった。

魚屋の亭主がぼやく。

「はぁ～、ここんとこ、漁が上手くいってねぇらしいな。魚は漁場に下りて来ねぇ。お近くの国とは漁場争いでいつも揉めてらぁ。海の上に線引くわけにゃいかねぇだろが。これも地球温暖化っちゅうやつの影響かねぇ。それにしても、売る魚がねえ。あっても値が張って、昔みたいにサンマ1尾30円っちゅうわけにゃいかねぇや。商売あがったりだっ。ったく、二進も三進も行かねぇぜ！」

それを聞いて、郵便ポストの前を通りがかった2つの影が駆け出して行った。

肉屋の亭主が溜息をつく。

「はぁ～、最近、豚コレラとか鳥インフルエンザとかで殺処分が増えちゃって大変だぁ。かといって、やれ松阪だ、やれ神戸だ、やれ近江だって高級サシ入りの国産和牛や、輸入牛の枠組み拡大から外国産の肉牛も入ってきて牛肉は大人気だけど、豚肉や鶏肉みたいに、そう安々と毎日買えるもんじゃないしなぁ。ここ最近、売れるのは30年来値上げしてない、1コ50円のコロッケや鶏の唐揚げくらいだよ。これじゃ、いくら頑張ったって赤字赤字が溜まってくばかりさ。もう店じまいかな。はぁ〜あ二進も三進も行かないよ！」

それを聞いて、消火栓の近くで石ころを蹴る音がした。

時代は、ようやく日本がバブル経済崩壊、リーマンショック、大地震を乗り越えて、新たな一歩を踏み出そうとした矢先に、コロナ不況で出鼻をくじかれた頃でした。

＊

「はぁぁぁあぁ〜〜。なんで、ボクたちの行くとこは、いつも、こんなふうになっちゃうんだろう？」

「そうだなぁ、ボクらが生まれた頃は絶好調だったのにね。」

「オギャーッって云う代わりに、ニッチモッ！　サッチモッ！　って云って生まれてきたのにね。」

「ふっふっふ、そうだったね。」

サッチモさんの笑い声には元気がない。

「2割2は、スパッと割り切れるから二進。」

「3割3も、スパッと割り切れるから三進。」

「スパッと問題なく解決できるようにって名前だったのに・・・。」

「いまじゃ、スパッと割り切れないことを『二進も三進も行かない』って云うんだよね。」

「ボクら、まるで悪者だね。ふっふっふ。」

　ニッチモさんも力なく笑い返す。

「みんなに、何とかしてあげたいよなぁ。」

「そうだねぇ・・・ねえ、サッチモ、こんなのどうかな？」

「こんなのって？」

「ボクらは大人の目には映らないけど、子供たちとは目が合うよね。」

「まあね、子供は心がすれてないからね。」

「でさ、子供が母親と、八百屋や魚屋や肉屋の前を通るときに『食べたくなぁれ』って呪文をかけてやるのさ。そしたら、子供たちは母親に買ってって、ねだると思わない？」

「そうだな、ニッチモ。いいアイデアだ。それ、やってみよう！」


　ある日、子連れの母親が八百屋の前に差し掛かった。

《あれ欲しい、ニッチモ。これ欲しいサッチモ。エンヤコラノサッ。》

「ボチャ、ボチャ、ボチャっ。」

「なに、坊や。カボチャが食べたいの？　カボチャのスープ美味しいもんね。」

「へい、いらっしゃい。奥さん、今日もおキレイで。なんにしましょう？」

「まあ、ご主人、お上手ね。ふふふ。カボチャが欲しいんだけど。」

「へい、北海道産の甘～いのが入ってますよ。」

「北海道産？　随分遠いところから仕入れるのね。お値段は・・・1コ980円！　ちょっとー、いつもの倍はするじゃない。これじゃあ買えないわよ。もっと安いのないの？　近場産でいいのよー。」

「いや、奥さん、ここんとこの異常気象で、近場のカボチャは入荷してないんですよ。」

「そりゃ、ニュースでそんなこと云ってたけど、これじゃあ誰も買えないわよ。」

「でも、ほら、ボクちゃんがカボチャスープ飲みたいって顔してますよぉ。」

「・・・あのさぁ、ご主人、ウチは旦那とこの子とワタシ3人しかいないのよ。旦那はカボチャ、あんまり好きじゃないしぃ、この子もカボチャスープくらいしか飲まないしぃ・・・でさ、このカボチャ1/4くらいカットしてくれない？　で、お値段も勉強してよぉ。」

「えーぇっ、半分ならまだしも、1/4ぃ？　それじゃあ、残った分、売れないよぉ。」

「そこをお願い。お値段もねぇ。また、これからも買いに来るからぁ。」

「・・・仕方ねぇな。敵わねぇなぁ、奥さんには。分かったよ1/4にカットしてくるよ。値段も・・・200円でどおだっ！」

「やったーっ。買うわっ！」

子連れの奥さんは意気揚々と帰って行く。残された八百屋のご主人は、

「売れたんはいいが、これじゃやってらんねーわ。ホント、二進も三進も行かねぇなぁ。」

ある日、乳母車を引いた母親が魚屋の前まできた。

《あれ欲しい、ニッチモ。これ欲しいサッチモ。エンヤコラノサッ。》

「ママぁ、ママぁ。オチャカナ、オチャカナ。」

「そうねハナちゃん、お魚がいっぱいいねぇ。」

「へい、いらっしゃいっ。マグロにカジキにエビ、タイ、ホタテ。今日は活きの良いのが揃ってるよぉっ。どう？　奥さん。旦那に美味い魚食べさせてみちゃ？」

「旦那は、また外で帰りに一杯ヨ。ここんとこ、家じゃ、晩酌どころかご飯も食べないわ。」

「そりゃ残念。」

「ぜ〜んぜん。そっちの方がこっちは楽よ。お魚屋さん、そのメザシいくら？」

「えーっ、こんなに脂ののった美味そうな魚が揃ってるのに、奥さん、メザシはないんじゃないのぉ？」

「いいの。この子、最近、前歯が生えてきて、ちょっと固めのモノをかじりたがるのよ。」

「そ、そりゃいいや・・・メザシ1皿4尾で２８０円です。」

「じゃ、それもらうわ。1尾くらいサービスしなさいよ。」

「そ、それは・・・。」

「なに？　出来ないのぉ？」

「は、いつもご贔屓の奥さんだ、サービスしましょう。」

「じゃ、2匹サービスね。」

「ええーっ、2匹ぃ?・・・分かりましたよ。メザシ6尾で280円いただきますっ!」

「ありがと。また来るわね。」

「って、あの奥さん、苦手だわぁ。また来るって云ってたけど、来られるたびに足元見られちまう。これじゃあ、商売あがったりだよ。やばいぞ、このままじゃ二進も三進も行かなくなるぞっ!」


ある日、すねた子供の手を引きながら母親が肉屋の前を通り過ぎようとしていた。

《あれ欲しい、ニッチモ。これ欲しいサッチモ。エンヤコラノサッ。》

「お腹減ったぁ、お腹減ったぁ。もーうごけないぃーっ。」

いきなり子供が地べたに座り込み半ベソをかいて動かなくなってしまった。

「あらもぉ、ユタカっ、ワガママ云わないのっ。もう、お夕飯でしょ。シャキッとしなさい!」

先ほどからイライラしていた母親が半切れ状態で、子供を立たせようとするが、子供は頑なに動こうとしない。すると、どこからか、揚げ物のイイ匂いがしてきた。

「コロッ、ケ?」

子供がガバッといきなり入り口に立ち上がり、肉屋のショーケースの上に置かれた、トレイを見上げる。子供の視線が肉屋の主人の目に留まり、そのまま母親の方を振り返る。

「ママぁ、コロッケ食べたい。」

「んもう、しょうがないわねぇ。」

　母親が半分諦めたように肉屋の敷居をまたいだ。

「いらっしゃい。今日はお肉の特売日ですよっ。」

　肉屋の主人は、逃がすものかと満面の笑顔で奥さんを迎え入れる。

「そうねぇ・・・。」

　子供にせがまれてコロッケ1つだけ買おうと思ったが、一応、主婦のプライドとして、お肉を考えている素振りを肉屋の主人に見せつけなければならない。

「最近は、鳥インフルエンザが流行ってて物騒ねぇ。」

　奥さんの軽いジャブが肉屋の亭主の動揺を誘う。

「それじゃあ、豚肉はどうです？　ビタミンたっぷりですよ。」

　肉屋の亭主も応戦に出る。

「でも、この子、まだ、豚肉食べるとお腹こわしちゃうのよね。」

　子供を引き合いに出されると何も云い返せなくってしまう。

「じゃ、ご主人の為に国産牛は・・・。」

　そこまで云いかけたとき、奥さんがひとことと。

「今日はいいわ。ユタカ、コロッケ食べる？　じゃコロッケ1コ頂戴。」

肉屋の亭主が、コロッケをひとつ油紙に包んで子供に手渡す。

「50円です。」

奥さんはガマ口から50円玉を取り出すと肉屋の店主の手のひらに置いた。

「毎度アリー・・・ふーっ、また今日も赤字だな。二進も三進も・・・。」

*

「なぁ、サッチモ。」

「みなまで云うな、ニッチモ。分かってるって。」

「上手くいかないよなぁ。」

ニッチモさんとサッチモさんが、公園のお山の滑り台の上で膝を抱えて落ち込んでいたとき、一陣の風が流れ、薬草を煮るような臭いと暖かい空気が2人の周りを包んだような気がした。

2人が視線を上げると、そこには、身体中を黒い布で覆い、インド人がかぶっていそうな黒い帽子をかぶり、つま先の丸くカーブしたアラビア風の黒いパンプスを履いた小柄な老婆が立っていた。

「やあ、オババ。来てたの?」

「ニッチモ、サッチモ、久しぶりじゃの。元気にして・・・は、いなさそうじゃの。ほっほっほ。どうした、何があった?」

ニッチモさんとサッチモさんと、このオババは昔からの知り合いのような口ぶりで話し合っている。

「いや、何があったってワケじゃないんだけど・・・。」

「だけど？」

「世の中、上手くいかないってね。」

「なに、歳はの行かない小僧が、偉そうに、世の中なんぞと云うんじゃい。ふふふ。」

「でもさあ、オババ。ボクらの行くとこじゃ、みんな、溜息しかつかないんだよ。」

「それが、オマエらに伝染しとるちゅうわけか。ふふふ、まだまだ若いのぉ。」

「だって、なぁ、サッチモ。」

「そうそう、ボクらが何とかしようとしたって無理なんだもんな。そりゃ、落ち込むよ。」

「見とったよ。子供に悪知恵を注いどったったな。ありゃ、笑えたぞ。」

「笑いたきゃ笑えっ。」

「そう云うな。オマエらにしては上出来だってことよ。でもな、ヒトの心ってのは、そんな簡単に変わるもんじゃないぞ。」

「知っとる。」

「じゃがな、いつの間にか、簡単に変わっとるときもあるもんじゃ。」

「そんなことあるのかな？」

「ニンゲンってヤツは複雑に見えて単純。単純に見えて複雑なものなんじゃよ。」

「どういうこと？」

「簡単なことよ。こんな唄、聞いたことねーか？」

〽一日一歩、三日で三歩、三歩っ進んで、二歩下がる〜*

「何か、ニンゲンが嬉しそうに唄ってるの見たことあるよ。」

「単純な生き物よの。特に日本人は。一生懸命、三日かけて三歩進んだのに、二歩下がってちゃ、一歩しか進んでないのになぁ。でも、その一歩で日本人は満足するのさ。」

「要領悪いね。」

「要領じゃねーんだ。一歩だけでも一生懸命働いたって云う自負を追い求めているのよ。」

「・・・」

「それで、満足するんが日本人の勤勉たる所以と云う訳じゃの。」

「それって、いいことなの？」

「分からん。じゃが、オマエらが何をしようと、変わらなかったじゃろ？　もう少し見ててみぃ。キャツらは少しずつ持ち直していくから。それも、ほんの少しずつじゃ。」

「それで満足するのかな？」

「満足するんさ。そうやってキャツらは苦難を乗り越えてきたんじゃから。オマエらが何をしようがキャッツらを変えられせん。じゃが、それはオマエらのせいじゃない。キャッツらは時代に抗《あらが》わない。ときがくるまで待つんじゃ。そして、そのときが来たとき、ゆっくり一歩ずつ歩みを進めて行くんじゃよ。キャッツらは自分の力で歩いて行くんじゃ。誰の手も借りずに。」

「強いんだね。」

「そうじゃ、じゃから、オマエらも強くなれっ。おっほっほっ」

＊　〽一日一歩、三日で三歩、三歩っ進んで、二歩下がる～　水前寺清子『三百六十五歩のマーチ』（１９６８年歌謡曲）

以心、伝心

下校の時間、赤いランドセルを背負ったオンナの子が俯き加減で歩いて来る。元気なく、足元から目をあげない。今にも泣き出しそうだ。

今日、学校で、オンナの子は宿題を忘れてしまった。オンナの子にとって初めての失敗だ。オンナの子は、授業開始からの10分間、教室の後方に立たされた。宿題を忘れる常連のオトコの子たちは、逆にヒーロー気取りで、みんなに茶化されていたけど、初めて宿題を忘れたオンナの子は立たされていた10分の間、恥ずかしくて正面が見られなかった。その日一日、給食も喉に通らないくらい、自分自身が情けなくショックを感じていた。

「よしっ。」

「うむっ。」

元気なく歩いて来るオンナの子を見ていた2人の少年が、まるで筋斗雲《きんとうん》*にでも乗っているかのように、音も立てずにスウーッとオンナの子の背後に近づいていく。しかし、それにオンナの子は気付いていない。

2人の少年がオンナの子の耳元で交互にささやきかける。

「大丈夫。心配ないさ。」

「明日になれば、みんな、忘れちゃってるよ。」

「キミは、明日の朝、元気よく『おはよーっ！』って教室に入って行けば、いつもと同じ一日がはじまるさ。」

「さあ、元気を出して！」

その2人の少年の声が聞こえたのかどうかは定かでないが、急にオンナの子の口元がニコッと微笑み、いままで足元しか見ていなかった視線も、夕方の青空に見え始めたお月さんを見上げている。

そのまま、オンナの子は、元気よく足音を立てて家に走っていった。


とある会社の会議室。ロの字に囲まれた机には、お偉いさんが数人、若いスタッフが数人、会議資料と正面のスクリーンに映し出されるグラフを見比べている。正面には指し棒を持ったプレゼンターが汗水を流しながら何か説明をしている。

「ちょっと待ってぇ。」

お偉いさんのひとりが、配布資料とスクリーンのグラフを見比べながら云う。

「この数字、この資料とスクリーンのグラフで違うけど？」

「えっ！」

プレゼンターの顔色が変わり、慌てて手持ち資料のページをめくるが、テンパっていて、どこを見ていいか分からなくなっている。

「あっ、おっ、うっ・・・。」

「もういい、もういい。さっきから、なんか要領を得ないんだよなぁ。最終的な着地点も見えてこないしぃ。」

「はっ、も、申し訳ありません。」

「今日はここまでにしようか。せっかく説明してもらったけど、もう少し、的を絞って的確にまとめてくれるかな。」

「はっ、かしこまりました。」

「ということで、今日の会議は終了。」

「ふうぅーーーーっ。」

「よしっ。」

「うむっ。」

お偉いさんやスタッフが出て行った会議室に、先ほどのプレゼンターが肩を落として座っている。廊下の外からそれを透かして見ていた2人の少年が、筋斗雲にでも乗っているかのように、音も立てずにスウーッと近づいていく。プレゼンターは気付いていない。

2人の少年が耳元で交互にささやきかける。

「大丈夫。心配ないさ。」

「指摘されたところを修正してごらん。素晴らしいプレゼン資料になるよ。」

「あとは直属の上司のアドバイスを聞いて、プレゼンの練習さ。」

「ほらっ、その上司がやって来るヨ！」

廊下からコツコツという靴の音が近付いてきて、会議室の前でとまった。

「お疲れっ。はっはっは、こっぴどく云われたな。よし、指摘されたとこを至急直して、すぐ部長に持ってくぞっ。善は急げだっ。」

「で、でもぉ・・・。」

「ナニ云ってんだ？　この企画はオレのお墨付きだぞっ。絶対、成功させるんだよっ。」

「はっ、はいっ！」

＊

イッシンさんとデンシンさんは、いっつも一緒に行動をしています。いつの頃からかは分からないけど、気が付くと、以心さんと伝心さんは、常に同じことに気付いていて、同じことを考えています。でもそれは、自分のことじゃなくて、通りすがりのヒトたちの心の内のことだったけど。

恋人と上手くいったり、受験に合格して喜んでいるヒト。取引業者に裏切られたり、喧嘩を吹っ掛けられて怒っているヒト。学校や仕事で失敗して悲しんでいるヒト・・・以心さんと伝心さんには、そんなヒトたちの心の内が同じように見えたし、カレらに対して2人同じ感情を持つようになっていたんだ。

そうして、イッシンさんとデンシンさんは、そんなヒトたちの話を聞いたり、そっとアドバイスしたりして、勇気をもたせてあげていたんだ。それも、2人で相談した訳じゃないよ。だって、2人は、話さなくても、お互いに感じていることがテレパシーみたいに分かっちゃうんだもん。すごいよね。


そんなあるとき、イッシンさんとデンシンさんの前を、ひとり寂しそうなお婆さんが通りかかったんだ。お婆さんは、溜息をつきながら、ゆっくりと歩いてる。でもね、イッシンさんもデンシンさんも、いつものように、お互いに顔を見合わせることもなく、ただボーッと、お婆さんが通り過ぎるのを見ているだけだったんだよ。おかしいよね。

そしたら不思議なことが起こったんだ。いきなりね、一陣の風が流れて、薬草を煮るような臭いと暖かい空気が2人の周りを包んだような気がしたんだ。

イッシンさんとデンシンさんが視線を上げると、いつの間にか、そこには、身体中を黒い布で覆い、インド人がかぶっていそうな黒い帽子をかぶり、つま先の丸くカーブしたアラビア風の黒いパンプスを履いた小柄なお婆ちゃんが立っていたんだよ。

「やあ、オババババ。来てたの?」

イッシンさんとデンシンさんは、そのお婆ちゃんと知り合いみたいだったよ。

「来てたの、は無責任な物云いよな。オマエら、ワシが溜息をつきながら歩いとったのに声もかけんでぇ。」

「ああ、あれはオババだったのか。」

「オイオイどうした？　以心と伝心。いつものオマエらなら、こんな婆さんを見て、声をかけてくるではないか？」

「うん、それがねぇ・・・。」

そう云って、イッシンさんとデンシンさんは、心の内をオババに打ち明け始めたんだ。

「ボクらは、生まれたときから、ズーッと一緒。」

「見るモノ、聞くモノ、感じるモノ、すべきモノ、全て一緒だった。」

「さよう。『心を以て、心に伝う』禅の教えで、言葉や文字で表されない仏法の神髄を師から弟子の心に伝える、というところより、オマエらは生まれてきたのじゃから。」

「そう。ボクらは、それを当たり前のように享受してきた。いつも、2人の考えは同じ。すべきと思う行動も同じ。だから、困ったヒトを励ましてあげるのに、わざわざ相談することもなかった。」

「だって、自然と、2人とも同じ行動に出るんだもん。」

「そうじゃったな。陰ながら感心しておったよ。」

「ありがとうございます。」

「でも、最近、ちょっとおかしいんです。」

「おかしい？　何がじゃ？」

「いままで、云わなくても通じ合っていた、お互いの心がズレ始めたんです。」

「以心と伝心の心にズレが？」

「はい。と云っても、そんなに大きなことじゃないんです。」

「困っているヒトに出遭ったとき、いつもなら、すぐに解決策が出るのに、たまに、どちらかがボーっとしていて、タイミングを逃してしまうとか。」

「そうじゃな、機を逸すると、ややこしくなる場合もあるからのぉ。」

「お互いに違う悩んでるヒトを見出してしまうとか。」

「2人そろってのアドバイスが基本じゃからのぅ。」

「まあ、いまはまだ、その程度だからいいんですけど、これが時間を追うごとに、どうなって行くのかが怖くて。」

「こないだ、お互いに話し合ったんです。このままお互いが『開きかけの扉』みたいになったらどうなっちゃうのかねって。」

「開きかけの扉？」

「扉って、少しでも開くと、蝶番のところと反対側の扉の端のところじゃ、大きな差が出来るじゃないですか。」

「んん？　ちと、年寄りには難しい話じゃのぉ。」

「オババ、よく聞いてください。仮に扉をあけて、蝶番の部分が1ミリ開いたとするじゃないですか。すると、扉の逆の端の方（ドアノブのある方）じゃ、5ミリ〜10ミリ開いてるんです。これが扉の幅が長くなればなるほど、その差は大きくなっていきます。」

「なるほどな。」

「いまは、ボクらの心のズレは僅かなモノですが、このまま時間が経っていくと、お互い、まったく違った方向を向いちゃっているんじゃないかって。」

「そんなんじゃ、いままで通り、迷ってるヒトに勇気を与えることなんて出来ませんよ。」

「ふぉっふぉっふぉ。オマエらなりに考えておるんじゃなぁ。」

「そんなことを考えてたら、さっき、オババが通ったときもタイミングを逃しちゃって。」

〽イッシン　デンシン　シンシンシン
　笑顔を届ける　イッシン　デンシン
　イッシン　デンシン　シンシンシンシン
　幾つになっても　イッシン　デンシン

「そうか、そうか。オマエらもそういう年頃になったんじゃのぉ。」

「ふふふ。なぁにぃ、オババ、感動して泣いてるのかい？」

「バカ申せっ、この世に生を受けて４０００年、このオババが、こげん小さなことで涙を見せようかっ。」

「げっ、オババ、４０００年も生きとるのか⁉」

「さよう。しからば、オマエらは赤子の赤子同様じゃ。」

「はっはぁー。こりゃ、失礼しました。」

「ふっふっふ。分かれば良い。で、先ほどの、オマエらの悩みじゃが。」

「はっ、何か妙案が？」

「妙案と云うものではないが、こうは考えられぬか？　ニンゲンも妖怪も、姿かたちや生態は違うが、同じ世に生まれたモノ同士。方や地上に、方や地の下に棲むというだけの違いじゃ。」

「そんなこと考えてもみませんでした。」

「ニンゲンと妖怪は、同じ世に生まれたモノ同士・・・。」

「さよう。じゃから、一種、生態は異なるが、我々とニンゲンが同じ特性を持っていてもおかしくはないはずじゃ。」

「して？」

「ニンゲンには子から大人になる過渡期に思春期と云うものがあり、その通過点で肉体的成長や精神的成長がなされるものじゃ。いわば、身体が子供から大人に、思考が子供から大人に切り替わると云うことじゃ。」

「それが我々にも？」

「オマエらは、いままで生きてきたなかで、それぞれの経験値も増えてきた。そして、ときを追うごとに、それに対する感じ方も異なってくるものじゃ。それこそが成長というもの。さっき、オババが感心したように、オマエらは以前と比べると驚くほど成長しておる。」

「ありがとうございます。」

「確かに、以心も伝心も、いままでは同じ目線で同じ行動をとってきた。しかし、お互いの日常は同じでも、周りを取り巻く『時空』という概念の、以心と伝心とに対する接し方は違っておって当たり前じゃ。」

「オババさま、今度は、ワタシたちの方が、オババさまの云ってることについていけません。」

「要はこうじゃ。オマエらは『時空』に対して一方通行で接しているが、『時空』の以心と伝心への通り道は二股に別れてきているということじゃよ。」

「ということは、ニンゲンと同じ思春期を迎えたボクラは、今後、違った考え、違った対応をヒトにしていくってこと？」

「それこそ、さっきオマエらが云っていた『開きかけの扉』と云うもんじゃろ。同じところからスタートを切っていても、最初にほんの数ミリでもズレていれば、徐々に差が大きくなっていくという。」

「そうなったら、今後、ひとりで、前みたいにやってく自信ないなぁ。」

「ボクもだぁ。」

「ふっふっふ、何を弱気な。よく考えてみろ。いままで、オマエらがやってきたことによって、幾人のニンゲンが道を踏み外さずに、自信を持って明日に向かって歩き始めたと思う。」

「そりゃ、そういうニンゲンが増えてくれりゃあ、ボクら嬉しいけど。」

「もっと、自信を持て。よく考えてみるのじゃ。最初の最初、オマエらはまったく同じ瓜二つのところからスタートしたはず。ということは、オマエらの心底にあるものは、まったく同じモノだ。ニンゲンも妖怪も、心底にあるモノは一生変わらんし、変えちゃいけないものだ。じゃから、いまもオマエらの心底には同じ脈流が流れておるし、それは、これからも一緒じゃ。」

「心底にあるモノは一生変わらないし、変えちゃいけない・・・。」

「ここにきて、オマエらの感じ方や考えに少しずつ変化が生じてきたということは、これから出くわすニンゲンとの、いままで以上に入り混じった問題を解決させるために与えられたヒントとなるはず。それを生かすも殺すもオマエら次第じゃな。」

「だんだん、生き辛くなってくるのかなぁ?」

「いや、遣り甲斐も出てくると思うよ。」

「ほれみぃ、既に2人の感じ方も違っておるではないか。」

「あはは、本当だ。」

「それに気付いただけで充分じゃ。」

「これが成長への過渡期なのかな？」

「ボクら成長してるんだよね？」

＊　筋斗雲　鳥山明の『ドラゴンボール』に登場する架空の乗り物。孫悟空に登場する觔斗雲《きんとうん》と同類

一か八か、伸るか反るか

「オヤジっ、これ、もらってくぜっ。」

「あっ、こら待てっ。クソガキどもっ。」

「ケラケラケラ。」

毎日のように、駄菓子屋の店先から麩菓子棒を2本抜き出して、お金も払わずに子供が2人駆け抜けていく。

ひとりはイチカバチカくん、通称イッパチ。もう一人はノルカソルカくん、通称ノルソル。2人はいつも町中でイタズラをして廻っているガキ大将。盗みはする。喧嘩もする。挙句の果てには小さな子供にまで手をあげるというクソガキだ。しかし、町のヒトたちは、イッパチにもノルソルにも文句は云うが手出しはしない。子供と思って見過ごしているのではない。2人に手出しが出来ないのだ。というのも・・・。


いまから数十年前のこと。こんな小さな町でも、真面目に働くヒトもいれば、良からぬことに手を出している輩もいた。そして喧嘩、恐喝、盗みなど数々の悪行を働く町の不良どもを集めて、ある2〜3の集団がはびこり始めた。以降、町の住民たちは個々の暴力に怯《おび》え、集団同士の抗争にも怯える生活を余儀なくされていった。

そんななか、突然、2人の救世主が現れたのだ。

町中で盗みを働く若者を見つけると、両手をひねり上げてとっ捕まえる。集団同士の抗争があれば駆けつけて、たった2人で力づくで解散させる。路地裏で恐喝しているチンピラを見つけると、ボッコボコに叩きのめす。2人の救世主の力は、他を寄せ付けないほど凄まじかった。誰も歯向かうことなどできはしない。

しばらくすると、次第に、町から悪党は消えていき、2人の救世主は町の住民から崇《あが》められるようになった。そして、しばらくの間、町の用心棒と目を光らせていた2人だが、残念なことに、町に平和が訪れると、2人の用心棒は、現れたときと同じように、知らぬ間に街から姿を消してしまった。まさに、その2人こそ、イッパチとノルソルの父親だった。

町の住民は、当時の2人の救世主から受けた恩をいまだに忘れていない。だから、カレらの子供、イッパチとノルソルが、どんなにイタズラをしようとも、多少、見て見ぬふりをし続けてきた。しかし、その甘さが、イッパチとノルソルを間違った方向に歩ませてしまっていた。

＊

ある日、神社の境内にて、ちょっとしたイザコザが起こっていた。

「おう、オマエら、邪魔だ、どっか行けっ！」

中学生らしき少年が数人、先に境内で遊んでいた小学生の子供に威張りくさって云った。

「でも、ボクらが先に来てたんだから、お兄さんたち、そっちの隅を使ってよ。」

小学生グループのなかでリーダー的な男の子が、緊張しながら云い返す。

「ナンダとぉっー！　チビのくせして、生意気な口きくんじゃねーぞ、コラッ！」

中学生が小学生をビビらせようと凄みをきかせて云う。

「(ヒック、ヒック)だ、だってぇ〜、ぼ、ボクらの方が先だったも〜ん。」

中学生に恫喝されて泣き出し始めた男の子が、必死に抵抗の言葉を返す。そのとき、

《ビシッ！》

「痛てっ。」

《ボカッ！》

「うわっ。」

殴る音と悲鳴とが交互に聞こえてきた。

「っだ、誰だっ！」

防御の為にアタマを抱えながら、中学生のひとりが相手を見極めようと顔をあげる。そこには、イッパチとノルソルがいた。

「ナンダ文句あんのかぁ？」

《ビシッ！　ビシッ！　ビシッ！》

「ケラケラケラ。」

《ボカッ！　ボカッ！　ボカッ！》

中学生は鼻と口から血を流し、コメカミには大きなタンコブがはれ上がっている。イッパチが、チラッと地面に落ちている15センチほどの石を見つけて、それを拾った。右手にそれを持ちながら、倒れている中学生に近づいて行く。

「やめろっ、死んじまうっ、やめてくれーっ！」

そこまで見ていた小学生グループは、助けてもらったことのお礼よりも、目の前の状況の恐ろしさに、泣くことも忘れて呆然としている。なかには小便を漏らした子もいる。

「う、うわぁぁぁぁぁっ！」

ひとりの小学生が奇声を発して逃げ出すと、それに続いて残りの小学生と中学生たちが、その後を追うように駆け出して行った。ひとりの中学生を残して。そして、しばらくすると・・・。

「うっぎゃぁぁぁぁぁーっ！」

という、叫び声が聞こえ、その後には、

「ケラケラケラ。」

そこは、町の寂れた路地裏の飲み屋街。そこでオトコが2人、互いに視線を合わさないようにして、何かをボソボソ話している。ひとりは、白いストライプのスーツを上下着こなし、サングラスに咥えタバコ。もうひとりは、ヨレヨレのTシャツにボロボロのジーンズ。右手に載せた何かをスーツ姿のオトコに見せている。スーツ姿のオトコが、ジーンズオトコの手のひらに、チョッチョッチョッと自分の指をこすらせて、それを舐めてみる。そのとき、

〽イッパチ　イタズラ　ノルソル　ゲラゲラ
　アクドウボウズガ　ナナヒカリ

「あっ、あの唄声は・・・。」

「っちっ。面倒臭せーのがやってきやがった。」

「面倒臭いは、云い過ぎじゃん？」

「ケラケラケラ。」

「おお、これはこれは、イッパチ坊ちゃんとノルソル坊ちゃんじゃねーですか。」

「何を白々しい。」

「そんな、ツレナイこと云わんでくださいよ。で、今日は何用で？」

「ナニ、すっ呆けてんねん。黙って取り引きしよっといて。」

「へ？　ナンのこってす？」

「ほー、まだ、すっ呆けるんかい？」

「ケラケラケラ。」

「まいったなー。今日んところはコレで。」

スーツ姿のオトコがポケットから、丸まった紙幣の束をイッパチに手渡す。イッパチは、黙ってソレを受け取ると、ノルソルと一緒に路地裏の飲み屋街をあとにした。

「っけ、末恐ろしいガキだこと。オヤジの後光がなきゃ、やっちまうんだがなぁ。」

そのまま、イッパチとノルソルは、途中の酒屋でコーラをくすねて、この前の神社に向かった。境内には誰も居ない。ふと見ると、地べたに見覚えのある石が落ちていた。その石でコーラの蓋を開け、2人して一気に流し込む。

「ップッハァ～。」

すると、その声を待っていたかのように、一陣の風が起こり地面の埃を巻き上げた。目に土埃が入らないように、2人が目を細めていると、高らかなオトコの笑い声が聞こえてきた。

「はあっはっはっ、相変わらずよのう、イッパチ、ノルソル。」

「ん？　その声は、アサカワのオジキ。」

このオトコは、生前のイッパチとノルソルの父親の下で門番をしていた第一の舎弟で、逆恨みで命を取られたあとも、アッチコッチの世界で睨みを効かせているという噂だ。

「おう、久しぶりやのぉ。相変わらず、悪さのあるとこ、ヤバいもんが動くところを見逃さないのは、オヤジそっくりや。」

「まあな、なんとなく臭うんや。」

「で、さっき、ぶんどった金はどおすんねん？　オマエらの要るモンは、全てくすねてるから、金なんて必要ないじゃろ？」

「ここに来しな、ごみ箱に捨てた。」

「ケラケラケラ。」

「っけ、オマエららしいわ。さすが、オヤジの息子たちじゃの。」

と、そのとき一陣の風が流れ、薬草を煮るような臭いと暖かい空気が周りを包んだ。

視線を上げると、そこには、身体中を黒い布で覆い、インド人がかぶっていそうな黒い帽子をかぶり、つま先の丸くカーブしたアラビア風の黒いパンプスを履いた小柄な老婆が、ぶっとい杖を持って佇んでいた。

「お、オババ！」

奇声を発したのは、アサカワと名乗るオトコの方だった。

＊

「なんや、このバーさん？」

イッパチが呟く。ノルソルは不思議そうにオババの姿を見上げている。オババは、この2人には見向きもくれず、アサカワに話しかけた。

「アサカワ、久しぶりじゃの。元気にしよったか？」

「は、はい、オババ。お蔭さんで。」

「このタワケっ！《ボカッ！》」

アサカワが返事をし終わるより早く、オババの杖がアサカワの額を打った。

「ナニしやがる、この、クソババアっ！」

「やめろっ、イッパチ！　オマエが敵う相手じゃねぇっ！」

アサカワの必死の叫びに、イッパチの動きは止まったが、まだ、両眼は怒りの光を灯したままだ。

その空気に圧倒されたように、ノルソルから、いつもの笑い声は聞こえない。

「アサカワ、オマエは、このイッパチとノルソルの保護者だったよのぉ？」

「は、い。そうです。」

「何じゃ、このザマわっ！《ボカッ！》」

再び、オババの杖が振り下ろされる。

「コノヤロー、もう、我慢できねぇ！」

イッパチが二の腕を振るい上げたとき、再び、アサカワが制した。

「いいから、イッパチっ、大人しくしてろ！」

そこで、はじめてオババはイッパチとノルソルの方に目を向けた。

「オマエらが、イッパチとノルソルか。」

「ふんっ、呼び捨てにすんなっ。」

「ふっ、威勢だけは良いの。父親譲りじゃ。」

「なに、ババア、オレらのオヤジを知ってんのかっ。なら、尚更、オレらの前で出過ぎた真似すると泣きを見るぞっ！」

「・・・フ、フォッフォッフォッフォ。」

「何が可笑しいっ。」

「オマエ、何をそんなに意気んでおる？」

「馴れ馴れしく云うなっ。オレたちはオヤジの跡を継ぐオトコだっ。ヒトをまとめ上げて、引っ張って行かなきゃならねーんだいっ。そんな、オレらに恥をかかせる気かっ。」

「父親の跡を継ぐねぇ？　いまのオマエらに父親の跡を継げるだけの資質があるのか？」

「当ったりめーだっ、オレらの他に誰がいるってんだっ。」

「本当か？　自分より弱いモノをメタメタに叩き潰して、年上には親の七光りで睨みを効かせているオマエらがか？」

「そ、そりゃ・・・いまは、箔をつけている段階よっ。」

「ハ、クかぁ・・・箔は、いずれ剥がれ落ちるぞ。オマエらに芯の土台があるのか？」

「ナニ、ワケの分かんねぇこと云ってんだよ、このクソババアっ。」

「確かに、オマエらの父親は素晴らしい男じゃった。町人のみんなが、オマエらの父親を尊敬していたし愛しておった。男気と一本気な性格。生粋なモノ云い。曲がったことは大嫌いな気風。そして、正義にこだわる姿勢。」

「ババア、なんでオヤジのこと知ってんだ？」

　イッパチの云い方が少し柔らかくなったような気がした。

「それは、そのうち分かるじゃろ。そんなことより、そんな、誰からも尊敬され、誰からも愛された父親の心意気が、いまのオマエらの芯の土台に少しでもあると思うのか？　オマエは箔をつけている途中と云うが、その箔に少しでも父親の思いは入っていると思っておるのか？」

「そ、それは・・・。」

「アサカワっ！」

　いきなり、オババがアサカワに向かって怒りをぶつけるような喝を入れた。同時にノルソルの肩がビクッと震えた。

「それを知らしめるのがオマエの役目じゃろっ。道理を何も知らないモノどもが道を見誤るのは当たり前じゃ。それを正しい道へ誘いながら、世の中を知らしめていく為に、オマエは居るのじゃないのかっ。このタワケがっ！」

「申し訳ございません、オババさま。ワタシが甘く考えておりましたっ。」

イッパチとノルソルがキョトンとして、オババに向かって土下座をしているアサカワオジキを見つめる。あの、強いオジキが、尊敬できるオジキが、バーさんの前で土下座をしている。

〈このバーさん、いったい何者なんだ？〉

「今後は、考えを改めまして、この2人を・・・。」

「だまらっしゃいっ！　オマエは、もう、用なしじゃっ。」

「用なし・・・と、仰いますと？」

「この世を去れっ。」

アサカワの両眼に寂しさと諦めの薄暗い光が走った。

「・・・っは。了解しました。オババさま、長い間、お世話になりました。」

〈用なし？　この世を去れ？　長い間、お世話になりました？・・・どーゆーこと？〉

「さて、話を戻そう。イッパチ、オマエの本来の名前は『一か八か』からきておる。そして、ノルソル、オマエは『伸るか反るか』じゃ。双方ともに似た意味じゃが、どんなときに使われると思う？」

「そりゃ、勝負をかけるときに使う言葉だ。」

「その勝負とはいつじゃ？」

「えっ⁉」

「人生で勝負を賭ける機会は、そう、多くはないはずじゃ。その、いっときの為にオマエらの父親は、常に、精進を心がけておった。オマエらは、どうじゃ？」

「・・・」

「そこでじゃ。イッパチ、ノルソル、オマエらの今後すべきことについて考えを聞かせて欲しい。それ次第で、今後の対応を考えたいと思う。」

少し考えてから、イッパチが話し出そうとした瞬間、ノルソルが喋り出した。

「ボクはいままで、オヤジは凄いヒトだったと聞いて育ちました。そんなオヤジと同じように、世の為、ヒトの為になれる妖怪を目指してきました。」

「ほほう、いままで、イッパチの後ろについて回るだけだったノルソルが、積極的にモノを云うようになったたか。よいぞ、よいぞ。続きを聞かせてもらおう。」

「はい。でも、いま、オババさまに聞くまで、オヤジが、どのように凄いヒトだったかなんて知りませんでした。」

「で、知ってどう感じ方が変わった？」

「正直、自信ありません。いままで、オヤジの背中を追いかけてきましたが、所詮、理想の上での真似ごとです。こんなボクがオヤジの跡を継ぐなんてムリですよ。」

「・・・だそうだ。では、イッパチはどうじゃ？」

「ボクも自信は・・・ありません。で、でも、オヤジの跡を継ぐヒトが必要なのは事実です。それを担うヒトがいないと、また、この世は悪い方向に進んでいくでしょう。」

「それで？」

「ボクも、ノルソルも、どんなに時間をかけても、オヤジみたいに立派なヒトにはなれないでしょう。でも、力不足でも僕らみたいな妖怪が必要だと思うんです。なあ、ノルソル、そうは思わないか?」

「そうだね、誰かがやらないとね。」

「よし決まった。では、以降、イッパチとノルソルは父親に近づけるような修行をしつつ、道を誤りそうな人々を見つけたら、正しい方向へ誘えるよう精進すること。そして、これからは、ワシがオマエらの監視役として、当面、面倒を見よう。」

「ありがとうございます。」

「よろしくお願いします・・・ところで、オババさま、アナタ様はいったい?」

「フォッフォッフォッフォ。いずれ分かろうて。あせるな、あせるな。フォッフォッフォ。」

おいしょ、こらしょ

〽オイショ　ハタラケ　オコメガウマイ
　コラショ　ハタラケ　オマンマウマイ

「お〜〜〜い、いま何時だぁ〜？」

「フォァ〜ア。オイショさんとコラショさんの唄声が聞こえたから、4時頃じゃないのぉ？」

「ったく、あの2人は明け方から晩まで、よー働くのぉ〜。ムニャムニャ。」

「ちいたぁ、アンタも見習いなさいよぉ〜。だいたい、アンタの稼ぎが少ないのも、ムニャムニャ。」

「っちっ。また、オマエのお小言かいっ。寝てるときくらい、云いっこなしにしよ〜や、ムニャムニャ。」

「云われたくなきゃ・・・ムニャムニャムニャ、スースースー。」

小一時間後、ニワトリの《コケコッコー》という鳴き声とともに町が目覚めはじめます。

まず、おかみさんが朝食の準備。

ラショさんは働き始めているのです。

《トントントン　フッフッフッ》
そして、おかみさんの怒鳴り声。
「オラーっ、早く起きて、朝ごはん食べちゃいなーっ。遅れるよーっ！」
ご主人と子供たちがチョコンと跳ねた寝ぐせアタマで食卓につく頃、すでに、オイショさんとコラショさんは働き始めているのです。
オイショさんとコラショさんは町内でも働き者で有名です。朝はオヒサマの昇る前から、夜は、近所のお父さんが酔っ払って帰ってくるまで、ワッセワッセと働き続けています。
早朝はガチャガチャ牛乳配達。昼間は工場でキンコンカンコン。夕方はサックサック新聞配達。夜は工事現場でピーピー交通誘導。
ですから、近所のヒトたちは、オイショさんとコラショさんの姿を見たことはありません。ただ、毎朝、寝ぼけたアタマで、
〽オイショ　ハタラケ　オコメガウマイ
コラショ　ハタラケ　オマンマウマイ
昼間は、仕事場のなかで、
〽オイショ　ニコニコ　ハタラキマショウ！
コラショ　ゲンキニ　アセナガシマショ！

と、聞こえてくるのを耳にするだけでした。

もちろん、姿は見えねど、オイショさんとコラショさんは町内の人気者。特に奥様方には大人気です。それもそのはず・・・。

「ほら、オイショさんとコラショさんを見習って、一生懸命勉強するのよ。人生、一度きりよ。無駄な時間なんてないの。ほら、塾に行く時間でしょ。宿題やったのっ？」

「アナタも、少しはオイショさんとコラショさんを見習ってよ。今月も家賃とか電話代とか塾の月謝とかの支払いでキチキチなんだからぁ。それに、あんまり子供たちにダラダラしたところ見せないでよねっ。子供たちが真似して、アナタみたいになったらどうするのよっ。責任とれるの？」

逆に、オイショさんとコラショさんと比較される子供やお父さんたちはたまったものではありません。

「そんなこと云ったって、ゲームもしたいし、見たいテレビもあるし、友達と会って駄弁ってたいし・・・子供だって息抜きは必要なんだよっ。」

「コッチはコッチで、会社で、どんなに辛い目にあってると思ってるんだよっ。上司には責められ、部下たちにはつつかれ、週末はゴルフの接待。家に帰れば、子供の世話。そのうえ、オイショさんとコラショさんと比べられて、毎日ガミガミガミガミガミガミガミッ！　オレはどこでガス抜きすりゃいいんだよーっ！」

で、奥様方はと云うと・・・子供たちとご主人を送り出すと、ゆっくり朝のワイドショー。お昼のメロドラマ。夕方の買い物では奥様方が集って、様々な情報収集や旦那衆の悪口を云い合う井戸端会議。夕食の準備が終わると、昼間の情報収集から得たネタを弾薬にして、帰って来るご主人に向けて集中砲撃の準備・・・というのが世の中の常でしょう。

っと、話が逸《そ》れましたが、オイショさんとコラショさんに話を戻しましょうか。

「コラショさん、ワタシら、いろいろ働いてるけど、コラショさんは何が一番楽しいかい？」

「う〜ん、そうさねぇ、牛乳配達とか、新聞配達とかって、時間内に配達できたときの達成感がいいよ。雨とか雪の日なんてドキドキだけどね。」

「自分たち独自の配達ルートを考えるってのも面白いよね。」

「オイショさんは？」

「そーだなぁ、道路の誘導員っていうのも責任感が必要で、やりがいがあるなぁ。たまに誘導を無視して突っ込んでくるヒトもいるけど、毅然とした態度で注意してあげないと、大きな事故につながるかもしれないからね。」

「そうそう。その責任感とやりがいと、現場のおっちゃんたちとの会話ね。いろんなヒトが、いろんな思いで働いてるのが分かって面白いよ。」

「工場の仕事はどう？」

「工場の仕事ってワケじゃないけど、会社の仕組みとか、上下関係とか、礼儀やマナーとか、いろいろと勉強になるよ。」

「そうだね、小さな会社だけど、社長も先輩も公私をシッカリ区分してるヒトだから、いろいろと教えてもらえるよな。」

「オイショさん、ワタシら、一日中働いてるけど、疲れたりしないかい？」

「いいやぁ、毎日が楽しいよ。働くって最高だと思うよ。学ぶこともいっぱいあるし、みんないいヒトだし。でも・・・。」

「でも・・・やっぱり、アレが気になるかい？」

「そう、だね。」

＊

そのとき一陣の風が流れ、薬草を煮るような臭いと暖かい空気が２人の周りを包んだ。

２人が視線を上げると、そこには、身体中を黒い布で覆い、インド人がかぶっていそうな黒い帽子をかぶり、つま先の丸くカーブしたアラビア風の黒いパンプスを履いた小柄な老婆が立っている。

「オババさま。お久しぶりで。」

「オイショもコラショも元気そうで何よりじゃ。相変わらす、あくせく働いているようじゃのぉ。」

「お陰様で恙なく。」

「何か困りごとはないかぇ？」

「いえ、毎日、働くことを楽しませてもらってますよ。」

「働くことを楽しむ、か。オマエらしい考えじゃの。」

「はい。働けることの喜びに満ちた日々を送ってますよ。」

「確かにそうじゃのぉ。アノ頃のオマエらと比べたら、雲泥の差じゃからのぉ。」

「オババさま、そのことは、もう。」

「まあまあ、辛い思い、思い出したくない思いも、ときには振り返ってみるのも大切なことじゃぞ。そのなかから、いま現在の慢心さが見えてくることもあろうて。」

「は、はぁ・・・。」

「思えば、あの頃のオマエらは荒んでいたなぁ。」

「そうでしたねぇ。アノ頃は、ワタシもコラショも、人生を舐《な》めていましたよ。真面目に生きているヒトを小馬鹿にして嘲笑い、大人たちには牙を向いてましたからねぇ。」

「なんで、あの頃はそんな風にしか生きられなかったのかなぁ?」

「ふふふ。で、その反面、将来のことを考えると、毎日が不安で不安でね。」

「そう。周囲の大人たちの云うことに従っていれば安心だとは思いつつ、周りに迎合するのが自分を捨ててしまうようで納得いかず『働くなんて社会の歯車になるだけだ』なんて大見栄切っちゃってね。」

「まさに、大人への階段を上る思春期の青春の蹉跌じゃな。」

「云ったからには引くには引けず、意地を通しているうちに父親が死んで、そこからは坂を転げ落ちるように道を踏み外したもんな。」

「気付いたときには、もう、誰も手を差し伸べてくれず、生きてくためにに働こうとしても、どこからも受け入れられずでね。」

「そのときの思いが、いまもオマエらの礎になっとるのじゃろ？」

「そう、心のどこかで『働きたい』って云う気持ちが『社会の仲間に入れて欲しい』っていう気持ちに挿げ替えられてきたんじゃないですかね。」

「うん。ワタシもそう思うよ。」

「そうか、時間はオマエらをも成長させたんじゃな。で？」

「で？」

「そんな、人生に達観したオマエらの悩みじゃよ。難しそうな顔をしてたじゃないか。」

「・・・フッフッフ、オババさまには敵いませんな。」

「すべてお見通しだ、アッハッハッハ。」

「当たり前じゃ、何年、オマエらみたいな妖怪と付き合ってると思っとるのじゃ。」

「そうでしたね。そこまで見抜かれているなら白状します。さっき云ったように、ワタシら、いまのままで、特に何の不満もないですし、楽しく働かせてもらってます。」

「でも、ワタシらの自然な生活姿勢が、ある種のヒトたちにプレッシャーをかけてるみたいで。」

「子供たちや旦那衆のボヤキか？」

「そ、そうです。気にしないつもりでいても、ついつい気になっちゃって。」

「そうさなぁ、ニンゲンと云う奴らは身勝手じゃからのぅ。自分に害がなければ同情してくるが、自分に害が及びそうになると自分の殻にこもりたくなる。」

「単にワタシらは、働ける喜びを享受しているだけなんですけどねぇ。」

「他人の畑はよく見えるじゃ。他人が上手くいってると僻《ひが》みに走ってしまうものよ。」

「気にするなってことですか。でもなぁ・・・。」

「じゃがのう、オイショ、コラショ。そんなニンゲンたちが僻みの目だけをオマエらに向けていると思うか？」

「他に何が？」

「憧れや羨ましさよ。」

「憧れ？」

「羨ましさ？」

「いや、ワシには見えるぞ。禍いに会うごとに、ニンゲンたちが歪んだ心でオマエたちを見ておらんことが。彼奴らは純粋な目でオマエらに憧れ、羨ましがっておるぞ。」

「そんなことはないでしょ。」

「いやいや、オマエらは見たか？　母親が小言を云ってるときの子供たちや旦那衆の顔を。一見、口を尖らせてはおるが、その目は優しく微笑んでおったぞ。あの微笑みのなかには『いつかは自分もオイショやコラショのように』という意思があった。」

「オババさまにそう云われると、なんか元気が出てくるな。」


「ん？　どうした、コラショ？」

「オババさま、もうひとつ、気になっていることが。」

「なんだ、云うてみぃ。」

「こないだ、新聞配達をしていて、自転車が轍にハマってコケそうになったんです。カゴに積んだ新聞も2〜3部、落っこちちゃって。自転車を立て直して、その落ちた新聞を拾ってるときに、同僚のアルバイトのお兄ちゃんが、何も云わずにスーッと横切って行ったんです。」

「ふむふむ。助けようともせずに、か。」

「助けてもらいたかったワケではないんですが、ひと声『大丈夫ですか？』の言葉があってもいいのになって思ったんですよ。」

「あっ、それなら、工場で働いてると、終業のチャイムとともに退社する若い子がおおいじゃないですか。こないだ、先輩が残って作業してるときも、何も云わずに、ほとんどの若い子が帰って行くんですよ。『手伝いましょうか？』ってひと声あっても良さそうなのになぁってワタシも思いましたよ。」

「ふっふっふ、そこまで気付くようになったとは、2人とも成長したな。ならば、聞こう。オマエらがカレらと同じ年代だった頃、オマエらはどうしておったかのぉ。」

「そ、それは・・・。」

「・・・ワタシも、いまの若い子たちと同じように振舞っていたかもしれません。」

「ならば、重ねて聞こう。そのとき、オマエらには悪気はあったか？」

「イヤだなぁ、オババ。悪気なんて滅相もありませんよ。」

「ただ単に、声をかける勇気がなかっただけのような気がします。」

「ならば、いまの若い子たちも同じなのではないか？　確かに、気の利く子であれば、そんなとき、気軽にひと声、ふた声かけられるじゃろう。しかし、世間慣れのしておらん子だったらどうじゃ？　声をかけるか迷っているうち通り過ぎてしまう。ヒトによっては、家に帰ってから、声を掛けなかったことに良心の呵責を感じておるかも知れんぞ。」

「思い出したっ、確かにそうだっ。ワタシも昔、同じようなことがありましたよ、オババ。喫茶店である老人に道を聞かれたんです。簡単に教えてあげましたけど、その老人はお店を出たあと、反対方向に行っちゃって。」

「そのとき、オマエはどうしたんじゃ？」

「ワタシは、窓ガラス越しにその老人を見ていたんですが・・・そのまま、気付かない振りをして、読みかけの本に目を落としてしまいました。」

「その読みかけの本は、その後、アタマに入って来たか？」

「いいえ。文字を追いかけていただけで、内容はいっさいアタマのなかに入って来ませんでした。アタマのなかは、あの老人のことでいっぱいで。」

「そんなものよ。でも安心せい。その老人はオマエのことを恨んだりしてはおらん。」

「そうでしょうけど、いま思うと、なぜ、あのとき店を出て老人を追いかけなかったかと。」

「いいか？　オイショもコラショもよく聞け。いま、オイショが思わなければならないのは、その老人への謝罪の気持ちではないぞ。感謝の気持ちじゃ。」

「感謝の気持ち？」

「そう。それから何年経ったか知らぬが、いま、オイショに、そのときのことを後悔させてくれたことに対する感謝の気持ちじゃ。オイショは、そのときの気持ちを思い出して、ひと回り大きく成長したのだからな。」

「さすが、オババさまは、思慮が深く広いですね。」

「ヒトの思いは千差万別じゃ。良く思うヒトもあれば、悪く思うヒトもおる。じゃが、己が芯の通ったことを貫き通しておれば、悪く思うヒトは自然と兜を脱ぐ。肝心なことは、己が他人を悪く思うようになっては成らんと云うことじゃ。よく覚えておけ。」

「コラショ、明日はどんな仕事にめぐり逢えるかなぁ。」

「オイショ、明日はどんなヒトにめぐり逢えるかなぁ。」

「フォーッフォッフォッフォ。」

お節介、出しゃばり

ある、海の近い村に、オセッカイさんという女のヒトが住んでいました。

彼女は、美味しい佃煮の作り方や、上手な部屋の掃除の仕方、破れた漁の網の直し方など、とても親切に色んなことを村のヒトたちに教えてくれます。

でも、たまに、村のヒトたちは、オセッカイさんの遠慮のない云い方に、ちょっと困ってしまうときがあります。

「ああ、奥さん、洗濯物を干すときは、こうやって《パンパン！》叩いてしわを伸ばしてからじゃなきゃ。」

「あらまあ、ご主人、着物の裾が汚れてるじゃないの。なに、これ？　鼻血ぃ？　汚したときに水で濡らした布で《トントン！》して汚れ抜きしとかないと落ちなくなるわよっ。」

「ホラホラ、坊ちゃん、鼻提灯ぶらさげてぇ。ほれ《チィーン》してぇ。そんなんじゃ、女の子に嫌われるわよぉ。」

気を利かせて、色々と面倒を見てくれるのは良いのですが、まるで身内のように家のなかまで入ってきて、あーだ、こーだと云われると、村のヒトたちも、チェッと云いたくなるのです。

ある、山の近い里に、デシャバリさんという女のヒトが住んでいました。

彼女は、よく、井戸端会議をしているおかみさんたちの集団や、オトコのヒト同士の喧嘩を取り巻いている野次馬たちを見かけると、輪の中心へと入り込んでいきます。

「あら、奥さんのとこの旦那さん、いつも午前様ぁ？　まったく、女房は1日中、家のことで働き回ってるってぇのに、旦那は呑気に帰りにイッパイなんてねぇ。今度、ワタシがガツーンと云ってやるわよっ。」

「止めなさいよ、喧嘩なんて。どーしたのよ？・・・ナニナニ？　フムフム。なぁーにぃー？　そりゃ、ソッチが悪いわよ。ほら、アンタっ、こうなったら、アイツの顔が分からなくなるくらいにぶん殴ってやりなさいなっ。ほれっ、ファイトっ！」

「なに、お嬢ちゃん。何で泣いてるのぉ？　なに？　男の子にお人形を壊されたぁ？　よしっ、おばちゃんが、一緒に、その子の家まで行ってあげるわ・・・こぉーらぁーっ、クソ坊主っ！　出て来ぉーいーっ。」

そんな、オセッカイさんとデシャバリさんが、ある町の同じアパートで出会ってしまったんです。

とある町のアパートの2階の部屋から、女性どうしの会話が漏れ聞こえてくる。

「あら〜、そ〜なの〜。よく分かるわ〜。そりゃぁ、デシャバリさんが正しいわよぉ。」

「そう云ってもらえると嬉しいわぁ。オセッカイさんも、そこまでしてあげて文句云われてちゃ、割に合わないわよねぇ〜。」

「分かってもらえるぅ？　何か、ワタシたち、気が合いそうねぇ。」

「それにしても、どーして、世の中は、ワタシたちみたいに、相手のことを思って正しいことをしてても報われないのかしらねぇ〜。」

「めげてちゃダメ。ヒトからどう思われようと、頑張っていきましょうよっ。」

「そうよね。ワタシたち、ファイトっ！」

〜セッカイ　デシャバリ　ヒトメキニセズ
　セッカイ　デシャバリ　オオキナオセワ

朝、8時45分。とある商社のオフィスにはスタッフが次々と集まってくる。

無言の社員。元気よく「おはようございます。」と挨拶する社員。寝ぼけまなこでムニャムニャとつぶやく社員。それぞれの朝の出社風景。

8時55分。ほとんどのスタッフがデスクに向かっているところで、エレベーターの到着音がチーンと鳴り、騒がしい物音とともに女子社員が駆け込んできた。

「おはようございま〜す。はぁ〜、ギリギリ、セーフ。」

すると、少しお年を召した女性のキーンと耳鳴りするような声がオフィスに響き渡る。

「○○さんっ、おはよーっ。」

「あっ、主任、おはようございます。《ゼーゼーゼー》何とか間に合いました。」

「息が整ったら、ちょっと、こっちに来てちょうだい。」

他のスタッフはいつものことと気にも留めない素振りでパソコンに向かう。ちょうど始業のチャイムが鳴った。

《キーンコーンカーンコーン》

その音と共に、主任の耳元で女性の声がささやいた。

〈まったく、近頃の若い子は、常識を知らなすぎ。先輩より先に出社して机を拭いたりお茶を出したりするのが当たり前でしょうが。会社を腰掛け程度にしか考えてないから、そんな簡単な気配りも出来ないのよ。ちょっと云ってあげなきゃ!〉

「○○さん、昨日、私、アナタになんて云ったかしら?」

「はいっ。何事も5分前行動をと。今日も、何とかギリギリ5分前に到着しました〜。」

「あら、私、5分前に会社に着けばいいなんて云ったかしら?」

「はい、確かに5分前行動と仰いましたけど〜。」

「その、語尾を伸ばす喋り方はやめなさいって云ってるでしょうがっ!」

「は〜い、スミマセン。つい、癖で〜。」

「私の云った5分前と云うのは、始業5分前には、いつでも仕事ができる状態にしておく、ということですっ。」

「え〜っ、じゃあ〜、10分以上前に会社に着かなきゃダメってこと〜？」

「『ですか』でしょっ。」

「ことですか〜？」

「当たり前ですっ！　ナニ、その目つき。アナタの為を思って云ってあげてるのよ？　そんな考えじゃ、アナタが損するだけよっ？」

「はぁ〜い！」

その後、給湯室に入った女子社員は10分経っても戻ってこなかった。おそらく、他の女子社員と話しているのだろう。

〈なんかぁ、最近〜、主任、イライラしてない〜？〉

〈前からよ〜。気にしない、気にしない。更年期、コーネンキ。キャハハハッ。〉

午後の始業前に、主任が数人の男子社員に声を掛けた。

「忙しいとこ悪いけど、午後イチで会議室に集まって。資料の確認をしたいの。」

数人の男子社員が資料やペットボトルを持って会議室に集まってきた。

《キーンコーンカーンコーンコーン》

その音と共に、主任の耳元で女性の声がささやいた。

〈ん？　なんか臭くない？　コイツら、お昼にニンニク料理食べたな？　午後から、お得意様回りのスタッフもいるでしょうに。まったく、近頃の若い子は、常識を知らなすぎ。お昼ご飯は、ニオイの残るものはダメでしょ。なんで、そんな簡単な気配りも出来ないかしら。高い月謝払って、ロクでもない学校出て、これじゃあ、親も泣くわ！〉

「みんな、お昼はちゃんと食べた？」

「はい、主任。三楽軒のニンニクたっぷり餃子、2枚、食っちゃいました。」

「オレは、イタリアンの大盛ペペロンチーノ。こいつも、ニンニクと唐辛子が効いてて最高っす。」

「でも、キミたち、午後からお得意様回りでしょ？　そのニオイはチョットねぇ。」

「平気っすよ。いっつも何も云われませんから。」

「平気なワケないでしょがっ！　相手は気ぃ遣って云わないだけよっ。ヒトと会う予定のあるときは臭いの強いモノは避けるのが営業マンの常識でしょうがっ。」

「そんなこと、ないよなぁ。」

「そうそう、いまどき、そんなこと気にしませんって。」

「アナタたちの、そういう風に相手の身になって物事を考えられないところで、お客様がこぼれていくのよっ。見てみなさい、アナタたちの、ここ数年間の担当顧客数減をっ。」

「それとこれとは・・・。」

「△△くんの担当顧客は3年前から30軒近く減ってる。××くんに至っては、70軒もよっ。営業は商品力と価格の魅力以外に、担当者の気配り心配りによって左右されるのよっ！」

「・・・」

「ナニ？　その態度。アナタたちがそういう態度なら話しても無駄ね。会議は中止よっ。」

その後、喫煙室に向かった数人は30分以上経ってても戻ってこなかった。おそらく、無駄グチと主任の悪口を云い合っているのだろう。

〈なんだよ、あの、主任の云いぐさ。昼にナニ食おうが勝手じゃねーかっ。〉

〈顧客が逃げてったのは、欲しい商品がないからだよっ。そこで競合他社に負けてるのっ。オレらのせいじゃねーやっ。〉


近所のスーパーで。

若い女性が、積み上げられた特価品のダイコンを引き抜いたとき、山が崩れ落ちた。

《ドドドドー、ボキッ、ボコッ》

若い女性は、どうしたらいいか分からずオロオロしている。床に落ちた数本のダイコンは折れてしまった。そこに、中年の店員が駆けつけてきた。

「あおーあ、奥さん、崩しちゃってぇ。あらっ、このダイコン、折れちゃってるよ。これじゃ売物にならないなぁ〜。」

若い女性は、さらに身を固くして何も云えないでいる。

「奥さーん、これ、どーしてくれんのぉ？」

そのとき、たまたま傍にいたオバチャンの耳元で女性の声がささやいた。

〈ん？　ナニ、この店員。まずは、お客に怪我がないか聞いて、店員の方が謝るのがスジでしょ。すぐに崩れるように積み上げたのはそっちの方なんだから。ったく、このお店の教育はどうなってるのよっ！〉

「ちょっとぉ、店員さん、そりゃないいんじゃない？　このヒトだってワザと崩したワケじゃないのに。だいたい、積み方に問題があったんじゃないの？　これでお客が怪我でもしてたらどーしてくれんのよーっ！」

「そーよ、そーよ。アンタじゃ話になんないわっ、店長を呼んできなさい、テンチョーをっ。」

知らないモノ同士であっても、奥様方の結束は固い。すぐさま、数人の女性が店員を囲みこんで責めだした。

「あ、あのー、そのー・・・申し訳ありませんでしたぁ〜。」


スーパー脇の自転車置き場で。

《ズガガガガー！》

停めてあった自転車が一気に将棋倒しになった。その源には、年老いたオジイチャンが震える両手で状況を呆然と見つめるだけだ。それを尻目に、スーパーに入って行くヒト。スーパーから出てきて見向きもせずに通り過ぎるヒト。誰も、倒れた自転車にも、立ちすくむオジイチャンにも目もくれず歩き去っていく。

そのとき、たまたまスーパーから出てきたオバチャンの耳元で女性の声がささやいた。

〈ん？　ナニ？　なんで、このヒトたち、倒れた自転車を見ない振りして通り過ぎて行くの？　誰も、あの、オジイチャンを助けようと思わないの？　なんなの？　このヒトたち。〉

「はいはい、皆さん、立ち止まってぇ。」

突然、オバチャンが大声をあげて通行人を止めた。

「オジイチャンが自転車を倒しちゃいましたぁ。皆さん、直すの手伝って下さ〜い！」

でも、誰も見向きもせず立ち去ろうとする。

「はいはい、そこのお兄さん、手伝って、手伝ってぇ。」

「いや、急いでるんで。」

「急いでるのは皆同じ。はい、手伝ってぇ。あっ、そこのボクもお願いね。」

「ボク、これから塾に行かなくっちゃ。」

「塾は逃げないわよぉ。それより、オジイチャンのお手伝いをしたって云ったら、先生に褒められるわよぉ。さあ、手伝って、手伝ってぇ。」

*

とある町のアパートの2階の部屋から、女性どうしの会話が漏れ聞こえてくる。

「まったく、ホント、最近のニンゲンはナニ考えてるのかのぉ。」

すると一陣の風が流れ、薬草を煮るような臭いと暖かい空気が2人の周りを包んだ。

2人が視線を上げると、そこには、身体中を黒い布で覆い、インド人がかぶっていそうな黒い帽子をかぶり、つま先の丸くカーブしたアラビア風の黒いパンプスを履いた小柄な老婆が立っている。

「あら嫌だ。オババ、何しに来たのぉ?」

「相変わらず、口の悪いオバタリアンだこと。」

「悪ぅございましたねぇ、口が悪ぅて。」

「はははは。その開き直った根性、少しは、いまの若いモンに分けてやりたいわ。」

「んで、なにさ、オババ。用件は何なんだい?」

「ちとな・・・単刀直入に云うが、オセッカイ、デシャバリ、オマエら2人とも、世の中から嫌われとるぞ。」

「ナ、何をいきなりっ。何でワレらがっ?」

「お節介し過ぎ。出しゃばり過ぎ。」

「そりゃ、いまに始まったことじゃないがっ。」

「いまは昔と違うぞ。オマエら幾つになる？」

「女性に年齢のことを聞くのは失礼ぞよ。」

「なははははは。ワシも女じゃ。女が女に年齢を聞いても失礼ではなかろうが。」

「ふふふ。そうさね、もうそろそろ400歳くらいになるんかのぅ。細かいことは忘れたわ。」

「そうか、まだ、400歳か。じゃが、ニンゲンと比べると、その歳の差は大きいな。400年も経つと世代や思考も変わると云うものじゃ。」

「そんなこと、分かっとるわ。でも、ワレらは決して間違ったことはしていないぞ。」

「そうさぁ、ニンゲンたちの為、将来、ニンゲンたちが後悔しない為に、色々と教えてあげてるんじゃないかい。間違っとるとしたら、逆恨みしとるニンゲンの方よ。」

「そうじゃな、確かに、オマエらが間違ったことをしてるとはワシも思っとらん。じゃが、オマエらは、生前、同じことをして周囲に総スカン食ったことを忘れたか？」

「あ、あれは・・・。」

「そうじゃ。生前、いまと同じように、『こうあるべき』という自分の理想を周囲に無理強いして、無視され、仲間外れにされ、辛い思いをしたことをオマエらも覚えているじゃろ。オマエらの志は素晴らしいと思う。じゃが、同じことを、同じ方法で何度繰り返しても、同じ結果しか生まないと思うのじゃよ。結局は、ヒトはオマエらの努力を、自己顕示欲の塊としか思ってくれないのじゃないかな。」

「自己顕示欲の塊？」

「じゃ、オババ、ワレらにどーせぃっちゅうんじゃ？」

「もう、400歳と云っとたなぁ。ふふふ、ワシに比べりゃ、まだまだ赤子じゃがの。そろそろ、凝り固まった考えを見つめ直す時期ではないか？」

「凝り固まった考えを見つめ直すじゃと？」

「いまさら何を変えられようか。」

「オマエらが必死に教えようとしてきたことを、ニンゲンたちに委ねてみても良いのではないか？」

「ニンゲンに委ねろだと？」

「育てることは、手取り足取り教えることではないぞ。答えを教えることでもないぞ。」

「では、如何様に？」

「自分で考えさせることじゃ。そのなかで、時代とともに変わっていく慣習もあるじゃろ。もちろんオマエらの考えにそぐわなくなることもあるじゃろ。而《しか》して、それこそが時代の変化じゃ。」

「そしたら、ワレらは何をするのか？」

「見守ることじゃ。辛抱強く、見守り続けることじゃ。」

「辛抱強く・・・お節介で出しゃばりなワレらに、そんなこと出来るかのぅ？」

「教え方を変える、か。で、そうすりゃ、ニンゲンたちは成長できるのか？」

「多分、な。フォッフォッフォ。」

大童、素っ頓狂

舞台は大詰め。天下分け目の大決戦。戦況は不利、まさに背水の陣だ。

味方の先鋭隊は、どんどん押し込まれている。と、そのなかのひとり、スットンキョウ先鋭兵が奇声を上げて敵陣に乗り込んだ。

「キェェェェーッ！」

が、敵兵の一刀のもと、あっけなく切り倒されてしまう。客席から失笑が聞こえる。

「ははは、なんだ、あの先鋭兵。変な声出して、飛び出してきたと思ったら、簡単に倒されてやんの。意味ないじゃん。」

そのなか、最後の力を振り絞って、一心不乱に突き槍を振りかざしているのはオオワラワ大将だ。脱げ落ちた兜からザンバラ頭を振り乱して縦横無尽に敵陣を蹴散らしていく。まさに、ここ一番の魅せどころのはずだが・・・。

「ナニ？　あのアタマ。」

「ふふふ。まるで五月人形の子供みたい。」

80分の舞台が終わり、緞帳が降ろされて、会場の3割方しか入っていなかった客が、苦笑いで帰って行く。

「なんなの、この芝居?　天下分け目の大決戦なんて、お題目だから、ちょっとは真面目な舞台かと思って来たのに。」

「なんか、大童になって舞台をアッチコッチ駆けずり回ってるだけで、何のこっちゃら分かりゃしなかったよ。」

「ホント、舞い上がってドタバタしてて、ありゃセリフが飛んじゃったんじゃないの?　アハハハハ。」

「お笑い役者なのかしら?　何か、奇声を発してる役者もいたわよね。」

「って、いまどき、大声出したり、奇抜な動きをしたって、笑いもとれねーよな。」

「チケット代、返してもらえないかなぁ。」

「ムリでしょ。最後まで見ちゃったんだから。ハハハ。」

舞台裏では、オオワラワさんと、スットンキョウさんが舞台終わりの達成感を少しも感じさせない薄ら笑いで向かい合っていた。

「お疲れさん。」

「お疲れです。今日の芝居は手応えどうです？」

「ふぅーっ。いつも通りだね。お客の反応も、いつも通りイマイチだし。」

「いまの若いモンは、芝居の粗筋を知らずに観に来ますから、話の本髄まで分からないんでしょうねぇ。」

「さっき、ロビーで、ちらっと聞いたけど、オレたちの芝居をお笑い芝居だと勘違いしてた客もいたよ。あー嘆かわしい。」

「ワタシら、こんな客相手に、こんな芝居してて、意味あるんでしょうかね？」

「そんなこと云ったって、オレたち、これしか出来ねーからなぁ。ま、やり続けることに意味があると思ってやってくしかねーんじゃねーの。」

「はぁーあ、大童で舞台してても、誰ぁれも分かっちゃくれねーのかなぁ。」

そのとき一陣の風が流れ、薬草を煮るような臭いと暖かい空気が2人の周りを包んだ。

2人が視線を上げると、そこには、身体中を黒い布で覆い、インド人がかぶっていそうな黒い帽子をかぶり、つま先の丸くカーブしたアラビア風の黒いパンプスを履いた小柄な老婆が立っていた。

「やあ、オババ。」

＊

「まったく、最近の妖怪界は不景気真っ盛りじゃのぉ。どこに行っても、誰と会っても、仏頂面しておる妖怪ばかりじゃ。」

「そうは云うが、最近のニンゲンどもはよー分からん。」

「そういう話はよく聞くが。」

「なあ、オババ。もしかしたら、ニンゲンどもには、もう、オレたちは必要ないのかもしれんなぁ。」

「うむ・・・そう、なりつつあるのかもしれん。が、いまは、オマエらの抱えてる問題を聞こうか。どうしたんだ2人して。スットンキョウ、元気だけが取り柄のオマエらしくないぞ。」

「オババまで、そんなことを云う。」

「まあ、聞いてくれ、オババ。オレたちは、昔っから大衆演劇をやってきたし、それしか出来ねぇ。だけど、いまの若いモンには、オレたちのやっている大衆演劇が理解できなくなってしまったようだ。」

「そうそう、お笑い芝居だってさ。」

「お笑い芝居？ じゃが、オマエらの舞台は、昔からの真面目な芝居じゃなかったかな？」

「オレらは、そのつもりさ。」

「でも、お客は、ワタシらの芝居を観て、クスクス笑うのよ。決して笑わせてるワケじゃないのになぁ。」

「ううむ・・・。」

「昔は、芝居を観に来るお客は、大概の芝居の内容を知って観に来てたけど、何の予備知識もなく、ふらっと観に来る最近の若者たちにはチンプンカンプンみたいでね。」

「そうか、そういうことか。確かに、昔は娯楽という娯楽がなかったからな。芝居を観に行くというだけで、ワクワクして予習して来たものじゃったからな。」

「挙句の果てでは、オレが舞台で大童になって縦横無尽に駆けずり回って見栄を切るシーンを、セリフを忘れてパニック状態で動き回ってるなんて云われてるんですぜ。参っちゃいますよ。」

「ワタシの数頓狂な芝居なんて、奇声を発したドタバタ劇で笑いを取ろうとしてるなんて云われて。」

「ははーん、それでお笑い芝居、か。スットンキョウの場合は、地がマヌケだから、当たらずも遠からずじゃがな。」

「そんな、オババぁ・・・。」

「なるほどな。演者のオマエたちと、観客の若者の間で、それぞれスタンスが変わってきたということか。」

「そう。だから、さっき、スットンキョウと、こんな客相手に、こんな芝居していく意味があるのかなぁ、って話してたところですよ。」

「オババならどうします?」

「うむ。最終的にはオマエたちがやるのだから、客観的で無責任な考えと云われるやもしれぬが、策を労せずして、周りを動かすことは出来ぬと思え。」

「その心は？」

「ひとつ、ヒトが何と云おうが、オマエたちが歩み続けてきた、オマエたちの歴史を継続し続けていく。」

「それは、いままで通りということですか？」

「そうしていくことで、オマエたちの大衆演劇を文化に変えていくのじゃ。」

「時間がかかりそうですなぁ。では、別の方法とは？」

「オマエたちの歴史を残しつつ、少しずつでも、若者の求めるモノに近づけていくこと。」

「若者の求めるモノに近づけるぅ？　それもちょっとなぁ。」

「たとえば、オオワラワ。オマエがザンバラ髪で舞台上を縦横無尽に駆けずり回るシーンこそ、この劇のヤマ場だと観客に分からせるなら、どのような演出をして関心を集めるか？」

「んー、そうだなぁ・・・いきなり暗転。劇場の入り口にスポットライト。観客のなかをザンバラ髪で睨みの効いた化粧をした落ち武者が荒れ狂いながら舞台に駆け上がる。」

「す、すっげぇーっ。オオワラワさん、それ、当たりますよっ。舞台効果で、歌舞伎みたいに拍子木の音が《カッ、カッ、カッ、カッ、カカカカカ、カカ！》なんて鳴り響いちゃって。『いよっ、成田屋！　音羽屋！』ってな感じに。」

「バカヤロー、それこそお笑い路線じゃねぇか。」

「そうじゃ、それもいいアイデアじゃ。お客の反応が良い演出をいろいろ試してみるのも面白いかもしれんぞ。」

「じゃあ、スットンキョウ、オメーは、どーするんでぃ？」

「そーさなー・・・ダメだ。オオワラワさんみたいには何も浮かばないよ。」

「ならば、いまのオマエで良いではないか。ただし、輪をかけたようなオマエとなってな。」

「輪をかけたようなワタシに？」

「そうだよ、スットンキョウっ。いまより、もっと、もっと、間抜けになれ。おっちょこちょいになれ。そして、お客を腹抱えて笑わせてやれよ。」

「そんなぁ。それって、バカになれってこと？」

「いや、違うぞ。間抜けを演じる、おっちょこちょいを演じると云うことはバカには出来ん。笑われるんではなくて、笑わせるんじゃ。」

「難しそうだなぁ。」

「そうじゃよ。いままでやっていたことを踏襲することは、簡単ではないが、オマエたちであれば難しくはないだろう。しかし、新しいことを試みることは、いつであっても難しさが伴うものじゃ。」

「いままで通りに、何と云われようが、オレたちの大衆演劇を文化に変えるか？」

「新しいことにチャレンジして、若者の求めるモノに近づけるか？」

「さあ、どちらを選ぶ？」

*

舞台は大詰め。天下分け目の大決戦。戦況は不利、まさに背水の陣。

観客のひとりが小声で隣の女友達に話しかける。

「このチケット、ムリクリ、知り合いに渡されたんだけどさぁ。全然、盛り上がらないうちに終わっちゃうんだってさ。ま、時間つぶしってところカナ。」

そのとき、いきなり会場の灯りが落ち、全くの真っ暗闇となった。

「キャッ！　ナニコレ？　停電？　真っ暗よぉ～。なんか怖ぁ～い。」

すると、今度は劇場の入り口にスポットライトが当たる。その他は依然として真っ暗闇だ。

「ヒェッ！　眩しいっ。今度はナニぃ？」

しばらくすると入口のドアが開く。そこからザンバラ髪で睨みの効いた顔の落ち武者が凄い形相で荒れ狂いながら観客の間を突き槍をぶん回しながら駆け歩く。」

「ギャーッ！　お、落ち武者が襲ってくるぅ～っ！」

「なんじゃこれっ、こんなの聞いてないよぉ～っ。」

会場全体に拍子木の音が鳴り響く。

《カッ、カッ、カッ、カッ、カカカカカ、カカ！》

その拍子木を合図に、ようやく、落ち武者は舞台の上へ登り、そこでようやく、照明が照らされた。

「いよっ、成田屋！　いよっ、音羽屋！」

舞台の下座の観客から見える位置で、片膝をついた仲間の先鋭兵が、背に旗をさし、アイドルオタクがエールを送るように叫び声をあげる。旗には『落武者愛』という文字。

さっきまでの暗転と落ち武者の死に形相で怯えた会場は、一気に笑いに包まれる。

「ふ、ははは。ナニあれ。」

「あの旗見てよっ。『落武者愛』って書いてあるわっ。」

「それに、あの素っ頓狂な声、聞いた？　笑わせるなてーのっ。ははははは。」

お客の反応を見て、オオワラワとスットンキョウはニンマリとほくそ笑んだ。

〽イツデモヒッシ　オオワラワラワラ

トコロカマワズ　スットンキョウキョウ

＊

舞台裏で、オオワラワとスットンキョウが化粧を落としていると、一陣の風が流れ、薬草を煮るような臭いと暖かい空気が2人の周りを包んだ。

「オババかいな。上手くいったでぇ。」

「ホント、ホント。観てくれましたぁ？　大盛況でっせ。」

オババの方を振り向かず、鏡をのぞき込みながらオオワラワとスットンキョウが云った。

「ああ、観たよ。良かったじゃないか。あとは、飽きられないように続けていくことじゃな。」

「頑張りますわ。」

「ところで、オババ、こないだの話の続きですけど・・・。」

「こないだの話？」

「イヤだなぁ、もう忘れたんですかぁ。ワタシたちが悩んでたとき、オオワラワさんが『もしかしたら、ニンゲンどもは、もう、ワタシのことを必要としてないのかもしれない。』っていったら、オババも『そう、なりつつあるのかもしれん。』って云ってたでしょ？」

「ああ、そうじゃったかなぁ。」

「そう。あのとき、オレもちょっと気になってたんです。本当のとこ、どうなんですか？」

「うむ、そのことか。ワシもな、先のことまでは知らぬが、最近、いろんなとこに顔を出して、様々な妖怪の話を聞いとると・・・。」

「聞いとると？」

「夢や希望を抱くニンゲンが少なくなってきたように思うのじゃ。」

「夢や希望？」

「ワレら妖怪は、ニンゲンの生み出した産物じゃ。ニンゲンの抱く『ああしたい』『こうなりたい』

という夢や希望をどうにかするためにワレらは生まれてきた。」

「そうだったんですか。」

「そして大概の妖怪は、ニンゲンの夢を叶えるために何とか手助けするが、意地悪な妖怪は、ふふふ、それを邪魔しようとする。」

「ひどいヤツですね。」

「いや、そうとも云えん。邪魔することで更に気合の入るニンゲンもおるし、邪魔をして、その夢を捨てさせた方が為になる場合もある。」

「奥が深いんですね。」

「そうじゃ、なかなか妖怪業も難しいのじゃぞ。」

「で、夢や希望を抱くニンゲンが少なくなるとどういうことに？」

「夢や希望をどうにかするためにワレらはおるのじゃ。ニンゲンどもが夢も希望も持たなくなったら・・・。」

「ワタシたち妖怪も必要なくなる、と。」

「まあ、ニンゲンたちが夢も希望も持てなくなる気持ちも分かる。若いモンは働きたくても働けない、結婚も出来ない、子供も育てられない。壮年のモンは、24時間、仕事のプレッシャーでがんじがらめ、夫婦間や子供とのコミュニケーションがとれない。年寄りたちは逆に持て余す時間の使い方が分からない、社会から外された孤独感にさいなまれとる。」

「そうなんですか。ニンゲンたちが、そんなにも苦しんでいるなんて、全く、思ってもみませんでしたよ。」

「そんななかで『夢を持て』『希望を持て』なんて云えないか。」

「いや、そんなことはない。それを云ってやるのもオマエたちに与えられた使命なのだぞ。」

「いやぁ、そんな大層なこと・・・。」

「何を云っとるっ。ついさっき、オマエたちは自分の生き方を変えたばかりではないか。お次はニンゲンどもを変える番じゃて。」

「ワタシたちの使命、ですか。」

「そうじゃ。完全にニンゲンたちが夢や希望を持てなくなった暁には、オマエたちの命もないと思えよ。フォッフォッフォッフォッフォー。」

◆跋◆

昔は、どこにでもある町内の風景でした。

キンコンキンコンと踏切が鳴り始め、私鉄電車が通り過ぎて行く。商店街のアーケードからは、魚屋と八百屋オヤジのダミ声が響き渡る。酒屋が運転するオート3輪のクラクション、ラーメン屋の若僧がオカモチをぶら下げて走らすスーパーカブの軽い音、子供暴走族が鳴らす自転車のスズの音。

カラスの鳴き声とともに、電信柱の先に備え付けられたスピーカーからは『夕焼け小焼け』のメロディが鳴り響く。

七分袖で腹巻をした股引姿の老人が軒先の床几で囲碁を打ち、近所のおかみさんが、通路に打ち水をする。その合間を縫って子供たちが駆け巡る。

「おいおい、ボウズ、邪魔だ邪魔。気ぃ付けろやっ！」

配達途中のクリーニング屋が子供を注意し、老人たちは、それを見てニコニコ笑う。

「コラッ、弱いモノいじめはダメでしょっ！」

路地裏でお節介オバチャンの説教が始まる。昔は、ヒトん家の子供でもアタマをひっぱたいたり、お小言を云ったものだ。父親や母親の云い辛いことまで云ってくれるのが、近所のオバチャン達だったのかもしれない。

しかし、最近、そんなお節介オバチャンも見なくなったような気がする。

＊

ある日を境に、町中でオババの姿を見なくなった。

会えば小言を云われるのを知っている町の妖怪たちは、口には出さないが暗黙の裡に同じことを思っていたようだ。

「オババが去った。」


台地の岩は、雨風や水の流れに削られて石や砂洲に身を転じていく。そして、最後には視界から消え失せる。それは、まるで悪霊が時間をかけて自らの肉体をついばんでいき、仕舞には自身の息の根を止めてしまうようにもみえる。

だが、実際、削り取られて小さくなった岩石や河原の砂洲の砂粒は此の地からは消えることはない。風と共に埃となって彷徨い、どこか彼の地で生き続け、そのときを待っている。

地上のどこかで終結し、そのときを合わせて己を形成し待ち続ける。

そして、その機会が訪れるや、再び生命の息吹を呼び戻すのだ。

オババは、この町から姿を消した。しかし、必ず、どこかで息をしているのは間違いない。隣町？　遠い外国の地？　違う惑星？　もしかしたら、違う次元の隙間に紛れ込んでしまっているのかもしれない。

ただ、オババがどこかで、静かに息を吹き返すときを待っていることは確かだ。何故なら、その地で、人々に生きる道を説いている姿が目に浮かぶから。

次に、皆さんが目にするオババは、老婆の姿だろうか？　子供の姿だろうか？　いやいや、風や雨水や木の葉のような自然の姿ということもあるだろう。

もし、皆さんと同じニンゲンに戻っていたとしたら・・・？

（2023年　5月21日記）

著者略歴

湯澤毅然（ゆざわ・たくねん／本名：毅）
1968年5月15日生まれ。
法政大学文学部英文科卒業。
埼玉日産自動車株式会社勤務。
2023年8月17日歿。

湯澤毅然コレクション第2巻
ある町の物語 I

2024年 3 月25日初版第1刷発行

著者――――湯澤毅然《ゆざわたくねん》

発行者――――柴田光陽

装丁――――臼井新太郎

発行所――――株式会社西田書店
東京都千代田区神田神保町2－10－31 IWビル4F
Tel 03-3261-4509　Fax 03-3262-4643（〒101－0051）
https://nishida-shoten.co.jp

組版　株式会社エス・アイ・ピー
印刷・製本　株式会社平文社

ISBN978-4-88866-689-3　C0093

奇跡のコレクション刊行開始！

2021年3月末、末期がんを告げられ、2023年8月に逝去する2年有半。
その間、著者は驚くべく筆力と構想力を以て、類例を見ない文業の成果を遺した。

湯澤毅然コレクション

＊既刊＊

第1巻　アンチテーゼ

▶心の底に澱むもの［彼岸の頃］／12篇

▶心の底に澱むもの［此岸の頃］／11篇

▶正義の代償／6篇

名もなき人たちの痛苦にみちた声を、
自在の筆致、複眼の眼差しで描いたショートストーリー。

四六判／356頁／定価（本体2200円＋税）

装丁／臼井新太郎

第2巻　ある町の物語Ⅰ

▶神社の森の質屋物語　▶妖怪たちの棲むところ1・2

＊続刊＊

第3巻　ある町の物語Ⅱ

▶お椀に秘められた物語

▶ある町の小さな薬局物語

第4巻　アンバランス

▶アナタの云い分、ワタシの云い分